DANIELLE STEEL

LA FAMIGLIA WHITTIER

Traduzione di Francesca Moratti

Sperling & Kupfer

Pubblicato per

Sperling & Kupfer

da Mondadori Libri S.p.A.

ISBN 978-88-200-8004-4

I Edizione novembre 2024

Anno 2024-2025-2026 - Edizione 1 2 3 4 5 6 7 8 9 10

Ai miei meravigliosi figli
Beatie, Trevor, Todd, Nick,
Samantha, Victoria, Vanessa,
Maxx e Zara.
Stimatevi l'un l'altro e custodite gelosamente
i bellissimi ricordi che condivideremo per sempre.
Vi voglio bene con tutto il cuore e il mio amore.
Mamma/d.s.

Uno

OGNI anno, tre settimane dopo Natale, Preston e Constance Whittier partivano dalla loro casa di New York per una vacanza. Quando i sei figli erano piccoli, la fidata governante tedesca, Frieda, e una squadra di tate si prendevano cura di loro. Dopo un romantico stacco di due o tre settimane, rientravano pieni di energia e rinvigoriti. Entrambi erano sciatori appassionati; la loro meta preferita erano Les Trois Vallées, sulle Alpi francesi. In Francia si recavano anche a Courchevel, Val d'Isère o Megève. Oppure visitavano Zermatt e St. Moritz, in Svizzera. A volte andavano ad Aspen o a Vail, in Colorado, ma da quando i figli erano cresciuti preferivano concedersi l'annuale vacanza in Europa anziché negli Stati Uniti.

Ad Aspen portavano spesso con sé i ragazzi, durante le vacanze scolastiche. I viaggi in Europa, invece, erano il loro regalo speciale. In genere, prima di tornare a New York e riprendere la vita famigliare, trascorrevano un weekend a Parigi o a Londra. I ragazzi, una volta cresciuti, li prendevano in giro dicendo che quei viaggi erano la loro luna di miele invernale.

Trascorrevano l'estate tutti insieme a Shelter Island, in una grande casa di famiglia, che avevano venduto quando i figli avevano smesso di passare le vacanze con loro e l'abitazione era diventata più un peso che una gioia. Negli ultimi anni, Connie e Preston avevano iniziato a semplificare la loro vita, eliminando le spese non necessarie ed evitando di fare progetti troppo impegnativi; per l'estate prendevano una casa in affitto nel Maine o negli Hamptons, oppure a Cape Cod, abbastanza grande da permettere ai figli di andarci per qualche giorno o di far loro visita nei weekend. Affittare era più facile, senza l'incombenza di dover mantenere una seconda casa. I ragazzi non ci andavano mai tutti insieme, perciò non serviva che fosse enorme. Preston e Connie continuavano a coltivare la tradizione della luna di miele invernale, che ormai anche loro chiamavano così. Ci tenevano molto e ogni anno non vedevano l'ora che arrivasse quel momento. Dopo quarantatré anni di matrimonio, era ancora come una luna di miele. Constance aveva sessantacinque anni e le sembrava che il tempo fosse volato. Non riusciva a credere che i suoi figli fossero adulti; persino Annabelle, la loro piccolina, arrivata a sorpresa, aveva appena compiuto ventun anni.

Il primogenito, Lyle, ne aveva quarantadue, era sposato e aveva due figli, un maschio e una femmina: Tommy, di dieci anni, e Devon, di sette. Sua moglie Amanda non era mai piaciuta in famiglia. Dieci anni prima, quando Lyle si stava godendo la sua vita da single e la promettente carriera nel settore dello sviluppo del territorio e degli immobili commerciali, la ragazza che stava frequentando senza troppo impegno era rimasta incinta e, con grande disappunto di tutti l'aveva sposata. Amanda e la famiglia di lui non avevano mai legato. Constance la considerava un'arrampicatrice sociale e una persona avida, mentre Preston era più tollerante. Amanda era brillante, vivace, divertente e sexy, e aveva stregato Lyle; tuttavia, già poco tempo dopo il matrimonio, a Connie non sembrava che il figlio fosse felice. Lyle però non si lamentava, era leale fino all'eccesso e determinato a far funzionare la loro unione.

Amanda non aveva mai lavorato dopo che si erano sposati. Desiderava solo possedere oggetti costosi, faceva richieste impegnative al marito e gli dava poco in cambio, secondo l'opinione di Connie, che tuttavia amava i nipotini e trascorreva volentieri del tempo con loro.

I due figli minori di Preston e Connie, Annabelle e Benjie, che aveva ventotto anni, vivevano ancora con loro, per la felicità della mamma. Gli altri, tutti con carriere solide e ben avviate, erano usciti di casa anni addietro. Gloria, la secondogenita, aveva trentanove anni, un lavoro importante a Wall Street e dispensava ai fratelli e alle sorelle consigli in ambito finanziario, che glieli chiedessero o meno. Aveva un appartamento nell'Upper West Side, che amava molto. Andava spesso a trovare i genitori ma era contenta di abitare da sola.

Caroline e Charlie erano gemelli e avevano comprato insieme un appartamento a SoHo. A trentatré anni, lavoravano dalla mattina alla sera per la loro azienda di moda femminile in crescita costante. Avevano trasformato un loft di un vecchio magazzino in una casa che adoravano. Inseparabili fin da bambini, da adulti avevano deciso di abitare insieme e fondare un'attività, di cui erano soddisfatti.

Lyle era l'unico sposato. Gloria, Charlie e Caroline erano assorbiti dalla carriera: nel loro mondo frenetico non c'era spazio per il matrimonio o per una relazione duratura. Benjie aveva bisogno dell'aiuto dei genitori, mentre Annabelle era troppo giovane per pensare a sposarsi. Tuttavia, era impaziente di andare a vivere per conto proprio e stava tentando di convincere i genitori a permetterle di prendere un appartamento. La sua priorità era quella di sottrarsi al loro controllo. Di recente aveva abbandonato il college ed era tornata a casa; i genitori ne erano rimasti delusi e quell'evento aveva minato le sue possibilità di persuaderli che le serviva più libertà, perciò il progetto di andare a vivere da sola per il momento era in sospeso. Benjie, da parte sua, era contentissimo di riavere accanto la sorella minore.

Connie e Preston si erano incontrati per la prima volta al debutto in società di lei, a New York, l'antica tradizione cui la sua famiglia era ancora legata. Preston era di dieci anni più grande e non fece caso a lei, una delle venticinque diciottenni in abito bianco che facevano l'inchino davanti ai presenti, accompagnate da coetanei. Si erano incontrati di nuovo al primo lavoro di Connie, dopo che si era laureata al Vassar College. Faceva la junior editor nella casa editrice in cui Preston era un senior editor molto rispettato. La notò immediatamente e la trovò intelligente e bellissima. L'estate seguente si sposarono e iniziarono a mettere su famiglia.

Connie aveva lasciato il lavoro per crescere i figli, mentre Preston era diventato direttore editoriale e aveva mantenuto quel ruolo per tutta la sua vita professionale. Aveva settantacinque anni, era in pensione da dieci e lui e la moglie amavano avere più tempo da trascorrere insieme. Lui aveva avuto una carriera di tutto rispetto ma avevano interessi comuni. Non si stancavano mai di stare insieme e tra loro c'era ancora una grande passione, alla quale davano libero sfogo durante le lune di miele invernali in Europa.

Provenivano da ambienti simili. La famiglia di Preston aveva fatto fortuna con l'acciaio e il rame all'inizio del Ventesimo secolo. Il crollo della Borsa del 1929 li aveva colpiti duramente, ma non li aveva annientati, come invece era successo ad altri. Semplicemente, da quel momento in poi la famiglia aveva dovuto vivere in maniera più oculata. Tuttavia, né Preston né Connie avevano la mania del lusso. Sebbene il patrimonio di lui fosse diminuito con il trascorrere degli anni, disponevano di abbastanza denaro per vivere bene. Preston aveva fatto degli investimenti redditizi e percepiva uno stipendio alto. Riuscivano agevolmente a mantenere i sei figli e ad avere uno stile di vita confortevole, pur senza stravaganze ed eccessi. Benché i figli avessero ricevuto una buona educazione e un giorno avrebbero ottenuto una discreta eredità, non sarebbero stati ricchi come un tempo lo era stata la famiglia del padre. Il valore della casa e degli investimenti erano soggetti alle tasse di successione, inoltre ciò che sarebbe rimasto andava diviso per sei. L'eredità li avrebbe aiutati a comprare casa, provvedere all'istruzione dei propri figli e avviare delle attività, ma nessuno di loro si sarebbe arricchito grazie a essa.

Anche Connie aveva ereditato una piccola somma dai genitori e dai nonni aristocratici, ma il loro patrimonio non aveva mai eguagliato quello di Preston, e nel corso degli anni la sua eredità si era ridotta di molto.

Il bene più prezioso che avrebbero lasciato ai figli era la casa in cui vivevano da prima che nascesse Lyle: una dimora un tempo maestosa che avevano acquistato per una cifra irrisoria a un'asta giudiziaria di cui Connie aveva letto. Nessuno voleva una casa di quelle dimensioni, perciò l'avevano presa loro, a un prezzo che allora potevano permettersi. Si trovava nell'Upper East Side, tra la Quinta Avenue e la Madison, una zona molto prestigiosa. Un tempo era una dimora estremamente elegante, che loro avevano trasformato in una casa per una famiglia, malgrado le sue dimensioni e la sua storia. La zona in cui si trovava alzava di molto il suo valore, e si aspettavano che un domani i figli la vendessero a una cifra considerevole. Dapprima Preston temeva che fosse troppo grande, ma con i sei figli che alla fine avevano avuto si era rivelata perfetta. Aveva modanature raffinate, magnifici soffitti alti, bellissime portefinestre e numerose stanze con le pareti rivestite in legno. Connie e Preston l'avevano tenuta bene, ma con alcuni ammodernamenti e un intervento di ristrutturazione, dei nuovi proprietari potevano facilmente riportarla all'antico splendore, se avessero potuto permetterselo. La casa si era rivelata il loro investimento migliore e trovando il giusto acquirente ne avrebbero ricavato una fortuna.

Era impensabile che i loro figli desiderassero vivere lì insieme da adulti, specialmente dopo essersi sposati e avere avuto dei bambini, perciò Connie e Preston lasciarono scritto che dopo la loro scomparsa la casa dovesse essere venduta. I ragazzi vi erano molto affezionati, tuttavia la vendita avrebbe incrementato abbondantemente il valore dell'eredità, ed era ciò che Connie e Preston immaginavano per il futuro dei figli. Al momento, con soltanto i due minori ancora con loro, avevano molto più spazio del necessario. Comunque, una volta che anche gli altri, come Lyle, avessero messo su famiglia, quella casa non sarebbe stata pratica e nessuno di loro sarebbe stato in grado di liquidare ai fratelli le rispettive parti per tenerla per sé.

Lyle era quello che guadagnava di più. Anche Gloria aveva uno stipendio ragguardevole, al quale si aggiungevano le commissioni. Tuttavia, quella casa non andava bene per Lyle, Amanda e i loro due bambini, che comunque possedevano uno splendido appartamento un po' più a nord, sempre nell'East Side. Non era adeguata neanche per Gloria, ancora single a trentanove anni, dopo una serie di storie finite male e un fidanzamento sciolto a un passo dall'altare, quando aveva ventitré anni. Sosteneva che il matrimonio non faceva per lei e dedicava tutta la propria energia alla carriera. Connie dubitava che si sarebbe mai sposata, oppure lo avrebbe fatto molto tardi. Inoltre, Gloria amava il suo appartamento nel West Side, in un famoso edificio con vista su Central Park. Charles e Caroline si davano da fare per far funzionare la loro azienda ed erano soddisfatti del loro loft a SoHo. Dopo che Annabelle aveva abbandonato il college al quarto anno dicendo che lo trovava noioso, i genitori volevano che tornasse a studiare e si laureasse, oppure che trovasse un lavoro, prima di comprarle un appartamentino, dato che ancora non poteva permettersi di prenderne uno in affitto. Benjie, benché fosse più grande di Annabelle, abitava con loro ed era contento così. Per Connie e Preston, quindi, non c'erano dubbi che un giorno la casa dovesse essere venduta. Per il momento, però, speravano di poterci rimanere il più a lungo possibile. Erano in buona salute e riuscivano ancora a gestirla. Rimandando alcuni interventi di manutenzione e affrontando soltanto le riparazioni urgenti, potevano ancora permettersela.

Frieda, la storica governante, era ancora con loro e aveva sessantotto anni. Quando serviva qualche intervento importante, per esempio all'impianto elettrico o idraulico, ingaggiavano un giovane operaio, mentre Preston, a cui piaceva fare lavoretti, si occupava delle piccole cose alla sua portata.

Lui e Connie erano in forma: Preston giocava a golf con amici pensionati, mentre lei una volta alla settimana giocava a tennis con le amiche. Qualche weekend andavano a sciare in Vermont. Conducevano una vita molto piacevole ed erano orgogliosi dei figli, sebbene fossero preoccupati per Annabelle, sia perché non studiava né lavorava sia perché la consideravano troppo giovane per partecipare alla vita notturna di New York. Alla sua età, gli altri figli avevano già imboccato la propria strada.

Lyle si era laureato a Yale e aveva conseguito il master in Economia alla Columbia. Gloria aveva preso sia la laurea sia il master in Economia ad Harvard. I gemelli avevano frequentato la Parsons School of Design; fin da adolescenti si erano innamorati della moda e appena laureati avevano fondato la loro attività. Caroline era la stilista, mentre Charlie era il direttore finanziario e si occupava degli aspetti economici dell'azienda, sebbene avesse anche uno spiccato senso estetico. Benjie aveva un lavoro in un rifugio per animali, che svolgeva con passione. Soltanto Annabelle non aveva ancora trovato la sua strada. La madre la teneva d'occhio, come faceva con Benjie, compito che Preston le delegava volentieri. Lui era stato maggiormente coinvolto con i quattro figli più grandi, ma a settantacinque anni non se la sentiva di rimproverare Annabelle se rientrava troppo tardi, se dormiva fino a mezzogiorno o per gli amici che frequentava. Connie era più brava, inoltre si sentiva ancora pienamente investita del ruolo di madre e molto legata ai figli. A Preston piaceva dare loro consigli, se glieli chiedevano, ma non intendeva controllarli, cosa che con i più grandi non era necessaria da molti anni. Con loro aveva un soddisfacente rapporto alla pari, basato sul rispetto reciproco.

Ogni anno, in gennaio, per due o tre settimane da favola, Connie e Preston non pensavano a nulla di tutto ciò. I figli se la cavavano da soli mentre loro si godevano la vacanza e la reciproca compagnia. Era uno dei vantaggi della maturità, che entrambi apprezzavano molto. Quell'anno non faceva differenza; per il momento a Courchevel la neve era stupenda, si stavano divertendo moltissimo sulle piste e mangiavano in maniera sublime. Alloggiavano in un hotel per famiglie che frequentavano da anni. Non era sontuoso, ma accogliente, confortevole e romantico. Da quando erano arrivati, i figli non li avevano sentiti, né se lo aspettavano: erano grandi abbastanza per lasciare che i genitori si godessero la loro luna di miele invernale. I maggiori si assicuravano che fosse tutto a posto con i fratelli che abitavano ancora in casa: Charlie passava a trovare Benjie regolarmente, mentre Caroline telefonava ad Annabelle, pur sapendo di infastidirla.

Il sabato mattina, quando si svegliò, Lyle trovò un biglietto di Amanda in cucina. Diceva soltanto che era fuori con delle amiche e sarebbe tornata tardi. Gli aveva lasciato scritto il posto e l'orario della partita di calcio di Tommy, il che significava che non sarebbe rientrata per portarlo lei. A Lyle non dispiaceva accompagnarlo alla partita nel parco, anzi si divertiva. Lavorava tanto durante la settimana e nei weekend trascorreva volentieri il tempo con i figli. Spesso il sabato Amanda andava a fare shopping con le amiche, quindi non era una cosa strana, anche se lui avrebbe preferito che rimanesse a casa con loro. Amanda però considerava il sabato il suo giorno libero, dato che il marito poteva stare con i bambini. Lyle li fece alzare, controllò che si vestissero e preparò la colazione. Poi, in ampio anticipo rispetto all'orario della partita, preparò il pranzo per i figli e si sedette con loro al tavolo della cucina, mentre gli raccontavano cosa avevano fatto durante la settimana. Ci teneva a essere un padre presente. Tommy era contento quando il papà andava a vederlo giocare e Devon non si lamentava mai di doverli accompagnare; l'anno seguente, quando avrebbe compiuto otto anni, voleva entrare in una squadra di calcio femminile. Le piacevano gli sport e ammirava il fratello maggiore. Andavano quasi sempre d'accordo, sebbene Tommy avesse tre anni in più. Lui era in quinta elementare, Devon in seconda.

Uscirono di casa infagottati per difendersi dal freddo di gennaio. Lyle aveva fatto mettere a Devon un maglione in più, sotto al piumino imbottito rosa. La partita sarebbe iniziata alle due e sarebbero rimasti al parco fino alle quattro circa. Aveva preparato un thermos di cioccolata calda e portato dei biscotti. Raggiunsero a piedi il garage, poi guidò fino al campo in cui si sarebbe svolta la partita, nella zona ovest di Central Park.

Mentre camminavano verso le tribune, diverse mamme lo notarono e si voltarono a guardarlo. Tommy si tose il piumino e raggiunse la sua squadra e il coach; il padre gli aveva fatto indossare l'abbigliamento termico sotto la divisa pesante, con il suo nome stampato sulla schiena. Quando Lyle si sedette, Devon gli si accoccolò accanto e lui le mise un braccio intorno alle spalle. La bambina aveva un berretto rosa lavorato a maglia, le muffole abbinate, il paraorecchie e stivali foderati di pile, per stare ben calda mentre guardavano la partita. Somigliava molto al padre, con i capelli scuri e grandi occhi marroni. Tommy invece aveva la pelle chiara, i capelli biondi e gli occhi azzurri come Amanda.

«Ciao, Lyle» lo salutò una delle mamme.

Era una donna bionda e attraente, che aveva portato con sé la figlia; si conoscevano di vista.

«Dov'è Amanda?» gli chiese.

«Oggi è impegnata» si limitò a rispondere lui, senza sentirsi in dovere di specificare il motivo dell'assenza della moglie. Non prestava attenzione alle mamme che lo guardavano ammirate e salutò con la mano un papà che conosceva. L'uomo gli si avvicinò e si sedette accanto a lui. I due parlarono finché iniziò la partita, poi si concentrarono sul gioco dei figli. Le mamme chiacchieravano tra loro, mentre le figlie o i bambini più piccoli giocavano nell'area attrezzata lì vicino.

Lyle vide un giocatore segnare un goal, mentre Tommy ne sbagliò uno, perciò fece il tifo per incoraggiarlo.

La sua squadra vinse, sebbene lui non avesse segnato. Però aveva giocato bene e Lyle non gli faceva mai pressioni sul fatto di vincere, a differenza di altri padri. Durante gli si erano avvicinate altre due mamme per chiacchierare. Lui era amichevole con tutti ma non flirtava mai con le donne.

Era alto e con i capelli scuri, come suo padre, e con caldi occhi marroni. Lui e Amanda formavano una bellissima coppia. Lei si prendeva molta cura di sé e andava in palestra tre o quattro volte alla settimana. Aveva un fisico mozzafiato e dimostrava dieci anni di meno dei suoi trentasette.

La loro governante faceva anche da babysitter ed era estremamente affidabile, perciò Amanda aveva molto tempo libero, che trascorreva facendo compere, pranzando con le amiche, andando a lezione di yoga o in palestra.

Molly portava i bambini a scuola e andava a prenderli, mentre Amanda aveva sempre qualche impegno e spesso rientrava a casa dopo di loro.

Per Lyle sarebbe stato più facile se la moglie fosse andata più d'accordo con la sua famiglia, specialmente con le sorelle, ma Amanda non aveva mai fatto alcuno sforzo in quella direzione e sapeva ciò che pensavano di lei. Erano ancora convinte che lo avesse incastrato facendosi sposare, ma Lyle lo aveva voluto quanto lei, come lui stesso aveva ribadito ai genitori e ai fratelli.

«Non mi ha obbligato a sposarla» la difendeva quando veniva sollevato l'argomento, come succedeva ancora di tanto in tanto, con sua grande mortificazione. «L'ho voluto io, è stata una scelta mia. Era la cosa giusta da fare.»

Gloria, la sorella che gli era più legata, era la più schietta su quel tema e definiva Amanda una cacciatrice di patrimoni. Per correttezza, Lyle faceva sempre notare che alla fine l'avrebbe sposata in ogni caso, ma i suoi famigliari non ne erano altrettanto sicuri. Quando avevano iniziato a uscire insieme era un dongiovanni, ma ormai non più. Spesso le donne lo guardavano, ma per rispetto di Amanda lui adesso fingeva di non accorgersene. Quando era rimasta incinta non aveva esitato a proporle di sposarlo. Lyle non aveva preso precauzioni diverse volte e lei glielo aveva lasciato fare, perciò lui riteneva che sposarsi fosse suo dovere, sebbene la cosa lo spaventasse un po'. Non se n'era mai pentito grazie ai figli che avevano avuto, benché la passione per Amanda fosse diminuita presto e negli ultimi anni si fosse spenta del tutto da parte di entrambi.

Non avevano niente in comune. Lei amava lo stile di vita che lui le offriva e il fatto di non dover lavorare, ma non era più attratta fisicamente da lui. Lyle si era abituato a vivere senza ricevere affetto o un gesto gentile. Il sesso era migliore dopo che avevano litigato, cosa che accadeva spesso.

Ma non erano affiatati come Lyle aveva sperato. Amanda non era affettuosa né con lui né con i figli, però era sua moglie e lui, come i genitori, era convinto che il matrimonio dovesse durare per sempre, quindi si impegnava per farlo funzionare. Amanda non aveva interessi né obiettivi intellettuali e non amava la vita famigliare, che invece per lui era la cosa più importante. Non le interessava il lavoro del marito; ormai si parlavano a malapena e lei tentava di evitare di trascorrere del tempo con lui.

Lyle e i bambini tornarono a casa alle cinque e i figli andarono nelle loro camere a guardare dei video fino all'ora di cena. Lui era convinto che a quell'ora Amanda sarebbe stata a casa e nell'attesa si mise a lavorare al computer. Lei rientrò alle sette meno venti, più tardi del solito; era fuori dalle otto del mattino, troppo presto per poter fare compere.

Era stata a casa di un'amica per una lezione di ginnastica, poi avevano fatto la doccia, si erano vestite ed erano uscite. Dopo lo shopping si erano fermate al Plaza per prendere un Martini, motivo per cui era rientrata così tardi.

«Dove sei stata?» le chiese lui, irritato per l'orario.

Faceva in modo di concederle tempo per sé stessa, però lo infastidiva che lei se lo prendesse durante i weekend.

«Ero fuori a fare compere e prima di rientrare ci siamo fermate a bere qualcosa.»

«Ai bambini sei mancata» le disse. «Gli altri genitori mi hanno chiesto dove fossi.»

Lyle invidiava le coppie che facevano le cose insieme, come i suoi genitori. Amanda invece era stata indipendente fin dai primi tempi del matrimonio. I suoi avevano divorziato quando era piccola, perciò non aveva avuto un modello da imitare. Inoltre, delegava alla governante cose che Lyle riteneva dovesse fare lei, dato che non lavorava, ma era evidente che non avesse un forte istinto materno.

«E tu cos'hai risposto?» gli chiese.

«Quello che dico sempre quando non ci sei alle partite di Tommy: che sei impegnata.»

Si domandava se avesse una relazione, ma non credeva fosse così. Semplicemente non era più interessata a lui, ma soltanto alle cose che poteva comprare grazie a lui. Era sempre stato generoso e gentile con la moglie e non le aveva mai rinfacciato il fatto che erano stati costretti a sposarsi. Aveva tenuto fede alla sua parte dell'accordo; lei era la sua famiglia, anche se il matrimonio si era rivelato un fallimento per entrambi. Non le aveva mai imposto la sua famiglia di origine. Amanda e Gloria erano entrate in contrasto fin da subito, quando la sorella lo aveva supplicato di non sposarla. Amanda era troppo diversa dalle ragazze con cui era uscito prima. Non aveva frequentato il college e non aveva obiettivi professionali. Occasionalmente aveva fatto la modella o lavorato in un ristorante. Si era allontanata dalla famiglia a sedici anni ed era evidente che intendeva sposare un uomo ricco. Gloria gli aveva consigliato di darle il sostegno economico per il bambino e di non sposarla, ma a lui non era sembrato giusto. Poi, nel momento in cui aveva visto Tommy, era rimasto folgorato. In anni più recenti, la paternità era diventata importantissima per lui e gli dava più soddisfazioni del matrimonio. Così aveva proposto ad Amanda di avere un secondo figlio, che gli sembrava una normale evoluzione in un rapporto coniugale. Quella prospettiva non entusiasmò la moglie, che tuttavia valutò che un secondo figlio avrebbe rafforzato ulteriormente il patto tra loro e avrebbe convinto la famiglia di lui ad accettarla. Ma non andò così: con la nascita di Devon, la famiglia di Lyle non fece altro che convincersi che non avrebbe mai lasciato la moglie. Lui voleva bene alla figlia quanto ne voleva a Tommy. Con l'arrivo della secondogenita, la sua attrazione fisica nei confronti di Amanda era svanita, sebbene lei fosse tornata rapidamente in forma e fosse ancora bellissima. A lei non interessava la vita famigliare; essendo cresciuta con un padre che picchiava la madre alcolista e che infine l'aveva lasciata, Amanda era andata a vivere per conto proprio quando la madre era morta di cirrosi epatica. Non sapeva dove si trovasse il padre, né se fosse ancora vivo, e Lyle era dispiaciuto per lei. Era cresciuta senza nessuno dei vantaggi che aveva avuto lui: una famiglia affettuosa, genitori affiatati, una buona educazione e disponibilità economiche. Aveva rispetto per il passato doloroso della moglie, che tuttavia l'aveva resa una persona dura.

Le piacevano le cose costose e quello che il marito guadagnava non era mai abbastanza per lei. Spendeva i suoi soldi senza ritegno, principalmente per sé stessa. Quel giorno era rientrata con diverse borse traboccanti di acquisti fatti nelle boutique che frequentava regolarmente. Non si scusava mai per quanto spendeva, era convinta che tutto le fosse dovuto e non sapeva cosa fosse la gratitudine. Andò a riporre gli acquisti nella sua cabina-armadio, mentre Lyle si sforzava di mantenere la calma. Poi andò a cercarla per chiederle cosa avrebbero mangiato per cena. Non voleva litigare, dato che i figli erano in casa.

«Ordiniamo qualcosa» rispose lei in tono spensierato.

Durante i weekend la governante non lavorava, e Amanda non cucinava mai nei fine settimana, mentre Lyle lo faceva qualche volta la domenica sera.

«Sono stanca» si limitò ad aggiungere.

Lyle andò a chiedere ai bambini cosa volevano mangiare; entrambi scelsero la pizza, così la ordinò. Amanda disse che si sarebbe preparata un'insalata, mentre lui decise di prendere la pizza con i bambini. Amanda apparecchiò la tavola e quando arrivò la pizza Tommy raccontò alla mamma che avevano vinto la partita. Lei lo guardò con espressione vacua; Tommy sapeva che non le interessava il calcio né chi vinceva, ma cercava sempre la sua approvazione e voleva farle buona impressione. Lo sguardo deluso del figlio addolorò profondamente Lyle. Amanda non tentava neanche di nascondere il proprio disinteresse. Al termine della cena, quando i bambini lasciarono la tavola, Lyle era ancora irritato con lei.

«Avresti potuto almeno far finta che ti importasse che hanno vinto» le disse mentre gettava via gli avanzi della pizza e metteva i piatti nel lavello con un gran rumore di stoviglie. «Per lui è importante.»

Tommy faceva di tutto per attirare la sua attenzione, come lo stesso Lyle aveva fatto per anni, ma lui ormai si era rassegnato. Era sempre stato convinto che dentro di lei, sotto la corazza, ci fosse una parte affettuosa, ma poi aveva capito che non c'era. Tommy invece non lo sapeva ancora. I traumi che aveva subìto da piccola l'avevano resa arida e fredda.

«Lui sa che non mi piacciono gli sport» ribatté lei con uno sguardo gelido.

Non era interessata a nulla se non a sé stessa, allo shopping e alle amiche. A lei e a Lyle non erano mai piaciute le stesse persone. Lei preferiva quelle più grezze, più simili a lei. Considerava Lyle monotono e serioso, inoltre non si era mai adattata allo stile più conservatore con cui lui era cresciuto. Quando si erano conosciuti, lui era più vivace, ma presto era diventato più posato. Amanda ormai sapeva che non sarebbe mai stata all'altezza della famiglia del marito, perciò aveva smesso di provarci. In realtà li detestava. Lyle tentava di mediare tra le due parti ed era intrappolato nel mezzo. Ad Amanda piacevano gli abiti sexy, corti, aderenti e scollati, che mettevano in risalto il suo fisico; il marito non la criticava, sebbene Gloria dicesse che la facevano apparire volgare. Lyle era una persona tollerante e rispettosa nei confronti del prossimo. Varie volte aveva chiesto alla moglie di indossare cose più sobrie quando dovevano incontrare i suoi famigliari, ma lei non gli dava retta, come per sfidarli e ricordare loro a ogni occasione che dieci anni prima l'aveva avuta vinta lei, quando lui l'aveva sposata, incinta di tre mesi. Non aveva bisogno di calcare la mano vestendosi in modo volgare per dimostrare che aveva ragione, eppure lo faceva sempre, senza tenere in considerazione come si sentisse Lyle e quanto imbarazzante fosse per lui. I suoi genitori non facevano commenti al riguardo, ma le sorelle sì.

Amanda aveva ciò che voleva, cioè un marito che la mantenesse. I figli erano un accessorio, uno strumento che poteva usare per ottenere da lui qualunque cosa volesse. Da diversi anni Lyle aveva capito che non poteva trasformarla in qualcosa che non era. Lei non avrebbe mai incarnato l'idea di moglie e madre che lui aveva, non desiderava nemmeno provarci e non si sentiva tenuta a farlo. Considerava i famigliari di lui degli snob noiosi, e Lyle era consapevole che non sarebbe mai stata come sua madre o le sorelle, né come le mogli dei suoi amici, perciò, benché controvoglia, la accettava per quella che era.

Dopo cena, Lyle guardò un film insieme ai bambini, poi mise a letto Devon e si affacciò alla camera di Tommy per dargli la buonanotte. Il figlio stava guardando il suo show preferito alla tv; Lyle chiuse piano la porta e si diresse nella camera matrimoniale, dove Amanda stava guardando un reality.

«Dovresti passare più tempo con i bambini» le disse con calma.

Era un argomento ricorrente tra loro, che lei non voleva ascoltare, così alzò il volume del televisore per sovrastare la voce del marito.

«Sei stata via tutto il giorno» proseguì lui. «Avresti potuto stare un po' con loro almeno stasera.»

«Sto con loro tutta la settimana» replicò lei senza guardarlo. «Durante i weekend ci sei tu. Il sabato e la domenica dovrebbero essere i miei giorni liberi.»

In realtà, durante la settimana i bambini passavano più tempo con la babysitter che con la madre.

«Noi non abbiamo giorni liberi; Molly sta con loro tutta la settimana, tu no. Non sei mai a casa quando tornano da scuola.»

«Quando ero piccola non c'era nessuno ad aspettarmi a casa, eppure non sono morta. Tra l'altro, ho lezione di yoga» gli disse, infastidita dalle sue critiche.

«Abbiamo due figli, ti sto invitando a passare più tempo insieme a loro: non mi sembra di chiedere troppo. Mia madre c'era sempre quando tornavamo a casa da scuola» insistette Lyle, con voce sempre più tesa.

«La mia era sempre al bar, ubriaca oppure svenuta» ribatté lei freddamente.

Poi si alzò e uscì dalla camera; Lyle la seguì nella cabina-armadio, piena zeppa dei nuovi acquisti.

«Se non ti occupi di me, Amanda, posso sopravvivere. Ma con loro devi almeno fare finta. Dalla madre hanno bisogno di qualcosa di più. So che hai avuto un'infanzia difficile, ma i nostri figli hanno bisogno di te» le disse nel tono più gentile possibile, tentando inutilmente di farle capire il suo punto di vista.

«Loro stanno bene» replicò lei, impassibile.

«Stanno bene adesso» sibilò Lyle. «Ma in futuro potrebbe non essere così.»

Non voleva rischiare che un giorno diventassero come lei, duri, freddi, amareggiati, egocentrici e avidi. Erano due bambini dolci e non voleva che crescendo si ritrovassero rovinati e disagiati a causa di una madre anaffettiva.

«Tu giudichi qualsiasi cosa secondo gli standard della tua famiglia» lo accusò la moglie. «Loro sono patetici e dipendenti gli uni dagli altri. I gemelli vivono insieme a trentatré anni, Gloria non ha una storia seria da dieci anni e passa la metà del tempo con i vostri genitori. Tu sei continuamente al telefono con loro. Benjie vive a casa come un bambino anziché in un posto con altri come lui, mentre Annabelle sta diventando una sgualdrina e la tua famiglia non se n'è neanche accorta. Vi considerate dei santi e nessuno di voi sa un accidente della vita vera.»

Lyle era consapevole di quanto complicata fosse stata l'infanzia di Amanda, ma la descrizione che aveva fatto della sua famiglia lo aveva offeso profondamente; per lei, i loro valori e il loro forte legame non significavano niente.

«So che li detesti e a volte sono stati duri con te. Abbiamo iniziato con il piede sbagliato, con loro. Però sei ingiusta e quello che hai detto di Benjie non è corretto: a casa sta bene, ha un lavoro da cinque anni e mia madre è fantastica con lui. Al rifugio per animali è bravo e tutti gli vogliono bene» disse con fermezza, determinato a proteggere il fratello.

«Se avesse avuto una famiglia normale, lo avrebbero mandato via anni fa. Non può mantenersi da solo: cosa succederà quando i vostri genitori non ci saranno più? Non pensare di farlo venire qui: io non gestisco una casa-famiglia» disse aspramente.

Lyle la fulminò con lo sguardo; sua moglie sapeva essere crudele e spietata. Lui voleva molto bene a Benjie, che aveva un quoziente di intelligenza alto e si trovava all'estremo superiore dello spettro autistico, in continua evoluzione. Nelle competenze sociali aveva manifestato alcuni sintomi della sindrome di Asperger, ma era capace in altri ambiti, inoltre era un ragazzo brillante e affettuoso.

«Se la cava bene ed è una persona meravigliosa. Non ha bisogno di una casa-famiglia; comunque non ti preoccupare, non lo farei mai venire a vivere con noi. A malapena fai da madre ai tuoi bambini, figuriamoci se saresti affettuosa con mio fratello. E non lo manderò mai via, finché vivo. A volte è più intelligente di noi, anche se può essere impacciato con gli altri. Stai attenta a quello che dici, Amanda: stai pericolosamente oltrepassando dei confini. Sono stato molto tollerante con te, ma se vuoi che continui a esserlo, evita l'argomento della mia famiglia.»

Lei lo guardò senza dare segno di avere inteso ciò che aveva detto, però aveva sentito. Non gradiva che il marito le dicesse di passare più tempo con i figli; stava con loro quanto le andava. Era più interessata ad arraffare tutto ciò che non aveva mai avuto e misurava l'amore in base al denaro, l'unica cosa che era in grado di comprendere.

«Se i tuoi genitori avessero buon senso, venderebbero quel mausoleo di casa e dividerebbero i soldi tra voi, così potreste tutti vivere meglio adesso. Perché dovreste aspettare finché muoiono? A loro non serve una casa di quelle dimensioni. Annabelle se ne andrà da un momento all'altro e resteranno soli con Benjie.»

«Spetta a loro decidere, hanno il diritto di vivere come credono. Sono i loro soldi e la loro casa, non i nostri. Non sto qui ad aspettare con ansia il loro denaro. Abbiamo più che abbastanza con quello che guadagno e sono contento di avere ancora i miei genitori.»

Trovava disgustoso quello che la moglie aveva suggerito, e non era la prima volta che lo faceva.

Sapeva ciò che lei pensava di lui, della sua famiglia, del fatto che fossero così uniti e di quello che lui un giorno avrebbe ereditato.

«Potreste avere molto di più adesso, se vendessero la casa» insistette, testarda.

«È casa loro ed è il posto in cui siamo cresciuti tutti noi. Per te invece è soltanto denaro.»

La sua ingordigia era senza limiti e non aveva la minima considerazione per ciò che era importante per loro: i genitori, i fratelli e la loro casa non significavano niente per Amanda.

«Siete come la Famiglia Addams, a volte mi fate venire i brividi» disse aspramente.

Aveva uno stile di vita che prima non avrebbe potuto nemmeno sognare, eppure non le bastava, voleva sempre di più e si sentiva defraudata.

«Credo che sarebbe intelligente da parte tua lasciar stare l'argomento» sibilò Lyle furente, poi uscì sbattendo la porta della cabina-armadio.

Si infilò le scarpe da ginnastica e la giacca a vento e andò a correre, per evitare di perdere il controllo.

Quando rientrò, Amanda stava dormendo. Fece una doccia poi si sdraiò a letto, restando sveglio a lungo, a riflettere sul suo matrimonio. Sapeva di aver fatto bene a sposarla e tale consapevolezza lo confortava, ma le conseguenze di quella decisione stavano diventando ogni anno più difficili da sopportare e iniziava a domandarsi dove li avrebbe portati. Per lui la famiglia era sacra e Amanda ci godeva a ferirlo proprio su quel fronte. Se mai ce ne fosse stato bisogno, ciò gli dimostrava chi era lei veramente. Persino i suoi stessi figli significavano poco per lei. Aveva imboccato una strada pericolosa; Lyle era stato fedele e affettuoso con lei per dieci anni, senza ricevere nulla in cambio. Per lui la famiglia era fondamentale: i suoi genitori, i suoi fratelli, i suoi figli erano tutti Whittier, Amanda no. Lei aveva scelto di restare fuori dal cerchio e un giorno ne avrebbe pagato il prezzo, se lo avesse spinto oltre i limiti. Ne era consapevole, ma lo pressava ugualmente e lui aveva quasi raggiunto il punto di non ritorno.

A volte si domandava se fosse proprio ciò a cui la moglie mirava: spingerlo oltre il limite. Ma non riusciva a capirne il motivo.

Due

I TELEFONI squillavano senza sosta, la gente correva, c'era un viavai di fattorini, un gruppetto di modelle chiacchieravano in un angolo di una grande stanza. Charlie e Caroline Whittier avevano comprato una vecchia fabbrica nel Lower East Side undici anni addietro, quando si erano laureati alla Parsons, e avevano fondato la loro casa di moda. Producevano abiti da donna eleganti e raffinati, confezionati con stupendi tessuti provenienti dalla Francia e dall'Italia. Due volte all'anno, in febbraio e in settembre, presentavano la loro linea durante la settimana del prêt-à-porter a New York. Da qualche anno avevano alzato i prezzi e i loro abiti venivano venduti in alcuni dei migliori negozi del Paese. Erano orgogliosi di ciò che avevano realizzato e della strada che avevano fatto.

Spesso lavoravano giorno e notte; Caroline aveva una piccola zona adibita a studio nel loft di SoHo, così poteva lavorare anche da casa, se le veniva l'ispirazione. Lavorava la maggior parte delle sere e dei weekend. Era la stilista e la direttrice creativa, tuttavia Charlie dava un importante contributo anche su quel fronte; era portato per la finanza ma aveva anche buon occhio per il design. Caroline gli mostrava sempre i suoi disegni e lui spesso aggiungeva piccoli dettagli o faceva lievi modifiche che miglioravano il risultato.

Caroline sapeva che il gemello avrebbe potuto essere lo stilista, se avesse voluto, ma lui preferiva fare il direttore finanziario e occuparsi del versante economico. Avevano avviato l'attività con un budget molto limitato, grazie al denaro che il padre aveva prestato loro e a quello di alcuni investitori, e nel tempo il loro era diventato un marchio molto rispettato e apprezzato. La società si chiamava CCW e il logo era una grossa W al centro con due piccole C ai lati, che stavano per Charles e Caroline Whittier. Avevano lasciato il segno nel mondo della moda e quegli undici anni erano volati. Erano totalmente dediti alla loro attività, non temevano il lavoro duro e per entrambi la casa di moda aveva la priorità su ogni altra cosa. In quanto gemelli, erano sempre stati legatissimi. Ancora prima di imparare a parlare, avevano un linguaggio tutto loro; una volta cresciuti avevano sviluppato una sorta di sesto senso l'uno per l'altra, come se sapessero leggersi nella mente. Quando Caroline aveva dei dubbi su qualcosa, scopriva sempre che anche Charlie li aveva, poi insieme trovavano una soluzione. A volte lei aveva la sensazione che fossero due metà di una stessa persona. Fisicamente si somigliavano molto, biondi e con gli occhi azzurri come la madre, con i suoi stessi lineamenti delicati.

La loro determinazione a raggiungere il successo professionale e il tempo che dedicavano per riuscirci avevano impedito a entrambi di intraprendere relazioni sentimentali a lungo termine. Spesso i loro potenziali compagni si annoiavano o addirittura si offendevano per il fatto di essere messi al secondo posto, dopo il lavoro. D'altra parte, Caroline e Charlie si sentivano ancora abbastanza giovani per investire tempo ed energie nel marchio che stavano facendo crescere e riservavano l'amore per il futuro. Non avevano fretta di sposarsi e di avere figli; l'azienda era la loro creatura e al momento erano soddisfatti così.

Mancavano dieci giorni alla sfilata e i tessuti dall'Italia erano in ritardo. La spedizione era rimasta bloccata alla dogana e le sarte stavano tentando di recuperare lavorando febbrilmente. Un gruppo di modelle era in attesa di provare i campioni. Le indossatrici ufficiali li avrebbero provati uno o due giorni prima della sfilata e le sarte avrebbero fatto i necessari aggiustamenti. Prunella Clark, la famosa stylist inglese che usavano per le sfilate, aveva già scelto gli accessori per ciascun look tra quelli disegnati da Caroline.

Nel suo ufficio c'erano bozzetti e disegni sparsi ovunque; quando il gemello le passò davanti e si fermò per scambiare due chiacchiere, sembrava un'ossessa. I lunghi capelli biondi erano aggrovigliati in un nodo in cima alla testa con cinque o sei matite infilate dentro. Indossava una t-shirt e dei jeans strappati, e pareva una modella lei stessa. Anche il gemello era un bellissimo ragazzo; entrambi avevano sfilato qualche volta mentre frequentavano la scuola di design, tuttavia ciò che li interessava davvero era il settore produttivo del mondo della moda e avere voce in capitolo sulle tendenze del momento. Il loro obiettivo era quello di diventare uno dei principali marchi sul mercato. Erano consapevoli che sarebbe servito un ingente investimento economico, da parte di un marchio più grande come Kering o LVMH, tuttavia non volevano essere comprati da nessuno. Perciò, fino a quel momento, avevano accettato soltanto investitori privati, ai quali avevano ceduto una piccola porzione della società. Sull'argomento, Caroline era inflessibile. Charlie era più realistico e sapeva che alla fine avrebbero dovuto cedere quote maggiori se volevano avere un ruolo da protagonisti sul mercato. Avevano già investito nell'azienda undici anni e Caroline si rifiutava di vendere una porzione maggiore. Tuttavia, non c'era altro modo per raggiungere i loro obiettivi di crescita, perciò Charlie tentava costantemente di convincerla. Sperava di riuscirci presto, in modo da far progredire l'azienda.

«Sembri una pazza» commentò sorridendo, vedendola con mezza scatola di matite ficcate tra i capelli, uno sbaffo di carboncino sulla guancia e un puntaspilli fissato a una fascia intorno al polso.

«Lo sono!» esclamò lei, con aria disperata. «Siamo a corto di uno dei tessuti di Milano, quello per l'abito da sera verde.»

«Cambia il modello» suggerì lui.

«È quello che sto facendo. Ce ne hanno mandato così poco che siamo fortunati se ne verranno fuori degli shorts e un top, oppure un bikini.»

«Ce la farai, Caroline.»

Charlie la incoraggiava sempre e si spalleggiavano a vicenda.

«Lo so, ma lo fanno tutte le volte. E poi la dogana ci ha messo del suo, così fino a stamattina non sapevo di non avere abbastanza stoffa per l'abito. Potrei farlo con un raso verde che ho comprato per un'altra cosa; userò lo chiffon verde per il numero dodici» ragionò, parlando un po' con sé stessa e un po' con Charlie.

«Troverai una soluzione, come sempre.»

«Una delle modelle è ammalata» lo informò «ma Nicola Wickham ha litigato con lo stilista di Herrera e sfilerà per noi» concluse in tono vittorioso.

Nicola era la più celebre modella di New York del momento e averla nella sfilata era un bel colpo.

«Viene alle due per le prove.»

Charlie sapeva che nei successivi dieci giorni li aspettavano innumerevoli piccole e grandi vittorie, crisi e momenti mozzafiato. Vivevano costantemente sull'orlo del baratro e per loro, nel settore della moda, ogni istante era una questione di vita o di morte. Caroline era magra quanto le modelle e nei periodi in cui lavorava a una sfilata mangiava pochissimo, e Charlie era iperprotettivo nei suoi confronti. Entrambi avevano molto a cuore le recensioni che ricevevano, dato che avrebbero influito sul numero di ordini da parte dei principali negozi.

Le sfilate del prêt-à-porter della settimana della moda servivano a far sì che i migliori negozi della nazione potessero ordinare all'ingrosso con mesi di anticipo. Alle sfilate andavano anche i redattori di moda di tutte le riviste, per avere un'anteprima delle nuove tendenze e vedere quali erano gli stilisti più bravi. Caroline e Charlie lavoravano con un anno di anticipo; il giorno dopo la sfilata lei avrebbe iniziato a occuparsi della successiva collezione, realizzando i bozzetti che aveva già in mente. Il fratello la considerava geniale e anche le recensioni lodavano il suo grandissimo talento. Era lei la star del marchio, mentre Charlie preferiva tenersi un passo indietro.

La sera rientravano nel loft che avevano comprato insieme sia per risparmiare sia perché erano contenti di convivere. Finché entrambi erano single, non c'era ragione per non condividere la casa. I genitori li sostenevano ed erano orgogliosi della loro attività, benché la madre fosse preoccupata che non avessero una vita personale. Il padre era impressionato dai loro ritmi di lavoro e dalla competenza di Charlie in ambito finanziario. La stampa specializzata li chiamava «I supertalentuosi gemelli Whittier» e spesso attribuiva loro recensioni entusiaste. Eppure, a ogni sfilata sentivano di mettere in gioco la carriera e la reputazione.

«Ricordati di mangiare qualcosa» le raccomandò Charlie, prima di allontanarsi in fretta per partecipare a una riunione.

Caroline tornò al tavolo da disegno per lavorare sulle modifiche all'abito da sera verde. Occorreva apportare cambiamenti per adattarlo alla nuova stoffa, che non si prestava bene al drappeggio quanto quella che scarseggiava. Ogni giorno c'era una crisi in vista della sfilata. Doveva ancora supervisionare il casting finale delle modelle e assicurarsi che i campioni fossero completati, cosa che in genere non succedeva fino a due ore prima dello show, o anche meno. Le misure dovevano essere impeccabili e bisognava curare ogni minimo dettaglio. Se lei era una perfezionista, Charlie lo era altrettanto. Era appena tornato nel proprio ufficio per la riunione quando la gemella consegnò tutte le modifiche per l'abito verde alla sarta che doveva di nuovo tagliare il modello.

In quel momento, squillò il telefono della scrivania di Charlie. Era Gloria, che voleva sentire come stavano, sapendo quanto fossero frenetici e stressanti i giorni precedenti a una sfilata. Aveva sei anni più dei gemelli e amava il proprio lavoro a Wall Street nel settore della finanza e degli investimenti. Era una professionista molto rispettata e Charlie le chiedeva spesso dei consigli, che seguiva con gratitudine.

«Come sta andando?» gli chiese in tono empatico. Li ammirava per quanto si impegnavano.

«La povera Caroline sta impazzendo, ma alla fine si risolve sempre tutto.»

«Questo perché vi dedicate al lavoro anima e corpo. Non so come facciate. Io ho sei completi neri e due grigi, eppure non riesco a decidere cosa mettermi per andare in ufficio ogni giorno, figuriamoci se riuscirei ad avviare una tendenza e decretare ciò che l'intera nazione dovrà indossare tra sei mesi.»

Gloria era una bella donna mora. Non aveva una bellezza eclatante come loro, Lyle e Annabelle, ma con i suoi lineamenti aristocratici somigliava al padre. Era alta e magra come lui, estremamente disciplinata, andava in palestra tutte le mattine alle cinque e arrivava in ufficio alle sette. Era portata per la finanza come i gemelli lo erano per la moda, inoltre lavorava intensamente quanto loro, solo in un modo più ordinato e in un settore meno schizofrenico.

«Ti avrei chiamata dopo la sfilata. Voglio ancora parlare con alcuni potenziali investitori, per vedere se qualcuno è disposto a entrare in gioco senza chiederci di cedere troppo, in modo che vada bene a Caroline.»

«Mi pare arduo. I grossi investitori chiedono una fetta dell'azienda e pretendono di averne il controllo.»

«Caroline non accetterà mai» disse Charlie.

«Dovrà accettare, se volete diventare grandi come dite. Guarda in faccia la realtà, non si tratta di un'attività artigianale, la moda è un settore di alto livello. La vostra potrebbe essere un'azienda miliardaria. Se quella è la direzione in cui state andando, dovete giocare secondo le regole dei grandi, altrimenti resterete uno dei tanti attori minori.»

«Io vorrei essere tra i grandi e lo stesso vale per Caroline; soltanto che lei non accetta l'idea di cedere qualcosa, per arrivarci.»

«Mi guarderò intorno e vedrò se trovo qualcuno innamorato della moda e disposto a giocare secondo le vostre regole. Vi terrò informati.» Gloria prendeva sempre seriamente gli affari e li aveva aiutati a trovare gli investitori che avevano al momento. «Come va il resto?» aggiunse.

Charlie rise. «In questo settore non esiste il resto prima di una sfilata... e neanche per la maggior parte del tempo.»

«Già, per me è lo stesso» ammise la sorella maggiore. «Dopo la sfilata ceniamo insieme qualche volta.»

«Per allora Caroline starà già lavorando alla prossima, ma troveremo il tempo. Magari possiamo cenare tutti insieme quando mamma e papà tornano dall'Europa.»

«Mi meraviglia sempre che dopo quarantatré anni di matrimonio siano ancora così innamorati e vadano in luna di miele ogni inverno. Io non ho un appuntamento da due anni e non sono neanche sicura di volerlo; loro invece fanno ancora i piccioncini.»

Tutti e sei i figli di Connie e Preston li ammiravano per questo e li consideravano un esempio e un modello.

«La mamma ha detto che per il cinquantesimo anniversario vogliono rinnovare le promesse e desidera che le facciamo il vestito. Caroline ha già preparato alcuni bozzetti.»

«Buon per loro!» esclamò Gloria.

Come tutti i suoi fratelli, anche lei aveva avuto dei contrasti con i genitori, ma si trattava di piccole cose. Aveva un profondo rispetto per loro ed era grata per l'amore e l'affetto che univa l'intera famiglia. Soltanto Lyle aveva deluso i genitori sposando Amanda, ma ormai l'avevano accettato, inoltre volevano bene ai nipoti, naturalmente.

«Li hai sentiti?» domandò a Charlie.

«Ovviamente no» rispose lui ridendo. «Sono convinto che ogni anno si dimentichino della nostra esistenza, durante queste tre settimane.»

«Come biasimarli? Frieda dice che Annabelle fa le ore piccole tutte le sere. La mamma dovrà fare i conti con lei, quando torna. Sono contenta che non tocchi a me, non sono pratica con i ragazzini. Credo che essere single sia la scelta giusta per me» gli disse in tono serio.

«Non arrenderti» replicò Charlie. «Non puoi mai sapere chi incontrerai.»

«Già, come no... Dopo che sono uscita con Frankenstein e Dracula e con tutti i cugini della Transilvania, e dopo che mi sono fidanzata con un sociopatico e l'ho quasi sposato, posso dire che sto bene come sto.»

Gloria non era arrabbiata, ma era diventata diffidente verso gli uomini. Non era una persona facile: era intelligente, risoluta e non aveva paura di esprimere le proprie opinioni. Il fratello sapeva che aveva un cuore gentile e una mente brillante, ma spaventava la maggior parte degli uomini. Le rare volte che le chiedevano di uscire era difficile che si facessero risentire e lei non ne era dispiaciuta, dato che neanche per lei superavano l'esame. Aveva aspettative molto alte per sé stessa e per gli altri, e lo faceva capire chiaramente. A Charlie dispiaceva che fosse sola, tuttavia non sembrava infelice. Inoltre, come lui e Caroline, era dipendente dal lavoro; quella sembrava essere una caratteristica di famiglia. Anche il padre aveva lavorato molto, sebbene non quanto loro, nel settore dell'editoria, che era meno folle, oltretutto in un'epoca meno spietata. Il mondo moderno si muoveva a un ritmo molto più frenetico e Preston diceva spesso di essere contento di non lavorare più.

Gloria augurò a Charlie in bocca al lupo per la sfilata. Lui era d'accordo con la sorella maggiore: Caroline avrebbe dovuto scendere a qualche compromesso in merito alla percentuale della società che era disposta a cedere. Per il momento, comunque, nella sua mente c'era soltanto la sfilata, l'aspetto e la qualità degli abiti che avrebbero presentato e la storia che lo show avrebbe raccontato. Tutti i vestiti dovevano funzionare insieme, parlare con una voce unica. Per Caroline si trattava di pura arte. Charlie, invece, era più pratico e realistico.

Prima di chiudere la telefonata, Charlie aveva detto a Gloria che avrebbe portato Benjie in palestra. Benjie adorava andarci con il fratello grande: avevano soltanto cinque anni di differenza e gli era molto legato. Tra tutti i fratelli, Charlie era quello più attento a lui.

«Sei un bravo ragazzo» gli disse Gloria, commossa dalla sua dedizione.

Alle cinque, Charlie uscì dall'ufficio e prese la metropolitana verso il centro per raggiungere Benjie al lavoro. Dopo sarebbe rientrato per dare supporto a Caroline, ma per lui era importante trascorrere un po' di tempo con il fratello e non lo deludeva mai.

I genitori avevano insegnato ai figli a prendersi cura l'uno dell'altro e loro avevano sempre messo in pratica quel consiglio.

Charlie arrivò al rifugio per animali sulla York Avenue, vicino all'East River, nell'Upper East Side. Entrò in tuta da ginnastica con sopra un cappotto di lana pesante e chiese di Benjie alla reception.

Il tecnico veterinario gli sorrise. «Sei suo fratello, giusto?»

Charlie annuì, sorridendo a sua volta.

«Gli vogliamo bene, è bravissimo con gli animali. Lo trovi al piano di sopra, è con i cani in attesa di essere adottati.»

Gli indicò le scale e Charlie si avviò al reparto adozioni.

Il rifugio forniva numerosi servizi, incluse le adozioni e le cure per cani feriti che venivano trovati abbandonati e che rimettevano in salute per poi affidarli a nuove famiglie.

Appena Charlie aprì la porta, vide il fratello. Era un bel ragazzo alto e moro con gli occhi azzurri e un viso dolce, che dimostrava sedici anni anziché i ventotto che aveva. Teneva in braccio un meticcio dal pelo arruffato, con una benda intorno alla testa e a metà del muso, e lo accarezzava piano sussurrandogli paroline dolci come a un neonato. Quando alzò lo sguardo e vide Charlie, si illuminò.

«Ciao. È stato investito da una macchina ed è ferito a un occhio e alla testa» gli spiegò.

Il cane, con una zampa ingessata, faceva compassione. Benjie lo posò delicatamente in una morbida cuccia all'interno di un recinto.

«Guarirà, però è triste» proseguì. «Gli piace essere tenuto in braccio, è spaventato.»

Benjie aveva un dono per gli animali e lavorava lì diligentemente per otto ore tutti i giorni, facendo qualunque cosa servisse. Cinque anni addietro, la madre gli aveva trovato quel posto. Il rifugio era diretto da un'organizzazione benefica che lei sosteneva finanziariamente. Quell'impiego era stato fondamentale per Benjie, rappresentava uno scopo e un modo utile per occupare il tempo, inoltre aiutava il personale. Gli animali, poi, lo adoravano.

«Vuoi ancora andare in palestra?» chiese Charlie.

Benjie gli si avvicinò e lo abbracciò. Era più alto e più robusto di Charlie, ma con lui era gentilissimo. A volte sembrava più piccolo rispetto alla sua età, ma era perfettamente razionale, brillante e in grado di sostenere una conversazione. La sua disabilità non era stata attribuita ad alcuna causa specifica; forse poteva aver contribuito l'età dei genitori quando lo avevano concepito, anche se la madre aveva solo trentasette anni. D'altra parte, Annabelle era nata ancora più tardi. La sindrome di Asperger e l'autismo si manifestavano senza una precisa ragione. Tuttavia, con il supporto della famiglia Benjie se la cavava molto bene e la madre era coinvolta attivamente nella sua vita quotidiana. Spesso faceva lunghe passeggiate con il padre, con il quale gli piaceva parlare; inoltre era legato a tutti i fratelli, anche se Charlie era quello con cui passava più tempo.

Raggiunsero a piedi la palestra; a Benjie piaceva andarci con il fratello, camminava sul tapis roulant e si allenava su una cyclette impostata sulla salita ripida. Era in gran forma e molte persone che parlavano con lui non si rendevano conto della sua disabilità. A volte era impacciato nei rapporti sociali, altre volte era più sciolto. Era una combinazione di abilità e ingenuità, che lo rendeva una persona attraente e piena di fascino. Un'ora più tardi Charlie lo riaccompagnò a casa, dove Frieda lo stava aspettando e gli aveva preparato la cena, come tutte le sere quando i genitori erano assenti, poi rimaneva alzata finché lui andava a dormire. Lo faceva da sempre, quando Connie era impegnata o usciva la sera – cosa rara – e durante la loro vacanza annuale. Benjie era costantemente controllato e protetto con discrezione. Il più delle volte, prendeva un taxi da solo per andare al rifugio.

Benjie abbracciò forte il fratello e lo ringraziò.

Charlie tornò in ufficio e trovò Caroline che, alle sette e mezzo, lavorava a pieno ritmo. C'erano ancora delle modelle che aspettavano per le prove e almeno dieci persone che dovevano farle qualche domanda. Da quello che vedeva, poteva immaginare che la gemella sarebbe rimasta lì fino alle due del mattino. Si diresse verso il proprio ufficio. In genere cercava di trattenersi finché lo faceva Caroline, per tornare a casa insieme. Si sentiva in colpa a lasciarla da sola mentre lui andava a riposare, perciò ne approfittava per smaltire un po' del proprio lavoro mentre la aspettava.

Dopo aver cenato, Benjie andò al piano di sopra, fece la doccia e si mise il pigiama. Poi accese il televisore che aveva in camera, per guardare le sue trasmissioni preferite, in molte delle quali c'erano dei cani. Erano quelle che prediligeva, ma gli piacevano anche le commedie, mentre non gradiva i film di paura e violenti, in cui le persone venivano ferite.

Verso le dieci gli tornò fame e, mentre scendeva in cucina per prendere qualcosa da mangiare, si imbatté in Annabelle che usciva dalla propria stanza. Indossava un abito argentato che metteva in evidenza le curve e dei tacchi vertiginosi, con i quali era alta quasi quanto lui. Aveva un fisico stupendo, capelli corvini e occhi verdi; teneva sul braccio una pelliccia nera della madre, che il fratello non riconobbe.

Appena la vide, Benjie sorrise, sorpreso.

«Dove vai? Stai uscendo?»

Lei esitò un attimo, poi annuì. «Esco per incontrare degli amici, tutto qui» gli rispose in tono vago, stringendo a sé un po' di più la pelliccia. L'avrebbe rimessa a posto prima che la madre rientrasse dalla vacanza in modo che non se ne accorgesse, e non voleva che Benjie glielo dicesse.

«Dormirai fuori?» le domandò il fratello in maniera diretta.

«Certo che no» gli rispose. «Tornerò a casa.»

«La notte scorsa hai dormito dal tuo amico?»

«Perché me lo chiedi?» replicò lei, imbarazzata. «Naturalmente no.»

«Ti ho vista tornare quando mi sono alzato per fare colazione. Alle sei eri appena entrata.»

Benjie era estremamente preciso e ricordava ogni minimo dettaglio.

«È assurdo: ero a casa ore prima» ribatté Annabelle. «Devi aver letto male l'ora.»

«No, non ho letto male» dichiarò lui tendendo il braccio con l'orologio da polso. «Non sbaglio mai gli orari: erano le sei e due minuti.»

«Smettila di spiarmi, allora» gli intimò bruscamente.

«Non lo dirò a nessuno» la rassicurò Benjie in tono

gentile. «Né a Frieda né alla mamma, te lo prometto. Stai andando a una festa?»

Sembrava interessato e sebbene lei sapesse che le sue erano domande innocenti, la innervosivano comunque. Non poteva sapere se e quando il fratello avrebbe rivelato un'informazione inopportuna e non voleva che la madre sapesse gli orari che faceva. Da quando i genitori erano via, stava fuori fino a tardi tutte le notti. Ma aveva ventun anni, quindi era grande abbastanza per fare ciò che voleva.

«Una specie» gli rispose, vaga.

In realtà stava andando a una festa in un nightclub con delle persone che aveva conosciuto di recente, alcune delle quali i genitori avrebbero trovato moralmente discutibili.

«Dovresti tornare a letto» disse al fratello.

«Vado a prendere dei biscotti, poi torno a letto» le spiegò lui.

Annabelle lo oltrepassò e lo salutò con la mano mentre lui entrava in cucina richiudendosi la porta alle spalle. Si augurò che il mattino seguente non rivelasse a Frieda a che ora era uscita. Erano quasi le dieci e mezzo e la governante non avrebbe approvato il suo comportamento: l'avrebbe rimproverata e lo avrebbe riferito ai suoi genitori, una volta tornati. Annabelle detestava essere trattata come una bambina.

Raggiunse a piedi l'angolo di Madison Avenue, fermò un taxi e si fece portare in centro, al bar del Meatpacking District in cui era stata nelle ultime sere. Era la più giovane del gruppo, sebbene dimostrasse almeno venticinque anni. Con i lunghi capelli scuri sciolti sulla schiena era molto provocante. Aveva messo un rossetto rosso fuoco e l'ombretto scuro, oltre alle scarpe alte e sexy che le avevano regalato per Natale i gemelli.

Appena entrò nel locale vide il gruppo di persone che quella settimana aveva incontrato diverse volte. Tra loro c'era un uomo particolarmente attraente, un brasiliano, l'uomo più sexy che avesse mai visto. Mentendo, gli aveva detto di avere ventisei anni. La sera precedente, lui aveva condiviso con lei della cocaina, poi avevano fatto sesso nel bagno del locale e lui le aveva detto che l'indomani ne avrebbe portata di più. Annabelle aveva già provato la cocaina una volta, al college. Non ne era diventata dipendente e neanche stavolta sarebbe successo. Il fatto di trovarsi in quel luogo la faceva sentire adulta, sensazione che le piaceva molto. Joao le chiese di andare da lei, ma Annabelle gli spiegò che non era possibile perché aveva dei coinquilini. Lui era ospite di amici che avevano dei bambini e un cane, e dormiva sul divano. Entro una settimana sarebbe tornato a San Paolo, quindi la loro avventura sarebbe finita in ogni caso più o meno nel momento in cui i genitori di lei sarebbero rientrati. Annabelle non aveva mai conosciuto nessuno come Joao: stare con lui era eccitante e un po' inquietante allo stesso tempo.

Il telefono di casa di Lyle squillò alle cinque del mattino. Lui si svegliò prima di Amanda e rispose, mezzo addormentato, chiedendosi chi potesse essere a quell'ora e immaginando che avessero sbagliato numero. L'uomo all'altro capo della linea aveva un accento straniero e chiese di lui. Di colpo, Lyle si sentì perfettamente sveglio e si tirò su a sedere mentre un brivido gli correva lungo la schiena.

«Sono io, Lyle Whittier» disse.

L'uomo si presentò come un agente della Gendarmeria francese di Courchevel. Poi si schiarì la voce e, con il maggior tatto possibile, lo informò che i suoi genitori quella mattina erano usciti presto per sciare ed erano i primi sulla pista, malgrado l'allerta di pericolo valanghe; purtroppo, appena avevano iniziato la discesa, se n'era staccata una. Alcuni testimoni avevano assistito alla scena dagli impianti di risalita. Erano stati presi in pieno e trascinati a valle, sepolti dalla neve a ottocento metri dal punto di partenza. I soccorritori avevano trovato i loro corpi un'ora prima, ed erano stati identificati dal direttore dell'albergo. L'agente aggiunse che il suo numero di telefono era nel loro passaporto, come famigliare da avvisare in caso di emergenza. Entrambi erano morti sul colpo, probabilmente per soffocamento o a causa dei traumi interni dovuti all'impatto. L'agente gli porse le condoglianze e disse che le autorità francesi erano a sua disposizione per gli adempimenti necessari e che avrebbe dovuto contattare l'ambasciata americana per assolvere alle questioni tecniche e burocratiche per il rimpatrio delle salme. Infine lo informò che, malgrado la violenza della valanga, i corpi erano stati trovati vicini l'uno all'altro.

Lyle appuntò sul blocco che aveva sul comodino il numero della Gendarmeria.

Dopo aver chiuso la telefonata, rimase seduto a fissare il muro davanti a sé, sentendo ancora nella mente le parole dell'agente francese. Era una cosa inconcepibile. Impossibile. I suoi genitori erano morti. Non riusciva a immaginare il mondo senza di loro, senza l'influenza costante e stabilizzante che avevano avuto durante tutta la sua esistenza. In qualche modo, si era aspettato che vivessero per sempre, o fino a un'età molto avanzata, insieme, sempre forti per i loro figli e l'uno per l'altra, anche se magari un giorno sarebbero diventati più fragili. Mai avrebbe ipotizzato che potessero morire travolti da una valanga durante una delle loro vacanze annuali.

Si alzò e uscì silenziosamente dalla camera. In soggiorno, guardò fuori dalla finestra, augurandosi che la morte fosse stata rapida e che non avessero sofferto, come gli aveva detto l'agente. Mentre fissava i fiocchi di neve che iniziavano a scendere in quella mattina di gennaio, tutto ciò cui riusciva a pensare era che erano morti proprio come avrebbero voluto, insieme e facendo una cosa che amavano, ancora in piena forma.

Era stata un'imprudenza uscire così presto e con quelle condizioni meteo; loro erano abbastanza esperti da esserne consapevoli, eppure avevano rischiato ugualmente. Di sicuro presumevano che non potesse succedere niente di brutto, invece era accaduto il peggio.

Lyle si domandò con angoscia cosa avrebbero fatto senza di loro lui e i suoi fratelli e sorelle. All'improvviso si sentì come un bambino che non riesce a immaginare la vita senza i genitori; la consapevolezza di essere diventato di colpo il capofamiglia lo atterriva. Le lacrime iniziarono a scorrere sul suo viso e le spalle erano scosse da singhiozzi silenziosi.

Amanda lo guardava dalla soglia della camera da letto. Non si avvicinò a lui; aveva capito che era successo qualcosa di terribile, ma non osò chiedergli niente, tornò in camera e chiuse la porta senza fare rumore.

Lyle rimase lì in piedi, da solo, in lacrime; si rese conto di essere rimasto orfano e pianse come un bambino disperato.

Tre

MEZZ'ORA dopo aver ricevuto la telefonata dalla Francia, inviò un messaggio ai fratelli e alle sorelle. In Francia era quasi mezzogiorno, a New York le sei del mattino. Charlie vide il messaggio prima di Caroline, che era andata a dormire alle tre ed era fuori gioco, mentre lui aveva il sonno leggero. Lyle non spiegava il motivo, ma chiedeva di incontrarsi a casa dei genitori quella mattina alle nove. Aveva bisogno di un po' di tempo per calmarsi e per parlare con le autorità francesi e l'ambasciata americana a Parigi. Poi avrebbe dato ai fratelli la sconvolgente notizia ed era terrorizzato da ciò che lo aspettava.

Alle sette e mezzo aveva già parlato con tutte le autorità coinvolte e a quel punto aveva anche visto Amanda, che da alcuni stralci delle conversazioni aveva capito cos'era accaduto.

«Mi dispiace» gli disse sottovoce e gli diede un caffè, che lui prese, con gli occhi pieni di lacrime.

«So che non sei mai andata d'accordo con loro, ma sarà

uno choc per l'intera famiglia. Ci sono tante decisioni da prendere, tante cose di cui occuparsi» le disse.

In quanto esecutore testamentario dei genitori, la maggior parte di quelle incombenze sarebbe gravata su di lui.

Aveva scritto un messaggio per avvisare che quella mattina non sarebbe andato in ufficio, poi aveva telefonato all'avvocato dei suoi, Patrick McCarthy, un amico di famiglia di vecchia data che tutti loro conoscevano, e gli aveva chiesto di andare a casa dei genitori alle dieci e mezzo, in modo da avere prima il tempo di spiegare l'accaduto ai fratelli. Avevano bisogno di sapere alcune cose al più presto. Era ancora occupato a espletare le formalità per far rientrare negli Stati Uniti le salme dei genitori e l'ambasciata americana lo stava aiutando.

«Avrai molto da fare» gli disse Amanda.

Non gli offrì il suo aiuto, presumendo che gli altri avrebbero trovato da obiettare se lei fosse stata coinvolta. D'altra parte, erano in sei per fare tutto ciò che sarebbe stato necessario. Inoltre, dovevano assumersi la responsabilità di Benjie e Annabelle. Lyle preferì non mandare un messaggio direttamente a Benjie per non allarmarlo, così scrisse a Charlie chiedendogli di fare in modo che fosse presente all'incontro. Il fratello minore era molto sensibile e capiva subito se qualcosa non andava, perciò Lyle non voleva spaventarlo. Alle sette e mezzo Charlie svegliò Caroline in modo che si preparasse in tempo per raggiungere la casa dei genitori. Le disse che non sapeva perché il fratello li avesse convocati, ma presumevano che si trattasse di qualcosa di serio. Gloria lesse il messaggio alle sette mentre stava per uscire, quindi avvisò la sua assistente che non sarebbe andata in ufficio.

Lyle indossò un abito scuro, una camicia bianca e la cravatta, poi si diresse verso casa dei genitori. Alle otto stava salendo i gradini d'ingresso quando Annabelle scese da un taxi, con il vestito argentato, i tacchi alti e la pelliccia di visone della madre, il mascara colato sulle guance. Lyle ebbe l'impressione che fosse ubriaca e rimase scioccato. Quando si incontrarono davanti alla porta, lei era imbarazzata e malferma sui tacchi.

«Non so dove sei stata e cos'hai fatto» le disse fissandola «ma la festa è finita. Riprenditi e datti una pulita. Abbiamo una riunione di famiglia tra un'ora e mi aspetto che tu sia in condizioni decenti.»

Le aprì la porta, mentre lei rovistava nella borsa per cercare la chiave.

Lei entrò senza replicare e salì le scale per andare in camera, proprio mentre Benjie usciva dalla propria per scendere a fare colazione. Annabelle non gli diede il tempo di commentare e lo oltrepassò rapidamente. Lui si diresse in cucina, dove lo aspettava Frieda. Lyle non andò a cercarlo e si chiuse nello studio del padre. Non voleva informare Benjie né Frieda prima degli altri, intendeva dirlo a tutti i fratelli e sorelle insieme. Dopodiché avrebbe informato anche i propri figli. Amanda aveva concordato di non dire loro niente prima che andassero a scuola.

Gloria arrivò prima degli altri e andò a cercare il fratello maggiore. Appena lo trovò nello studio, capì dalla sua espressione cos'era accaduto. Le cedettero le gambe e si sedette su una delle grandi poltrone di cuoio.

«Chi dei due?» domandò con voce strozzata.

A Lyle vennero di nuovo le lacrime agli occhi. Si sedette sulla poltrona accanto a lei, senza riuscire a parlare.

«Entrambi» rispose dopo qualche istante.

La sorella era sotto choc. L'unica cosa che poteva immaginare era che fosse precipitato l'aereo, dato che non sapeva il giorno preciso del loro ritorno. Però non aveva sentito notizie relative a un disastro aereo.

«Sono stati travolti da una valanga. Erano i primi, la pista non era ancora stata battuta ma sono scesi comunque. So che può sembrare tremendo, ma appena l'ho saputo ho pensato che era quello che avrebbero voluto, andarsene insieme. L'uno non doveva sopravvivere all'altra. Erano in forma e stavano facendo quello che amavano di più. In qualche modo è perfetto, tranne che è troppo presto per noi.»

Si abbracciarono, piangendo. Dieci minuti più tardi arrivarono Charlie e Caroline seguiti da Annabelle, pallidissima, con addosso un vecchio maglione e jeans strappati, struccata ma apparentemente sobria.

Lyle le chiese di andare a chiamare Benjie, che stava ancora facendo colazione. Qualche minuto dopo erano tutti riuniti nello studio del padre. Nell'aria si percepiva un lieve sentore del suo profumo, mescolato con quello del cuoio delle poltrone che erano in quella stanza da tutta la loro vita.

«Non so da dove cominciare» disse Lyle, sforzandosi di tenere salda la voce. «Stamattina c'è stato un incidente a Courchevel, una valanga. Mamma e papà erano già sulle piste» disse, facendo una pausa perché le sue parole venissero assimilate.

I gemelli parvero sconvolti.

«Oddio, quanto è grave? Sono feriti?» gli domandò Caroline, che teneva per mano Charlie.

Lyle scosse la testa e guardò tutti loro.

«Sono morti sul colpo. Le autorità francesi mi hanno chiamato alle cinque, li avevano trovati poco prima.»

Nello studio si udirono gemiti di disperazione, pianti, mormorii di dolore, mentre si abbracciavano e si stringevano l'un l'altro. Benjie guardò Charlie. Sapeva che era accaduto qualcosa di brutto, ma non era sicuro di cosa.

«Cos'è successo a mamma e papà?» gli chiese.

Charlie glielo spiegò in parole semplici. Benjie lo fissò scioccato e, dopo un po', rivolgendosi a tutti domandò, agitato: «Con chi andrò ad abitare?»

Charlie gli mise un braccio intorno alle spalle per confortarlo.

«Puoi stare con me e Caroline» gli disse, e la gemella fece cenno di sì.

Lyle ricordò che Amanda gli aveva detto che non avrebbe potuto vivere con loro.

«Non è possibile» replicò Benjie. «Il vostro appartamento è troppo piccolo e non c'è un letto per me.»

«Ne prenderemo uno, oppure ci trasferiremo da un'altra parte, se sarà necessario» tentò di rassicurarlo Charlie.

«Devo trasferirmi adesso?» chiese rivolto a Lyle.

«No, Benjie, non devi. Dobbiamo prendere alcune decisioni, ma non c'è fretta. Questa è casa tua.»

«Verrò io a stare qui con te» si offrì subito Charlie; Caroline annuì, consapevole che era necessaria la presenza di qualcuno di loro in casa per Benjie e Annabelle.

«Mamma e papà torneranno?» chiese Benjie ai fratelli, sforzandosi di capire.

Tutti fecero cenno di no, tentando a loro volta di assimilare quella sconvolgente realtà.

Per un'ora piansero e parlarono, senza trovare risposte. Lyle non sapeva quando i corpi sarebbero stati fatti rientrare in patria né quando si sarebbero potuti celebrare i funerali. Dovevano prendere decisioni riguardo la casa ma non volevano ancora parlarne, né far agitare Benjie. In un instante la vita di tutti loro era cambiata per sempre.

Patrick McCarthy, l'avvocato del padre, bussò ed entrò nello studio. I fratelli rimasero stupiti di vederlo e Lyle spiegò che lo aveva chiamato lui. Benché fosse doloroso, dovevano conoscere le ultime volontà dei genitori, anche riguardo i funerali e la sepoltura.

Patrick aveva qualche anno in più di Preston ma non era andato in pensione. Consegnò a ciascuno una copia delle volontà di entrambi i genitori. Lyle scorse la sua, ma non c'erano segreti: Connie e Preston avevano spiegato loro tutto in anticipo ed erano stati molto corretti. Lyle era l'esecutore testamentario, come già sapeva. Lui e Gloria erano gli amministratori di sostegno di Benjie per le questioni finanziarie, mentre Charlie e Caroline erano i tutori della persona. Tutti convennero che i genitori avevano fatto una scelta saggia, basata sulle attitudini e sulle qualità dei diversi figli. Gloria non aveva un'indole materna, ma Caroline e Charlie sì; inoltre, Lyle e Gloria erano estremamente avveduti e responsabili in fatto di denaro.

L'avvocato illustrò le volontà dei genitori riguardo la casa, spiegando che avevano pianificato che gli eredi la vendessero e si dividessero i proventi. Per ciascun figlio era previsto un lascito in denaro che avrebbe permesso loro di acquistare una piccola abitazione, avviare un'attività o vivere bene, ma ciò che avrebbe fatto la differenza era il guadagno derivante dalla vendita della casa, dopo aver pagato le tasse di successione e averlo diviso per sei. Sul piano finanziario, era necessario venderla, sebbene non fossero in cattive condizioni economiche. Nessuno di loro aveva bisogno di una casa di quelle dimensioni, né poteva permettersi di mantenerla. Non dovevano metterla sul mercato immediatamente, tuttavia l'avvocato consigliò di farlo presto; Lyle e Gloria concordarono con lui.

Charlie però aveva un'obiezione. «Non sono d'accordo. Mamma e papà riuscivano a gestirla; io vorrei tenerla» disse rivolto a tutti i fratelli.

Caroline annuì.

«Non ha senso dal punto di vista finanziario» commentò Lyle.

«Non importa. Nella vita il denaro non è tutto. Noi amiamo questa casa, ci siamo cresciuti. Abbiamo appena perso i nostri genitori, non dobbiamo perdere anche la nostra casa.»

«Tu non abiti qui, io sì» disse Benjie a Lyle, oggettivo e pratico come sempre. «Neanch'io voglio vendere la casa» aggiunse convinto. Poi si voltò a guardare Annabelle, che pareva sconvolta da tutto ciò che aveva ascoltato nelle ultime due ore, inoltre non era completamente sobria, anche se la terribile notizia aveva dissipato di colpo i fumi dell'alcol e delle droghe.

«Non mi interessa cosa decidete, io mi sarei trasferita presto in ogni caso» disse. «Mamma e papà mi avevano dato il permesso e volevamo iniziare a cercare un appartamento.»

«Non credo sia una buona idea» intervenne Gloria, che era stata informata da Lyle dello stato pietoso in cui Annabelle era rientrata quella mattina.

«È troppo presto per decidere» disse saggiamente Lyle.

A quel punto l'avvocato era andato via, per lasciarli riflettere e confrontarsi in privato.

«Dobbiamo pensarci bene, abbiamo tempo» aggiunse.

Il trauma era troppo grande per poter prendere decisioni importanti in maniera lucida.

«Allora devo trasferirmi?» chiese di nuovo Benjie, ansioso di sapere cosa sarebbe successo.

«No» gli rispose Charlie in tono gentile. «Non faremo niente di fretta. Io verrò ad abitare qui con te e Annabelle» proseguì, guardandoli entrambi.

La sorella non sembrava felice alla prospettiva, mentre Benjie sì e sorrise quando tutti si alzarono per andare via.

Era quasi mezzogiorno e avevano molte cose di cui occuparsi. Lyle doveva compilare dei documenti e analizzare insieme a Gloria il portfolio degli investimenti dei genitori. Non si trattava di grandi cifre, ma erano stati responsabili e prudenti e avevano lasciato una somma decorosa a ciascun figlio, che nel corso del tempo si sarebbe rivelata utile. Una volta venduta la casa, come i genitori avevano disposto che facessero, ognuno avrebbe avuto molto di più. Non potevano tenerla soltanto per motivi affettivi e per farci abitare Benjie. Annabelle non voleva rimanere, desiderava la libertà e ormai nessuno l'avrebbe più controllata. E, da quello che Lyle aveva visto quella mattina, ne avrebbe approfittato. Benjie era un caso completamente diverso: occorreva proteggerlo, perciò Charlie sarebbe stato con lui finché avessero deciso dove avrebbe abitato dopo la vendita della casa. Dovevano valutare attentamente il da farsi, in modo che fosse a proprio agio e si sentisse al sicuro.

A mezzogiorno andarono via tutti; Benjie chiese a Charlie di accompagnarlo al rifugio, dicendo che voleva andare al lavoro e prendersi cura dei cani feriti, che avevano bisogno di lui. Non sembrava aver compreso pienamente che i genitori non sarebbero più tornati, però sapeva che era successo qualcosa di molto grave; lo aveva capito dalle reazioni dei suoi fratelli e sorelle.

Lyle si fermò per spiegare a Frieda l'accaduto e dirle che avrebbero avuto bisogno di lei per Benjie, anche dopo la vendita della casa, che comunque non sarebbe avvenuta nell'immediato futuro. Quando Lyle andò via, Frieda si ritirò nella propria stanza a piangere. Preston e Connie erano stati i suoi datori di lavoro per oltre quarant'anni; li aveva amati e non riusciva a immaginare come sarebbe stato senza di loro. Voleva bene anche ai loro figli, ma non sarebbe stato lo stesso. Nel pomeriggio andò in chiesa a pregare e promise di prendersi cura di loro come aveva sempre fatto. Era particolarmente affezionata a Benjie, perché aveva ancora bisogno di lei, ora più che mai. Frieda era con loro da quando era nato Lyle; per lei Preston e Connie erano come una famiglia. Lyle l'aveva informata che avevano previsto per lei un piccolo lascito e quella notizia l'aveva commossa ancora di più.

Con tutto l'aiuto da parte dell'ambasciata, ci volle una settimana per rimpatriare le salme. L'aereo atterrò il giorno prima della sfilata di Charlie e Caroline. Lyle si occupò delle pratiche burocratiche, mentre i gemelli avrebbero organizzato il funerale. Dovevano soltanto riuscire a portare a termine la sfilata, chè aggiungeva stress e trambusto a un periodo già convulso. Charlie si era trasferito a casa con Benjie e ciò infastidiva Annabelle tanto quanto confortava il fratello.

Nessuno di loro si era reso conto di quanto la madre facesse per Benjie; era necessario organizzarsi per provvedere a tutto ciò di cui si occupava lei. Connie lo aveva fatto con tale discrezione che non se n'erano neanche accorti. Benjie glielo spiegava giorno per giorno, e Charlie comprese che seguire il fratello nel modo giusto richiedeva tempo e dedizione. Annabelle invece andava controllata come se fosse un'adolescente. Era stata viziata e accontentata in tutto, dato che era la piccola di casa. Quando incontrava Charlie in corridoio la sera tardi, mentre lei stava uscendo e lui le domandava dove andasse, lo aggrediva: «Sei qui per Benjie o per fare la spia agli altri su di me? Non sono affari vostri cosa faccio, chi incontro o dove vado. Ho ventun anni, non quattordici».

«Quindi comportati di conseguenza» replicava lui, calmo. «Stai fuori quasi tutte le notti.»

«E allora?»

«Con chi ti vedi?»

«Non sono obbligata a dirti niente.»

«No, ma finirai in qualche guaio, se agisci in modo sconsiderato.»

Lei lo ignorava tutte le volte che era possibile, usciva sbattendo la porta e rientrava al mattino. Joao sarebbe tornato in Brasile presto e c'era un altro ragazzo che le piaceva, il suo ex. Si erano lasciati per un periodo, ma lui si era rifatto vivo ed entro poche settimane sarebbe partito per trascorrere sei mesi in Italia. Annabelle frequentava entrambi ed era molto confusa. Le droghe e l'alcol che Joao le forniva, poi, non aiutavano. Era sull'orlo del baratro e si rifiutava di ammetterlo. La perdita dei genitori l'aveva scossa più di quanto lasciasse vedere e si ubriacava tutte le sere.

La sfilata si svolse senza imprevisti malgrado le difficoltà che Caroline aveva dovuto affrontare. Le recensioni furono eccellenti. In qualche modo, i gemelli ce l'avevano fatta.

Il giorno seguente, lei e Charlie fecero il necessario per organizzare il funerale. Lyle aveva scritto i necrologi e il *New York Times* pubblicò un bellissimo articolo dedicato a Preston.

La mattina del funerale, Amanda indossò una minigonna di pelle nera e una giacca nera di Chanel, stivali che arrivavano alla coscia con il tacco alto e un cappello molto elegante. Lyle la guardò sorpreso.

«Qualcosa non va?» gli chiese lei.

Aveva fatto vestire i figli di blu, mentre il marito aveva un abito nero; di colpo sembrava e si sentiva più vecchio della sua età, con la responsabilità dell'intera famiglia sulle proprie spalle.

«Stai molto bene» le disse in tono cauto «ma forse dovresti mettere qualcosa di un po' più sobrio per il funerale dei miei genitori. Alle mie sorelle potrebbe dare fastidio.»

Con quell'abbigliamento Amanda era sexy e pareva inappropriato persino a lui, che era molto tollerante su ciò che la moglie indossava, per evitare inutili litigi.

«Adesso sono loro a stabilire il dress code per me?» lo aggredì.

«No, però è un funerale, non una festa.»

Dopo la cerimonia ci sarebbe stato un ricevimento a casa, organizzato da Charlie e Caroline. Erano attesi almeno duecento ospiti. La segretaria di Lyle aveva invitato i più cari amici dei suoi genitori.

«Spero che concordiate sul fatto di vendere quel mausoleo di casa. Non potete tenerla soltanto per Benjie, inoltre potrete tutti usare i soldi. Spero che vi abbiano lasciato una cifra decente.»

Fino ad allora non le aveva detto nulla al riguardo; Amanda aveva scelto il momento sbagliato per essere offensiva. Si tolse il cappello e lo gettò su una sedia, ma la minigonna di pelle e gli stivali con il tacco parlavano da soli e lui immaginava già i commenti delle sorelle.

Amanda non gradiva che Lyle criticasse il suo abbigliamento e quando uscirono di casa aveva l'espressione arrabbiata. Sopra aveva indossato una pelliccia nera corta. Non le importava cosa pensavano le cognate né il marito.

La chiesa, stracolma, era disseminata di orchidee bianche, come avevano voluto Charlie e Caroline. Vedere le due bare affiancate, coperte da gigli, fu straziante. La cerimonia fu molto commovente. Tutti i Whittier, tranne Benjie, lessero un passo della Bibbia. Lui era troppo timido per farlo e non lo forzarono. Il sacerdote, che conosceva bene Preston e Connie pronunciò un bellissimo elogio funebre. Fu una cerimonia elegante, tradizionale e rispettosa, il giusto tributo alle persone che erano state. I gemelli tenevano per mano Benjie. Lyle era affiancato dai figli e Gloria fulminava con lo sguardo Amanda ogni volta che ne aveva l'occasione. Annabelle, con espressione smarrita, era in piedi accanto ai fratelli. Solo allora aveva realizzato pienamente di aver perso i genitori e aveva pianto per tutta la durata della cerimonia. Dopo la funzione si presentarono a casa quasi trecento persone.

Fu una giornata faticosa ed emotivamente estenuante; quando gli ospiti furono andati via, i sei fratelli e Amanda si sedettero insieme e guardarono nel vuoto per qualche minuto. Grazie a Caroline e Charlie, tutto era stato perfetto.

«A mamma e papà sarebbe piaciuto» disse piano Gloria e Lyle annuì.

Amanda prese un altro drink per tirarsi su. I loro

figli erano tornati a casa con Molly. Benjie era bello ed elegante con l'abito scuro che Charlie gli aveva comprato, e sembrava più adulto.

Lyle e Amanda furono i primi ad andare via, Gloria lo fece poco dopo. Caroline decise di trascorrere la notte nella sua vecchia stanza per stare con Charlie e Benjie; dopo che gli altri se ne furono andati, comparve Annabelle con una minigonna nera e i tacchi alti, pronta per uscire.

«Dove stai andando?» le domandò la sorella, sorpresa.

«Perché mi controllate sempre tutti?» ribatté lei, rabbiosa. «Perché non mi lasciate in pace?»

I gemelli si scambiarono un'occhiata senza replicare e qualche minuto dopo udirono la porta d'ingresso chiudersi.

«Non sta combinando niente di buono» commentò Charlie con calma.

«Probabilmente hai ragione» sospirò Caroline. «Però io non sono sua madre.»

«La notte non torna a casa» disse Benjie in tono piatto, poi andò al piano di sopra a cambiarsi.

Poco più tardi, i tre fratelli si ritrovarono in cucina per mangiare qualcosa, dopodiché andarono a dormire. Caroline si addormentò immediatamente, esausta ed emotivamente prosciugata dopo la sfilata e il funerale. Charlie non riusciva a prendere sonno e stava leggendo quando udì bussare alla porta della sua camera. Benjie entrò, in pigiama e con un'espressione preoccupata.

«Non riesco a dormire» gli disse.

Charlie gli fece cenno di sedersi sul letto. «Neanch'io»

gli confidò. «Questo è stato il giorno più difficile della vita di tutti noi. Non c'è niente di peggio.»

«Dovrò trasferirmi? Lyle venderà la casa? Ho sentito Amanda che gli diceva che dovrebbe farlo. Credi che la ascolterà?» Benjie era terrorizzato al pensiero.

«Lei non ha voce in capitolo. Decideremo noi» lo rassicurò Charlie. «Caroline e io non vogliamo venderla. In ogni caso, non succederà niente per molto tempo. Le case non si vendono in pochi giorni, tantomeno una grande come questa. Se la venderemo, potrai venire ad abitare con me e Caroline: prenderemo un appartamento più spazioso.»

Sapeva che Benjie era preoccupato per le cose pratiche, perciò gli spiegò tutto con calma e precisione.

«Questa è la mia casa» disse Benjie. «Non dovrei votare anch'io? Gli altri non abitano qui, mentre io e Annabelle sì. E lei non dorme più qui» commentò con la consueta sincerità senza filtri.

«In realtà dovrebbe dormire qui» puntualizzò Charlie con un sorriso, commosso dall'autentico desiderio del fratello di proteggere la sua casa. Anche lui sentiva la stessa esigenza; avevano troppi ricordi lì, per rinunciarvi. «È molto costoso prendersi cura di una casa come questa. È di questo che si preoccupano Lyle e Gloria: stanno cercando di capire qual è la scelta migliore per noi.»

«Potrei trovare un altro lavoro. Mi piace il rifugio, però non mi pagano tanto.»

«Non preoccuparti di questo» gli disse Charlie, che desiderava la soluzione ideale per Benjie.

Sembrava più facile e premuroso nei suoi confronti farlo rimanere nella casa che tutti loro amavano, anziché sradicarlo, ma ciò avrebbe tenuto vincolato un patrimonio enorme e Charlie lo comprendeva.

«Ti prometto che troveremo una buona soluzione. Non vogliamo venderla se non siamo obbligati. E tu puoi tenere il tuo lavoro.»

Benjie parve sollevato, così il fratello lo riaccompagnò in camera sua.

«Sono felice che tu sia qui» gli rivelò Benjie, posando la testa sul cuscino.

«Anch'io.»

Da un certo punto di vista, era bello essere di nuovo a casa. Era come un ritorno al passato, nel luogo in cui erano stati felici e si erano sentiti al sicuro da bambini. Charlie riusciva perfino a percepire la presenza dei genitori, lì con loro.

«Credo che mamma e papà siano qui» disse Benjie, come se gli avesse letto nel pensiero.

«Anch'io. Adesso dormi: domattina devi andare a prenderti cura di tutti quei cani.»

«Un giorno voglio diventare veterinario» annunciò in tono sognante, di colpo assonnato.

Charlie lo guardò con le lacrime agli occhi, consapevole che non sarebbe mai diventato veterinario, perché servivano lunghi anni di studi. Quello era il massimo che Benjie poteva ottenere. Charlie si rese conto di avere una missione importantissima da compiere per i genitori, cioè far sì che il fratello fosse felice, amato, rispettato e al sicuro, con una vita appagante, secondo i parametri che lo facevano sentire a suo agio.

«Dormi bene» sussurrò, gli diede un bacio sulla fronte e spense la luce.

Quando uscì dalla stanza, Benjie si era già addormentato.

Quattro

I GIORNI seguenti al funerale furono dolorosi per i fratelli Whittier. A eccezione di Annabelle e Benjie, avevano tutti una vita stressante e una professione impegnativa. Sebbene non ci fosse urgenza, dovevano giungere a una decisione condivisa riguardo la casa di famiglia e, se possibile, metterla sul mercato. Dato il legame profondo che avevano con quella casa, se avessero deciso di separarsene desideravano trovare un acquirente che se ne prendesse cura come avevano fatto loro e che potesse permettersi di pagarla il giusto prezzo.

Qualche giorno più tardi, Lyle stava facendo colazione immerso nei propri pensieri quando Amanda entrò in cucina e preparò il caffè per entrambi. Gli posò davanti la tazza e lui si riscosse dalle sue riflessioni. Molly aveva portato i bambini a scuola, come sempre. Lyle non aveva ancora sfogliato il giornale, aveva mille cose per la mente e doveva preparare la documentazione relativa al patrimonio. I genitori avevano una polizza assicurativa che avrebbe aiutato a pagare le tasse di successione, il che era un sollievo, ma c'erano molti altri dettagli di cui occuparsi. Gloria gli dava una mano, la sera precedente ne avevano parlato al telefono per ore; Lyle era stanchissimo e si vedeva. Si sentiva sopraffatto dalle decisioni e dagli impegni che li aspettavano, così pesanti anche sul piano emotivo.

«Avete chiamato un agente immobiliare per mettere in vendita la casa?» gli chiese Amanda dopo che lui ebbe bevuto il primo sorso di caffè.

Non aveva perso tempo per sollevare l'argomento cui teneva di più; Lyle, però, in quanto esecutore testamentario doveva affrontare prima altre questioni.

«No. Dobbiamo pagare le tasse di successione. Gloria e io abbiamo appena cominciato a occuparcene. La casa è in un fondo fiduciario, in modo che sia svincolata dall'omologazione del testamento.»

Il commercialista del padre voleva incontrarli. Come esecutore testamentario, Lyle aveva un obbligo nei confronti dei fratelli. Avrebbe preferito che il padre avesse scelto qualcun altro per quel ruolo. Si sentiva responsabile di fare le cose nella maniera più corretta e non voleva commettere errori.

«Credevo che per prima cosa vi sareste liberati della casa. Ne ricaverete una fortuna» disse lei con un sorriso; il lampo di avidità che vide nei suoi occhi lo infastidì. «Sarebbe una manna dal cielo per noi» aggiunse. «Ci serve un appartamento più grande, voglio iniziare a cercarlo presto.»

I genitori di Lyle erano appena stati sepolti e lei già

considerava venduta la loro casa e aveva deciso come impiegare il ricavato.

Per Lyle non era così semplice e, come sempre, dovette mettere le cose in chiaro.

«Non abbiamo ancora deciso cosa fare» le disse. «Non è una scelta che spetta soltanto a me.»

«Cosa significa?» domandò lei stupita, posando il suo caffè.

«Quello che ho detto: i miei non l'hanno lasciata a me, ma a tutti e sei e ciascuno ha voce in capitolo.»

«Non Benjie, presumo» replicò lei in tono sarcastico.

«Non abbiamo ancora deciso neanche questo. È casa sua, lui e Annabelle ci abitano ancora. Tutti devono esprimere la propria opinione, anche Benjie. Non è soltanto una questione economica, per nessuno di noi: c'è una grossa componente emotiva, è la casa in cui siamo cresciuti, ci siamo molto legati.»

«E vale un sacco di soldi, che tutti voi potreste usare in maniera migliore.» Lo fissò negli occhi e per qualche istante lui restò in silenzio.

«La decisione spetta a ciascuno di noi. Come esecutore testamentario ho il dovere di rispettare le scelte dei miei fratelli; se non lo facessi commetterei un reato. Personalmente ritengo che la casa debba essere venduta, è il nostro bene principale, ma qualcuno degli altri non condivide la mia opinione.»

I gemelli erano stati chiari al riguardo, diversamente da ciò che lui e Gloria pensavano fosse opportuno fare dal punto di vista strettamente finanziario.

«Dovreste mandar via Benjie prima che possa votare» dichiarò Amanda con freddezza.

«Non lo manderemo da nessuna parte. Se venderemo la casa, lui andrà ad abitare con uno di noi.»

Ne aveva già discusso con Gloria e l'opzione più probabile sembravano essere i gemelli, comunque anche Gloria si era detta disponibile a prendere con sé il fratello minore. Lei e i gemelli potevano anche tenerlo a turno, se per lui non fosse stato troppo destabilizzante. La stabilità e l'organizzazione erano fondamentali per il suo benessere.

«Dovete smetterla di farvi illusioni sul suo conto» disse Amanda aspramente. «I vostri genitori avrebbero dovuto mandarlo da qualche parte anni fa. Nessuno ha il tempo di occuparsi di lui.»

«Noi non la pensiamo in questo modo. Se viene guidato e supervisionato se la cava bene. Mia madre faceva sì che tutto funzionasse per lui; è estremamente responsabile, ha lo stesso lavoro da cinque anni» le ricordò Lyle.

«Mi stai dicendo che non lo metterete in qualche casa-famiglia e potrebbe anche venire a stare qui?»

«Non ho mai detto che potrebbe venire a stare qui.»

Sapeva che Amanda non sarebbe stata buona con lui, e non voleva che Benjie fosse trattato male o sminuito da nessuno. Sua moglie era stata chiara sul fatto che escludeva di prenderlo con loro se avessero venduto la casa.

«Avete aspettato tutta la vita per vedere cosa vi avrebbero lasciato i vostri genitori e ora prendete in considerazione di tenere la casa?» domandò sbalordita.

«Non ho aspettato tutta la vita di avere l'eredità. Ho un buon lavoro e viviamo bene con quello che guadagno.

So che vuoi un appartamento più prestigioso, ma questo non influenzerà la mia decisione riguardo la vendita della casa dei miei. Rimane comunque una risorsa preziosa, che la vendiamo o meno. Dobbiamo decidere io e i miei fratelli insieme; tu non hai voce in capitolo, Amanda, non importa quante pressioni mi fai. Non ci serve un appartamento più bello né più grande. Tra dieci anni i nostri figli saranno al college: dieci anni passano in fretta.»

«Non abbastanza in fretta» mormorò lei. «Tu non vuoi più di quello che abbiamo adesso?»

«In realtà no. Cos'è che non abbiamo e che ci serve così disperatamente?»

«Un sacco di cose. Una casa in campagna per i weekend, una per le vacanze estive, un appartamento più bello in città. Potremmo vivere più lussuosamente» elencò, accalorandosi.

Per giorni aveva fantasticato riguardo l'eredità del marito e ciò che avrebbe permesso loro di comprare. Sapeva che con il giusto acquirente avrebbero potuto ricavarne anche cento milioni di dollari, considerando i prezzi esorbitanti degli immobili a New York. Un sesto di quella cifra, anche una volta pagate le tasse, le sembrava un gruzzolo di tutto rispetto. A Lyle era evidente che il denaro liquido che aveva ereditato, senza la vendita della casa, non sarebbe stato sufficiente per Amanda, che voleva uno stile di vita sfarzoso. A lui invece quello non interessava, che l'avessero venduta o meno. Per essere cresciuta poverissima, aveva manie di grandezza. La madre di lui aveva ragione nel definirla ambiziosa; nessuno dei Whittier era avido o stravagante, Amanda sì. Si era vantata con le amiche riguardo l'eredità di Lyle. Se lo avesse saputo, sarebbe rimasto sconvolto. Lui era sempre discreto: nessuno nella sua cerchia di amici o sul lavoro sapeva quanto stava per ereditare. Aveva intenzione di investire quel denaro, come avevano fatto i genitori, in modo da tenerlo al sicuro per i figli.

«Non mi aspetto che cambi niente nella nostra vita per la morte dei miei genitori» le disse in tono cauto.

La moglie gli scoccò uno sguardo cattivo. «E se ti dicessi che non resterò con te a meno che tu ne spenda una parte per migliorare il nostro tenore di vita?» lo provocò.

Lui la fissò, poi si alzò da tavola.

«Direi che stai commettendo un grosso errore. Non minacciarmi, Amanda, e non cercare di ricattarmi per farmi fare ciò che vuoi. La decisione riguardo la casa verrà presa a tempo debito e per le ragioni giuste, dalle persone cui appartiene adesso; tu non sei tra quelle, ricordatelo.»

Lo sguardo di Lyle era duro e freddo; ad Amanda non era sfuggito il suo tono perentorio, ma non si era spaventata.

«Penso davvero quello che ho detto» ribadì caparbiamente. «Voglio vivere meglio, puoi permettertelo. Perché dovremmo accontentarci? Entrambi lo abbiamo aspettato per dieci anni e ora il momento è arrivato: godiamocelo.»

Quello che la moglie stava insinuando gli sembrò macabro e irrispettoso. Non avrebbe sperperato il denaro dei genitori per cose di cui non avevano bisogno.

«Pensaci» gli disse la moglie mentre lui prendeva il giornale intonso e stava per uscire dalla cucina. «Se non ci concederemo più lussi, io ho chiuso.»

«E quindi?» replicò lui, per vedere fin dove si sarebbe spinta.

Ciò che gli stava dicendo era offensivo; Lyle faticava a credere che fosse vero, le considerava minacce a vuoto dettate dall'avidità.

«Se non userai una parte di quello che hai ereditato per garantirci una vita più lussuosa e se non insisterai con i tuoi fratelli e sorelle per vendere la casa, chiederò il divorzio. Non ho intenzione di starmene qui altri dieci anni con quello che abbiamo adesso. Possiamo permetterci molto di più. La morte dei tuoi genitori cambia tutto per noi due.»

«Non puoi farmi causa perché ho ricevuto un'eredità, Amanda. Mi spiace ma non funziona così.»

«Devo ricordarti che non abbiamo un accordo prematrimoniale?»

I genitori gli avevano consigliato di farlo e lui aveva mentito loro dicendo di aver provveduto. Si fidava totalmente di Amanda e non voleva rovinare la fiducia reciproca tutelandosi da lei sul piano legale. In quel momento, invece, avrebbe voluto averlo fatto: non poteva incolpare nessuno se non sé stesso per quella leggerezza. Non si sarebbe mai aspettato che lei cambiasse in quel modo. Avevano tutte le comodità possibili e un appartamento bellissimo, ma lei voleva comprare ancora più cose materiali da ostentare con gli amici.

Pochi minuti dopo, senza fare ulteriori commenti, Lyle uscì per andare in ufficio. Dal taxi telefonò a Gloria e le riferì tutto ciò che Amanda gli aveva detto.

«La mamma aveva ragione» mormorò la sorella con voce tesa, furiosa per il comportamento del fratello.

«Non era così all'inizio» disse Lyle in difesa della moglie.

«Sì che lo era. Mamma e papà lo avevano capito, tu non hai voluto farlo. È sempre stata un'arrampicatrice sociale, le interessavano soltanto i soldi fin dal principio. Guarda dove è arrivata... e ancora non le basta. Questa per lei è un'occasione d'oro; vuole che tu rimedi a tutto ciò che non ha avuto in passato. Ti pare giusto? Sarà meglio che chiami un avvocato appena arrivi in ufficio. In un modo o nell'altro vuole mettere le mani sulla tua parte di eredità. È davvero così che vuoi impiegare quei soldi? Non vorresti invece salvaguardarli, investirli e un giorno darli ai tuoi figli?»

La risposta era ovvia e Lyle decise di confidarsi fino in fondo.

«Non abbiamo un accordo prematrimoniale, Gloria. Avevo detto a mamma e papà di sì, ma non lo abbiamo fatto. Mi fidavo di lei; aveva pianto e detto che pretenderlo era offensivo nei suoi confronti, equivaleva a considerarla una ladra. Così ho annullato l'appuntamento e non se n'è fatto niente.»

«Allora sei nei guai» dichiarò Gloria, trattenendosi a fatica dal dargli dell'idiota.

Sposare Amanda era stata un'ingenuità, finalmente lo aveva capito anche lui. Aveva creduto a tutto ciò che gli aveva detto e non aveva voluto vedere quanto fosse gelosa, amareggiata e avida, e quanto la sua infanzia difficile l'avesse inaridita.

«Ho sempre pensato che sia rimasta incinta di proposito» disse Gloria con rabbia.

«Ci eravamo già lasciati quando lo ha scoperto, così sono tornato indietro. Almeno da questo matrimonio ho avuto due figli stupendi.»

«E una moglie molto costosa e subdola. Spero che adesso chiamerai un avvocato. In un modo o in un altro pretenderà una parte della tua eredità, o facendoti spendere per lei, oppure attraverso un divorzio.»

Lyle era sbalordito nel rendersi conto di quanto poco Amanda tenesse al loro matrimonio. Sua sorella aveva ragione: comunque andasse, l'avrebbe avuta vinta.

Arrivato in ufficio, telefonò a Jeff Sampson, un amico dei tempi di Yale, che aveva un importante studio legale a New York. Gli spiegò cosa stava succedendo e che non era tutelato da un accordo prematrimoniale.

«Pensi che metterebbe in atto le sue minacce? Le cose che ti ha detto sono piuttosto pesanti» gli disse Jeff.

«Purtroppo credo di sì. Non siamo felici da parecchio tempo» gli confidò Lyle.

Si domandò se lo fossero mai stati. Le cose avevano funzionato finché Amanda aveva ottenuto ciò che voleva. E apparentemente era rimasta in attesa degli eventi. Ora aveva alzato le pretese, specialmente se avessero venduto la casa. Era evidente che fosse intenzionata a mettere le mani sull'eredità del marito. Era un prezzo alto da pagare per avere sposato una donna che non aveva mai davvero amato, nemmeno ai primi tempi. Aveva fatto la cosa giusta e adorava i figli, ma ormai era certo di non amare lei. Non poteva rimanere sposato dopo le cose tremende che gli aveva detto; il suo atteggiamento verso Benjie, poi, peggiorava il tutto. Era una persona senza cuore. Qualunque cosa le fosse successa durante l'infanzia, aveva distrutto una parte essenziale di lei. Era diventata egoista e incapace di provare compassione. Per Lyle, non era mai stato così chiaro come in quel momento.

A fine giornata le scrisse un messaggio per dirle che quella sera doveva andare a casa dei genitori per incontrarsi con i fratelli e che si sarebbe fermato a dormire lì. Non le disse di aver chiamato un avvocato e non le fece capire quanto fosse irritato per la conversazione di quella mattina. Il messaggio era breve e conciso, solo per informarla che sarebbe rimasto fuori. Aveva bisogno di una notte per far sbollire la rabbia e riflettere sul da farsi.

La madre aveva lasciato le loro camere intatte, quindi sapeva di avere un posto in cui dormire. I gemelli sarebbero stati lì con Benjie e Annabelle, perciò quella notte avrebbero dormito sotto lo stesso tetto in cinque. Lui si sarebbe fermato solo fino all'indomani, ma non poteva tornare a casa sua e dormire insieme ad Amanda come se nulla fosse accaduto e nulla fosse stato detto. Non si sarebbe mai aspettato che il suo matrimonio collassasse a causa della morte dei genitori.

Quella sera Lyle rimase in ufficio fino a tardi e alle nove si presentò a casa dei suoi senza avvisare. Caroline e Charlie erano seduti in soggiorno a sorseggiare del vino e furono stupiti di vederlo. Benjie era andato già a letto, perché dal giorno del funerale era stanco, mentre Annabelle era fuori per incontrare degli amici, come diceva sempre ai fratelli quando le chiedevano qualcosa.

«Cosa ci fai qui?» gli domandò Caroline.

«Ho bisogno di stare una notte per conto mio.»

«Sembra di essere tornati ai vecchi tempi» commentò lei senza indagare oltre.

Mancava soltanto Gloria, che era rimasta nel suo confortevole appartamento nel West Side. Caroline andò a prendere un altro bicchiere e versò del vino anche per lui.

Lyle si sedette su una poltrona insieme a loro e pian piano iniziò a rilassarsi dopo una giornata lunga e stressante, ripensando a ciò che gli aveva detto la moglie a colazione e alla conversazione con Jeff Sampson. In poche ore, il divorzio aveva iniziato a sembrargli inevitabile e non era certo di come si sentisse al riguardo. Dalla tragedia in Francia, le cose erano successe molto in fretta.

«Cosa stavate facendo?» chiese ai gemelli.

«Parlavamo di lavoro» gli rispose Caroline. «Charlie sta tentando di convincermi a cercare un investitore. Con quello che ci hanno lasciato mamma e papà possiamo immettere più capitale nell'azienda e basterebbe per un po'.»

Il settore della moda generava grossi guadagni ma allo stesso tempo era dispendioso e comportava rischi alti.

«Se vogliamo crescere davvero ci serve un capitale maggiore di quello. Abbiamo contato solo su noi stessi finché abbiamo potuto, ma se vogliamo portare l'azienda a un livello più alto abbiamo bisogno di soldi veri» spiegò Charlie.

Per Lyle era una novità; tutto ciò che sapeva del settore della moda era quello che aveva imparato dai gemelli negli ultimi undici anni. Charlie gestiva le cose con serietà; tenere a galla la società, soddisfare le richieste di produzione e coprirne i costi erano una sfida e una preoccupazione continue.

I tre fratelli rimasero a parlare per un'ora e per Lyle era un sollievo poter conversare di qualcosa che non riguardasse la vendita della casa, il pagamento delle tasse di successione e il posto in cui avrebbe abitato Benjie se l'avessero venduta. Si domandò se potesse tenerlo con sé, nel caso in cui si fosse separato da Amanda, considerando che doveva pensare anche ai propri figli. Per i bambini il divorzio avrebbe rappresentato un grandissimo cambiamento; lui e Amanda dovevano trovare un accordo per la custodia congiunta, in cui ciascuno li avrebbe tenuti a giorni, settimane o mesi alterni. Detestava il pensiero che i bambini dovessero affrontare quella situazione, però se fosse rimasto sposato, il futuro avrebbe riservato soltanto problemi. Per la prima volta in dieci anni stava prendendo seriamente in considerazione di limitare le perdite prima che le cose peggiorassero ulteriormente.

I gemelli si erano accorti che era molto preoccupato. Caroline lo abbracciò quando si salutarono per andare ciascuno nella propria stanza.

«Si sistemerà tutto, Lyle, di qualunque cosa si tratti» gli disse in tono gentile.

Lui sorrise, vedendo lo sguardo empatico della sorella. «Lo pensavo anch'io; ma ora non più» si limitò a replicare.

Ciascuno si chiuse nella propria camera, ripensando a com'era facile la vita quando abitavano tutti lì. I genitori avevano reso le cose semplici per loro e li avevano colmati di affetto. Sembrava passata una vita da allora e si domandarono se la loro esistenza sarebbe più tornata la stessa dopo la grande perdita di cui ancora non riuscivano a capacitarsi.

Il mattino seguente, quando si svegliò, Lyle fece una doccia e si vestì per andare in ufficio, poi si avviò in cucina per prendere il caffè. Caroline stava preparando delle uova al bacon per Charlie e Benjie; sorrise al fratello maggiore appena lo vide entrare e aggiunse delle uova anche per lui.

Lyle si sedette al tavolo con un sorriso stanco.

«Proprio come ai vecchi tempi» commentò rivolto ai due fratelli, solo che quando erano piccoli era la madre a preparare la colazione.

Qualche minuto dopo, Caroline mise i piatti in tavola e si sedette con loro. Mangiarono le uova al bacon e del pane tostato che aveva preparato Benjie, poi Charlie fece il caffè per tutti.

«È bello essere qui» disse mentre lo versava.

«Già, è bello» concordò Lyle. Benjie era contento di vederlo. «Può darsi che torni stasera, dipende da come vanno le cose oggi» li avvisò.

Charlie annuì; era facile intuire che c'era qualche problema con la moglie, cosa di cui nessuno si sorprese. Il giorno del funerale, Charlie aveva intuito che si stava preparando una battaglia, benché non sapesse su quale argomento.

«Non ti serve il nostro permesso per stare qui» gli disse Caroline con un sorriso. «Adesso è anche casa tua. È positivo che la mamma abbia lasciato intatte le nostre camere e non le abbia trasformate in guardaroba o ripostigli.»

«Penso che abbia sempre segretamente sperato che tornassimo a casa. E ora eccoci qui» sospirò Lyle.

«Telefonerò a Gloria per dirle di venire a cena stasera» propose Caroline. «Così ci saremo tutti, sempre se riusciamo a trattenere Annabelle abbastanza a lungo per mangiare con noi prima di uscire.»

«Ieri notte non ha dormito qui» annunciò Benjie. «Ho guardato nella sua camera prima di scendere.»

Gli altri sorrisero davanti al suo sincero resoconto.

«Deve avere una storia d'amore importante per stare fuori tutte le sere» commentò Charlie.

Un attimo dopo, Annabelle comparve in cucina, con addosso gli abiti della sera precedente, guardò i quattro fratelli seduti al tavolo e si stupì di vedere Lyle.

«Cosa ci fai qui?» gli chiese.

Non gli venne in mente alcuna scusa plausibile, perciò si limitò a stringersi nelle spalle.

Annabelle prese una fetta di pane tostato e uscì subito dalla cucina.

Lyle guardò Caroline e le disse: «Dovresti tenerla d'occhio».

«Lo faccio, ma non posso impedirle di uscire. Ha ventun anni e io non sono sua madre, come mi dice sempre quando le chiedo dove va.»

«Credi che riprenderà gli studi?» domandò lui, preoccupato. Nessuno di loro aveva abbandonato il college e non gli sembrava un buon presagio.

«Per il momento no: si sta divertendo troppo» gli rispose Caroline.

Qualche minuto dopo, Lyle si alzò per andare al lavoro.

«Grazie per la colazione. Ci vediamo stasera a cena» disse.

I fratelli sorrisero, ripensando a quando, da ragazzi, abitavano tutti insieme.

Charlie andò al piano di sopra per prendere il cappotto prima di accompagnare Benjie al lavoro, mentre Caroline mise i piatti nel lavello in attesa dell'arrivo di Frieda.

Charlie ripassò a salutarla e le disse che si sarebbero visti in ufficio, poi uscì insieme a Benjie. Era quasi come ai vecchi tempi, quando uscivano per andare a scuola. A Caroline piaceva che fossero di nuovo tutti lì, anche se solo per breve tempo, finché avessero deciso il da farsi. Anche Benjie sembrava felice e adorava avere vicino i fratelli.

Prima di andare al lavoro, Caroline passò un attimo in camera di Annabelle per cercare di capire cosa le stava succedendo.

La sorella era sdraiata sul letto e fissava il soffitto. «Cosa vuoi?» le chiese subito in tono sospettoso, tirandosi su a sedere.

«Niente. Volevo solo vedere se stai bene.»

«Sto bene» disse Annabelle, ma dal suo aspetto non sembrava.

Si sdraiò di nuovo e Caroline non riuscì a capire se avesse i postumi della sbornia o stesse male.

«Stai fuori tutte le notti... Hai una storia seria?»

«Non proprio» rispose Annabelle, distogliendo lo sguardo. «Per un po' ho frequentato un ragazzo, ma è tornato in Brasile due giorni fa.»

«E tornerà?» le chiese in tono cauto.

Annabelle fece cenno di no, con le lacrime agli occhi.

Caroline si sedette sul letto accanto a lei. «Dev'essere stata una cosa importante» le disse.

«Non esattamente... e poi si è spaventato per quello che è successo a mamma e papà.»

Rimase in silenzio per qualche minuto; Caroline aspettò un po' per darle il tempo di aggiungere qualcos'altro, ma Annabelle non voleva parlare, così si alzò.

Quando si chinò per darle un bacio, le lacrime iniziarono a scenderle sulle guance, perciò si risedette sul letto per abbracciarla. Credeva che stesse piangendo per i genitori o per il ragazzo brasiliano, oppure per entrambi. Annabelle si aggrappò a lei come una bambina, continuando a piangere; sembrava completamente smarrita. Tutti loro lo erano, sebbene ciascuno reagisse a modo suo.

Annabelle cercava di fuggire dal dolore uscendo tutte le sere, ma l'espediente non sembrava funzionare, malgrado la spavalderia che ostentava e il fatto che fosse sempre ostile nei confronti dei fratelli.

«Cosa posso fare per aiutarti?» le domandò Caroline con gentilezza.

Annabelle si limitò a scuotere la testa. «Niente... È un gran casino» disse poi.

«Ci sentiamo tutti così, adesso. Ci vorrà tempo per accettare l'idea che mamma e papà non ci sono più, ma noi ci siamo gli uni per gli altri.»

«Questo non servirà a niente» mormorò Annabelle, affranta. «Da quando ho lasciato gli studi ho partecipato a una festa dietro l'altra. All'inizio era divertente, poi le cose mi sono sfuggite di mano. Al college frequentavo un ragazzo, ci siamo lasciati prima di Natale; poi, quando mamma e papà erano via ho conosciuto il brasiliano e abbiamo fatto un po' di stupidaggini. Sono uscita di nuovo con il ragazzo del college, ma è finita e lui sta partendo per l'Italia. E adesso è tutto un gran casino.»

«Che tipo di casino?» le chiese Caroline. «La maggior parte dei casini può essere risolta. Non è mai così grave come pensiamo quando ci siamo nel mezzo.»

«Questo lo è» mormorò Annabelle, alzando lo sguardo su di lei.

Voleva dirglielo, ma non sapeva come. Caroline aveva dodici anni più di lei e si comportava più come una mamma che come una sorella, però non aveva nessun altro con cui poter parlare.

«Ieri sono stata dal medico» si decise finalmente a dire, tra un singhiozzo e l'altro. «Sono incinta di quattro mesi e non ne avevo idea. Credevo di avere solo un ritardo, o di essere stressata, poi mi sono resa conto che durava da troppo tempo. Ho fatto un test di gravidanza a casa e ho pensato che fosse del brasiliano, ma poi, quando il dottore ha detto che sono di circa quattro mesi, ho capito che è dell'altro ragazzo, che sta per passare un semestre all'estero, a Firenze. Gliel'ho detto ieri, non vuole averci niente a che fare. In ogni caso è uno stronzo, mi tradiva. Ci ero rimasta così male che ho lasciato il college e ho cominciato a fare baldoria tutte le sere. Ci siamo rivisti qualche volta e poi ci siamo lasciati di nuovo per via del brasiliano, qualcuno gli ha detto di lui. Cosa dovrei fare adesso?» concluse, disperata.

Caroline tentò di non apparire scioccata come in realtà era; ebbe la sensazione di essere stata catapultata nel ruolo di sua madre, senza però avere idea di come comportarsi. Allora si sforzò di immaginare cosa avrebbe fatto lei in una simile circostanza.

«Sei innamorata di quel ragazzo?» le domandò, considerandolo un buon punto di partenza.

«Pensavo di esserlo. Ora non so come mi sento, a parte spaventata. Adesso non lo amo e lui non ama me. Non voglio avere un bambino, ma è troppo tardi. Devo farlo nascere, che io lo voglia o no. Finora ho bevuto un sacco, specialmente dopo l'incidente di mamma e papà, e qualche volta ho preso delle droghe con il brasiliano; e se dovesse nascere con qualche problema? Nessuno vorrebbe adottarlo e io resterei incastrata per sempre. Ho letto di queste cose su internet.»

«Lo hai detto al medico?»

Annabelle fece cenno di sì. «Mi farà delle ecografie per rilevare eventuali anomalie. Ne ho una tra una decina di giorni. Ma cosa farò adesso, Caroline?» domandò, affranta.

«Sembra che tu stia per avere un bambino. Sai quando è prevista la nascita?» le chiese, senza riuscire a immaginare come avrebbero reagito gli altri a quella notizia.

«In luglio. Mi diranno la data precisa dopo l'ecografia. Ieri ho fatto un prelievo di sangue per sapere se ha la sindrome di Down e per conoscere il sesso, se voglio saperlo. Non riesco a credere che stia succedendo davvero. E quello stronzo non vuole averci niente a che fare; mi ha detto di sbarazzarmene, o di darlo in adozione, se non posso abortire. Comunque neanch'io voglio avere un figlio» concluse senza esitazioni.

«È una cosa grossa da affrontare da sola» le disse Caroline. «Però tu hai tutti noi. Lui sembra proprio uno stronzo. Come si chiama, a proposito?»

«Adam. Sì, è uno stronzo. E gli altri mi considereranno una puttana. Benjie racconta sempre a tutti quando passo la notte fuori. Con il brasiliano ho bevuto tanto. Ho smesso appena ho scoperto di essere incinta, ma forse gli ho già provocato qualche danno.»

«Ora dovresti stare tranquilla per un po' e occuparti della tua salute. Niente più alcol né droghe.»

Annabelle annuì, lo aveva già deciso da sola.

«Se vuoi vengo con te all'appuntamento per l'ecografia.»

«Sì, mi farebbe piacere. Continuo a cercare di immaginare cosa avrebbe detto la mamma. Lei sarebbe stata buona, papà invece mi avrebbe uccisa.»

«Lui ci sarebbe rimasto male» concordò Caroline. «Hai intenzione di convincere Adam a sposarti?»

«No. E comunque non vorrebbe. Litigavamo spesso e mi ha tradita due volte. Non voglio che torniamo insieme, e nemmeno lui. È troppo immaturo per sposarsi.» Fece un sorriso alla sorella, poi assunse un'aria seria. «Voglio dare via il bambino: non sono pronta a fare la madre. Non so neanche se vorrò dei figli in futuro, ma so che non lo voglio adesso.»

«È una decisione importante, devi rifletterci bene» le disse.

«Mi aiuterai a trovare un'agenzia di adozioni che se ne occupi? Probabilmente nessuno lo vorrà perché ho bevuto e mi sono drogata qualche volta.»

«Qualcuno lo vorrà, se deciderai di rinunciare a lui.»

«Sono stata stupida a non stare attenta. Avevo smesso di prendere la pillola perché mi faceva ingrassare.» Fece un altro sorriso timido. «Ora diventerò molto più grassa...»

Caroline le sorrise, poi guardò l'orologio.

«Devo andare in ufficio. Oggi lavoreremo al lookbook, mi stanno aspettando con un fotografo. Ne riparleremo stasera; sono contenta che tu me l'abbia detto. Ceneremo tutti insieme, quindi resta a casa.»

Annabelle annuì, si alzò e abbracciò la sorella.

«Grazie per essere stata gentile con me. Perdonami, Caroline.»

Sembrava sinceramente dispiaciuta ed era evidente che fosse spaventata.

«Non devi scusarti con me» replicò Caroline.

Annabelle avrebbe dovuto affrontare molte difficoltà per mettere al mondo il bambino, e ancora di più se intendeva darlo in adozione. Caroline sapeva che alcune donne non si erano mai riprese dal dolore di aver rinunciato alla loro creatura.

«Ti raccomando solo di non prendere decisioni affrettate» le disse in tono affettuoso. «Hai tempo per pensarci, mancano cinque mesi.» Le sorrise di nuovo dalla soglia. «Ci vediamo stasera; ti voglio bene.»

Poi si affrettò fuori e prese la metropolitana per arrivare in centro più rapidamente. Durante il tragitto non riuscì a pensare ad altro che alla sorella che avrebbe avuto un figlio. Non se ne capacitava.

Annabelle le scrisse un messaggio per ringraziarla di nuovo di essere stata gentile. Per lei i successivi cinque mesi sarebbero stati pieni di novità e molto faticosi.

Quando Caroline arrivò in ufficio, Charlie le rivolse uno sguardo interrogativo.

«Come mai ci hai messo tanto?»

«Mi sono fermata a parlare con Annabelle e ci è voluto più tempo di quanto avessi immaginato» gli spiegò, ma era contenta di averlo fatto.

«C'è qualche speranza che si rimetta in riga?» indagò il gemello.

Caroline esitò un momento prima di rispondere. «Credo di sì. Ha molte cose su cui riflettere.»

«Pensi che riprenderà gli studi?»

«Forse; in autunno, magari.»

Dopo che avrà partorito e dato il bambino adozione, ragionò tra sé, domandandosi come avrebbe reagito il gemello se avesse saputo. Anche lui però aveva dei segreti, che lei conosceva; adesso era la depositaria anche dei segreti di Annabelle.

Per il resto della giornata fu difficile concentrarsi sul lavoro. Aveva troppe cose per la mente. Si domandava che effetto le avrebbe fatto vedere sul monitor il bambino di Annabelle durante l'ecografia. Si augurava con tutto il cuore che non avesse subìto danni a causa dell'alcol e delle droghe. Si sentiva come se fosse stata catapultata lei stessa nella maternità, con una figlia ventunenne incinta. In quel momento avvertì più che mai la mancanza della madre, che avrebbe saputo cosa fare, cosa dire e come aiutare Annabelle. Lei invece poteva soltanto procedere per tentativi ed errori.

I successivi cinque mesi sarebbero stati lunghi e impegnativi anche per lei. Aveva perso i genitori e sua sorella era incinta: era difficile affrontare tutto insieme. Inoltre, anche i loro fratelli avrebbero reagito ciascuno a modo suo. Solo a pensarci, si sentiva frastornata. Annabelle, dal canto suo, avrebbe pagato un prezzo molto alto per la propria incoscienza e per i propri errori.

Cinque

Al rifugio, Benjie svolgeva diversi semplici compiti ed era particolarmente bravo con i cani. Di tanto in tanto arrivavano anche altri animali, che erano stati abbandonati oppure maltrattati. Piccoli animali domestici che le persone consideravano carini da cuccioli, ma che una volta cresciuti non riuscivano più a gestire. Conigli, criceti, porcellini d'India, a volte anche uccelli. I rettili invece venivano mandati nella sezione animali vivi del Museo di scienze naturali. In un'occasione era capitato che ospitassero un mini-cavallo che era stato tenuto in appartamento. Avevano avuto diversi maialini vietnamiti «in miniatura», che i venditori dicevano sarebbero rimasti delle dimensioni di un cane di taglia piccola, invece avevano raggiunto i novanta chili. Appena gli animali più grandi guarivano venivano mandati in fattorie didattiche. Un cucciolo di orso e un ghepardo furono inviati allo zoo, mentre un cucciolo di lama in una riserva naturale.

Gli unici animali con cui Benjie non aveva affinità erano i gatti. Si sentiva a disagio, e per loro era lo stesso, perciò non veniva assegnato alla sezione adozione dei gatti. Una volta era stato morso da una scimmia che qualcuno aveva abbandonato al rifugio; aveva denti affilati come rasoi ed era aggressiva. Benjie dovette fare l'antitetanica e dopo quell'episodio aveva paura delle scimmie. L'esemplare che lo aveva morso era stato portato in uno zoo in New Jersey, dove c'era una compagna femmina. Benjie aveva imparato tante cose sugli animali di cui si prendeva cura, conosceva bene le loro esigenze e abitudini e leggeva molto su di loro.

I suoi preferiti erano i cani, che aiutava a tornare in salute. Era bravissimo con loro e amava sinceramente gli animali di cui si occupava. Tutti i veterinari e i tecnici gli volevano bene e lo consideravano un membro prezioso della squadra.

La mattina in cui Caroline aveva parlato con Annabelle nella sua camera, Charlie aveva dato un passaggio a Benjie fino al rifugio mentre andava in ufficio. Benjie stava parlando con un addetto alla reception riguardo delle bende che servivano per un animale ferito, quando un autista della Protezione animali entrò con due nuovi cani. Uno era un alano molto vivace, cui mancava un orecchio. Era stato brutalmente maltrattato e la Protezione animali lo aveva salvato. Sul dorso aveva vecchie cicatrici di morsi ricevuti da altri cani. Non aveva ferite recenti, ma era evidente che avesse subìto violenze ed era troppo magro per la sua taglia. Benjie si inginocchiò e gli tese una mano: l'enorme cane nero andò dritto da lui e gli leccò la faccia, poi gli si sedette accanto e gli diede la zampa. Si era tenuto alla larga da tutti gli altri, ma sembrava sapere che con Benjie era al sicuro.

«Ha una medaglietta con scritto Duke» disse l'autista, mentre tutti gli altri notavano il legame immediato che si era creato tra Benjie e l'alano. «Abbiamo anche un altro cliente per voi» aggiunse l'uomo sorridendo.

Posò sul bancone un trasportino, da cui fece capolino un musetto appuntito con le orecchie dritte. Sembrava appartenere a una qualche razza a pelo lungo; quando l'autista tirò fuori la cagnolina e la consegnò all'addetto alla reception capirono che si trattava di una chihuahua particolarmente piccola. Era bianca con macchioline nere dappertutto, che parevano pois.

«L'abbiamo trovata ieri sera in un cestino dell'immondizia. Ha circa un anno, niente targhetta, niente chip. Dopo che avrà fatto un bagno, sarà adottata in cinque minuti: è un amore.»

In effetti era adorabile. Benjie la prese in braccio e la accarezzò delicatamente.

«Le faccio io il bagno» si offrì.

Mentre la teneva, la cagnolina agitava freneticamente la coda soffice come un piumino. Duke le lanciò un'occhiata ma non sembrò interessato a lei.

«Li porto di sopra» proseguì Benjie.

I nuovi arrivati dovevano essere visitati dai veterinari, come previsto dalle regole del rifugio. L'addetto alla reception firmò i moduli per la presa in carico, poi l'autista della Protezione animali andò via, mentre l'addetto preparava i documenti per i due cani. Si sentiva Benjie parlare con loro, mentre si avviava su per le scale verso il centro adozioni.

Trascorse la maggior parte della giornata con i due cani nuovi. Entrambi risultarono in salute e lui si prendeva cura un po' di uno un po' dell'altra. L'alano era affamato: divorò il cibo che gli diede, poi fece capire che ne voleva ancora. Benjie seguiva scrupolosamente le regole del rifugio riguardo i nuovi cani, finché lo staff avesse imparato a conoscerli meglio. L'alano però non era ostile ed era affamato d'affetto tanto quanto di cibo. Sembrava un puledro ma si comportava come un cagnolino da salotto e si sedette in grembo a Benjie; la piccola chihuahua a pois seguiva il ragazzo dappertutto. Dopo il bagno, entrambi avevano un bell'aspetto; alla fine si addormentarono. Benjie compilò una relazione su ciascuno e la consegnò alla reception.

«Ho chiamato la chihuahua Dottie» annunciò.

Benjie era presente quando il veterinario li aveva visitati. Appena li dichiarò sani lo guardò con espressione seria e domandò: «Posso portarli a casa?»

Non lo aveva mai chiesto prima.

«Intendi per stanotte?» indagò il veterinario, stupito.

In cinque anni, lo staff non aveva mai avuto alcun problema con lui: seguiva alla lettera le regole e le istruzioni ed era uno dei dipendenti più affidabili. Tutti sapevano quanto amasse i cani e quanto fosse gentile con loro. Era una richiesta insolita, però conoscevano anche la sua situazione famigliare e avevano incontrato la madre diverse volte. La famiglia gli dava molto supporto, i cani non avrebbero corso pericoli con lui; la sua casa, poi, era enorme.

«Intendo per sempre» gli rispose Benjie. «Mia mamma era allergica ai cani e ai gatti, perciò non ho mai potuto averne. Ora lei è morta e mio fratello si è trasferito da noi per stare con me e mia sorella. Lui non è allergico ai cani. Abbiamo una casa grande, possono dormire in camera mia.»

«Mi dispiace molto per tua mamma. Era una persona adorabile» gli disse il veterinario in tono gentile.

«Lei e mio papà sono morti sotto una valanga in Francia» lo informò. «Per questo mio fratello si è trasferito da noi. Anche a lui piacciono i cani.»

«Un cane grande come Duke ha bisogno di muoversi molto. Pensi di portarlo fuori tu?»

Benjie annuì con un sorriso. «E posso portare in braccio Dottie se si stanca.»

«Vuoi prenderli tutti e due?»

Fece cenno di sì. «Ora sono amici. Duke è rimasto a guardare mentre facevo il bagno a Dottie: lei gli piace.»

«Che ne dici di fare una prova?» propose il veterinario. «Li porti a casa stasera: so che ti prenderai cura di loro. Vedi come va, se si ambientano e se riesci a gestirli. Altrimenti, li riporti qui e li metteremo in lista per essere adottati. Possiamo chiamarla un'adozione di prova, una specie di affidamento.»

Conoscendo bene Benjie e la sua situazione abitativa, il veterinario non era preoccupato. Era certo che il fratello avrebbe riportato indietro i cani se ci fosse stato qualche problema, perciò era soddisfatto dell'accordo.

«Non li riporterò indietro» dichiarò Benjie senza esitazione. «Gli voglio bene, saranno felici.»

«Questo è uno splendido inizio.»

Il veterinario più anziano gli sorrise. Aveva un nipote con un problema simile al suo.

«Ti daremo cibo e provviste per i primi giorni e domani mi farai sapere come procede.»

«Vuoi un rapporto scritto?»

«Non è necessario, basta che me lo dici quando vieni al lavoro. Vuoi telefonare a tuo fratello per chiedergli se è d'accordo?»

«No, lui è buono, non si arrabbierà. Non si arrabbia mai con me. Neanche mia mamma si arrabbiava con me. Lui ha una gemella, fanno vestiti. E alla mia sorella minore non interessa, esce tutte le sere e torna a casa all'ora di colazione, adesso che non c'è nostra mamma.»

Ascoltando quella sorta di relazione sulla sua famiglia, il veterinario represse un sorriso e non fece commenti. Era molto dispiaciuto che avesse perso i genitori, doveva essere stato un trauma per lui e forse i cani gli avrebbero dato conforto.

Benjie prese un taxi per tornare a casa. Duke si sedette sul sedile accanto a lui e Dottie era dentro al trasportino in cui era arrivata. Giunti a destinazione, pagò la corsa con i soldi che aveva sempre con sé e suonò il campanello. Era capitato che perdesse le chiavi, perciò non le portava. Quando Frieda aprì la porta, rimase scioccata nel vederlo con accanto Duke e in mano il trasportino.

«Cos'è quello, un cavallo?» esclamò fissando il grande cane nero, che però era pelle e ossa.

«Lui è Duke» rispose Benjie. Poi alzò il trasportino con dentro la soffice cagnolina bianca, poco più grande di un porcellino d'India. «E lei è Dottie. Dormiranno con me. Devo far camminare molto Duke.»

«Non abbiamo mai avuto un cane» osservò Frieda, preoccupata.

«Lo so. La mamma era allergica. Ma adesso lei non c'è.»

Sbalordita, Frieda annuì, mentre Benjie faceva entrare i cani e andava in giro perché vedessero la loro nuova casa, poi li portò in camera sua. Duke si piazzò subito sul letto con la testa sul cuscino, mentre Dottie si accoccolò contro di lui appena Benjie la posò sulla coperta. Parevano completamente a loro agio. Ogni tanto Duke alzava la testa per assicurarsi che Benjie fosse ancora lì, poi si rimetteva a dormire tranquillo. Li portò di sotto per dar loro da mangiare prima che i fratelli rientrassero, poi portò Duke a fare una passeggiata intorno all'isolato. Per fortuna, entrambi i cani erano abituati a vivere in casa e non sporcavano. Era bizzarro vederli insieme, un enorme cane nero e una piccolissima cagnolina bianca. Poi Benjie rientrò e andò in camera sua, in attesa dei fratelli. Era contento che Charlie e Caroline abitassero con lui, inoltre Lyle aveva detto che quella sera sarebbe rimasto di nuovo con loro. Avrebbero cenato tutti insieme e lui adorava averli tutti a casa. Gli mancavano i genitori, ma grazie ai fratelli non si sentiva solo.

Caroline arrivò per prima con le provviste e preparò il cibo che aveva comprato in una gastronomia. Charlie aveva detto che avrebbe fatto una pastasciutta.

Alle sette e mezzo c'erano tutti, compresa Gloria, e alle otto chiamarono Benjie perché scendesse per la cena. C'era anche Annabelle. Erano tutti in cucina e stavano chiacchierando quando Benjie entrò, seguito da Duke e Dottie. Gli altri smisero di colpo di parlare e li fissarono sbigottiti.

«E quelli cosa sono?» gli chiese Charlie, sebbene fosse evidente.

«Sono Duke e Dottie. Li ho adottati» spiegò Benjie, raggiante.

Charlie scoppiò a ridere e all'improvviso risero tutti.

«Hai adottato due cani?!» esclamò, incredulo e divertito.

«Esatto. Sono arrivati insieme, come gemelli, come tu e Caroline.»

Charlie scosse la testa, meravigliato. Da parte di Benjie era una decisione impegnativa, ma anche un segno che era di buonumore e che stava affrontando in maniera positiva la scomparsa dei genitori, inoltre avrebbe aggiunto vitalità alla casa. Entrambi i cani erano educati. Annabelle prese in braccio la chihuahua e la coccolò, mentre Lyle accarezzò l'enorme e magro cane nero; nel frattempo, Charlie preparò la pastasciutta.

«Da piccola avrei sempre voluto un cane» disse Gloria, accarezzando anche lei Duke. «Non abbiamo mai potuto prenderlo a causa dell'allergia della mamma. Credo di non aver mai visto un cane grande come questo.»

Duke si alzò e posò le zampe sulle spalle di Lyle guardandolo negli occhi, poi tornò giù e diede la zampa a

Gloria. Lei notò l'orecchio mancante e quando Benjie spiegò il motivo ne fu dispiaciuta.

Al momento di sedersi a tavola, tutti avevano fatto amicizia con Duke e Dottie. L'alano si sedette fissando con bramosia il loro cibo, nella speranza che gli arrivasse qualche bocconcino, ma non era invadente; Dottie invece si addormentò sulle gambe di Annabelle.

Erano tutti di buonumore e felici di cenare insieme, malgrado i problemi che li assillavano, come quelli di Lyle con Amanda. Per un paio d'ore potevano scordare le difficoltà e rilassarsi in famiglia.

Al termine della cena, Lyle confidò ai fratelli che stava pensando di divorziare. Lui e Amanda non lo avevano ancora detto ai figli, inoltre doveva cercare un appartamento in cui trasferirsi. Le avrebbe chiesto di tenere i figli a settimane alterne, perciò gli serviva un posto abbastanza grande anche per loro. Dopo dieci anni di matrimonio doveva ricominciare da capo, con due bambini al seguito. Temeva la reazione di Tommy e Devon. Non avevano ancora stabilito nulla né discusso dei dettagli. Aveva soltanto preso la decisione, dopo le minacce della moglie del giorno precedente.

«Credo che sarà una lotta all'ultimo sangue per i soldi. E non abbiamo un accordo prematrimoniale» concluse.

Gloria gemette. «È quello che ha sempre voluto da te» disse senza giri di parole. «Sarò felice per te quando te ne sarai liberato.»

«Ho avuto due figli meravigliosi, non sono pentito» puntualizzò lui rivolto a tutti. «Le cose tra noi non funzionano da anni. Se vendiamo la casa adesso, lei vorrà almeno metà della mia parte del ricavato» li avvisò.

«Un'altra buona ragione per non venderla» intervenne Charlie.

Annabelle li interruppe. «Anch'io ho qualcosa da dirvi» mormorò, lanciando un'occhiata a Caroline.

Era impossibile prevedere quale sarebbe stata la reazione degli altri, dato il loro diverso carattere, le idee e i punti di vista. Lyle e Gloria erano più tradizionalisti, i gemelli di più ampie vedute.

«Sono incinta» rivelò d'un fiato Annabelle.

Intorno al tavolo calò il silenzio.

«Abortirai?» le chiese Gloria in tono severo, con aria di disapprovazione.

La sorella fece cenno di no.

«Sono incinta di quattro mesi; lo farò nascere.»

«Ti sposerai?» la pressò Gloria.

«Il padre non vuole e nemmeno io» rispose Annabelle.

«Qualunque cosa farai, non sposarti perché sei incinta» le disse Lyle. «Io sono la prova vivente che non funziona. Sposati un giorno perché sei innamorata pazza di qualcuno e sei compatibile con lui. Nel mondo di oggi non serve essere sposati per avere un bambino. Quello è stato il più grosso errore che io abbia fatto» ammise.

«Annabelle non può avere un bambino: non è sposata» dichiarò Benjie in tono pratico.

«Certo che può» gli disse Caroline con gentilezza.

Lui rimase sorpreso.

«Mi pare perfetto» sibilò Gloria. «Passi tutte le notti

fuori come una puttana e poi torni a casa incinta. Questo avrebbe ucciso mamma e papà, è disgustoso. Lo terrai?»

Annabelle fu annichilita da quelle parole: era stata etichettata come la disgrazia della famiglia e si sentiva tale.

«No, lo darò in adozione» rispose con un filo di voce.

«Lo adotterò io» si offrì Benjie.

Annabelle gli sorrise con gratitudine. «È tutto a posto, Benjie. Gli troveremo dei bravi genitori» disse, sperandoci di cuore.

Doveva ancora informarsi insieme a Caroline, che si stava dimostrando molto più comprensiva della sorella maggiore, la quale aveva reagito con durezza e senza un briciolo di empatia. Solo Charlie non si era ancora pronunciato; lui e Caroline si stavano scambiando sguardi eloquenti e la gemella gli bisbigliò qualcosa. Era il momento delle confessioni: il divorzio di Lyle, la gravidanza indesiderata di Annabelle...

«È il momento» gli sussurrò Caroline mentre gli altri stavano parlando tra loro.

Annabelle era al centro dell'attenzione e Lyle era dispiaciuto per lei, ricordando il caos in cui era precipitata la sua vita quando Amanda era rimasta incinta. I suoi genitori erano delusi, tuttavia si erano comportati in maniera corretta. Lui si era sposato credendo che fosse la cosa giusta da fare, decisione che invece si era rivelata pessima.

«È il momento della verità» mormorò Charlie con una nota di incertezza nella voce.

Non aveva premeditato di condividere il suo segreto con i fratelli, però quella sembrava la serata adatta per farlo; con la morte dei genitori erano tutti più aperti e più vulnerabili.

«Non l'ho detto a nessuno di voi tranne che a Caroline» proseguì. «Sappiamo qual era la posizione di papà su queste cose; era un tipo vecchio stile e conservatore, la mamma riteneva che gli si sarebbe spezzato il cuore se avesse saputo. A lei l'avevo detto: sono gay. Ecco, ora lo sapete; il mio oscuro segreto è stato svelato.»

Si sentì messo a nudo e si augurò che confidarlo ai fratelli non fosse stato un errore. Se i genitori fossero stati in vita non lo avrebbe fatto. La madre lo aveva supplicato di non rivelarlo al padre, perciò aveva mantenuto quel segreto per quindici anni. A diciotto aveva capito di essere omosessuale; lo aveva detto subito a Caroline e poco tempo dopo alla madre, che era stata molto comprensiva e affettuosa, ma sapeva che il marito non avrebbe reagito allo stesso modo, non lo avrebbe mai accettato e lo avrebbe considerato imbarazzante. Da anni, quindi, Charlie era costretto a condurre una vita segreta.

«Perché non ce l'hai detto?» gli chiese Gloria.

Riflettendoci, la cosa non la sorprendeva, però era delusa che il fratello li avesse tenuti all'oscuro.

«Non sapevo come avreste reagito, inoltre temevo che lo avreste riferito a papà. Mamma sosteneva che sarebbe morto dal dispiacere.»

«Su questo argomento era un troglodita» dichiarò Gloria con la sua solita franchezza. «Però era una brava persona e ti voleva bene. La mamma era sempre iperprotettiva con lui. Alla fine lo avrebbe accettato» osservò, in difesa del padre.

«Forse no. Avevo paura che non volesse più vedermi o permettermi di tornare a casa.»

«Che tristezza» commentò Lyle, toccandogli il braccio. «Mi dispiace, fratellino. Sono stato cieco come papà. Non so come ho fatto a non accorgermene, ma quando eri al college parlavi molto di ragazze...»

«Erano soltanto amiche. L'ho scoperto all'ultimo anno di superiori.»

«C'è qualcuno nella tua vita?» gli chiese Gloria.

«Sì, la mia gemella» rispose lui rivolgendo un grande sorriso a Caroline. «Nessun altro di speciale, al momento. Lavoriamo troppo per avere delle storie. Facciamo orari folli: abbiamo la settimana di centoquaranta ore. Ecco perché siamo entrambi ancora single.»

«Ha ragione» confermò Caroline con aria rassegnata.

Si guardò intorno in cerca di Benjie, ma non lo vide e immaginò che fosse andato in bagno oppure di sopra con i cani a prendere qualcosa.

«Potresti fare molto per i diritti dei gay» gli disse Gloria con enfasi.

Lui capì che la sorella era seria e scoppiò a ridere.

«Non mi candido a una carica pubblica, Gloria, voglio soltanto vivere la mia vita alla luce del sole. Per me è più che sufficiente. Caroline aveva ragione a spingermi affinché ve lo dicessi; era ora. Non so quando l'avrei fatto se papà ci fosse ancora, forse mai. Comunque, adesso lo sapete.»

«Avresti dovuto dircelo prima, ma ora ho capito perché non l'hai fatto. Dev'essere stato difficile mantenere il segreto per quindici anni. Mi dispiace» gli disse Lyle, con la sgradevole sensazione di non essere stato un bravo fratello.

Anche lui si guardò intorno per vedere come avesse preso la notizia Benjie.

«Dov'è Benjie?» domandò.

Charlie si rese conto che non lo vedeva da un po'. Occupati con le loro confessioni, non avevano prestato attenzione a lui.

«Forse Duke lo sta tenendo in ostaggio nella sua camera. Vado a controllare» disse alzandosi da tavola.

Pochi minuti dopo tornò, con aria preoccupata. «Di sopra non c'è.»

«Hai guardato in tutte le stanze?» gli domandò Caroline.

Tutti salirono per controllare nella propria camera, ma fu inutile.

«Non so dove sia andato. Non ha detto niente e non l'ho visto alzarsi da tavola» proseguì Caroline.

Cercarono stanza per stanza in tutta la casa, compresa la cantina, e dieci minuti dopo si ritrovarono in cucina. Di Benjie non c'era traccia.

«Non può essere sparito come faceva da bambino.»

A volte era capitato che degli estranei lo riaccompagnassero a casa quando si perdeva nel vicinato.

«Magari ha portato i cani a fare una passeggiata» ipotizzò Lyle.

Allora i fratelli uscirono e controllarono la via in entrambe le direzioni, ma non lo videro. Anche i cani erano spariti.

«Andiamo» disse Lyle a Charlie. «Facciamo qualche

isolato per vedere se lo troviamo. Probabilmente ha soltanto portato fuori i cani.»

«Avrebbe dovuto avvisarci» intervenne Caroline, preoccupata. «Dobbiamo stabilire delle regole, non può scomparire senza avvertire nessuno. La mamma era sempre molto tranquilla al riguardo; con lei Benjie comunicava bene, mentre non è abituato a dire a noi dove va.»

«Con un cane di quella stazza nessuno lo rapirà» scherzò Lyle per rassicurarla.

Si sparpagliarono in ogni direzione e, mezz'ora dopo, Caroline e Gloria tornarono senza averlo trovato; pochi minuti più tardi rientrò anche Annabelle, invece i maschi erano ancora fuori. Di Benjie, Duke e Dottie non c'era traccia.

Lyle e Charlie si incontrarono all'ingresso di Central Park; ritenevano improbabile che il fratello si fosse avventurato nel parco di sera, perché sapeva che era pericoloso, ma imboccarono ugualmente il sentiero che portava nel parco. Camminarono rapidamente insieme per una decina di minuti, chiamando Benjie e restando in ascolto dei rumori circostanti, poi finalmente lo videro. Portava Duke al guinzaglio e quando si avvicinarono si accorsero che aveva la chihuahua nella giacca per tenerla al caldo. Quando li vide, Benjie li salutò con la mano e fece un grande sorriso.

«Il dottor Riley, il veterinario mio capo, ha detto che Duke ha bisogno di camminare molto» spiegò. Era tranquillissimo, specialmente con Duke a proteggerlo. «Mi dispiace, ho scordato di dirvi che uscivo. Stavate parlando e non volevo interrompervi.»

Si avviarono verso l'uscita insieme, mentre Charlie gli spiegava che era necessario che avvisasse qualcuno quando usciva e che doveva restare nella loro via, non allontanarsi così tanto o andare nel parco di sera. Era a dodici isolati da casa, quando lo avevano trovato. Benjie disse di aver capito, comunque si sentiva sicuro. Charlie e Lyle si scambiarono un'occhiata, consapevoli più che mai della necessità di stabilire delle regole ora che non c'era più la madre e loro erano responsabili di Benjie.

«Stavate parlando con Annabelle del suo bambino e non volevo disturbarvi. Mi dispiace se vi ho fatto preoccupare. Io stavo bene con Dottie e Duke» disse.

Quando arrivarono a casa avevano il viso arrossato per il freddo. Duke si diresse subito su per le scale verso la camera di Benjie: ormai sapeva dove abitava. Le tre sorelle uscirono dalla cucina appena sentirono la porta d'ingresso richiudersi. Tutti apparivano sollevati.

«Dov'era?» chiese piano Caroline a Charlie.

«A metà strada verso il West Side, a Central Park. Voleva far camminare Duke. Stava bene, soltanto che deve stare più vicino a casa quando porta fuori i cani e avvisarci se esce. In genere lo diceva alla mamma, deve abituarsi a dirlo a noi. Non voleva interromperci, ma gli ho detto che può farlo» le spiegò sorridendo.

Era stata una serata intensa per tutti loro: la notizia del probabile divorzio di Lyle, l'annuncio della gravidanza di Annabelle, il segreto a lungo custodito da Charlie, infine Benjie che usciva senza avvertire e si allontanava tanto da casa.

«Questa è stata la serata delle confessioni» commentò Caroline, sorridendo al gemello.

«A casa dei Whittier non ci sia annoia mai» scherzò lui, mettendole un braccio intorno alle spalle. Gli mancavano i genitori, ma amava trascorrere del tempo con i fratelli e si sentiva finalmente libero di vivere la propria vita, senza mentire o nascondere la sua vera identità. Avrebbe desiderato dirlo prima ai fratelli; come sempre, Caroline aveva ragione.

Quando andò di sopra, si affacciò alla camera di Benjie e lo trovò profondamente addormentato, con un braccio intorno a Duke e con Dottie sul cuscino accanto alla sua testa. Sorridendo tra sé, andò in camera sua, con la gradevole sensazione di essersi tolto un peso dopo quindici anni.

Sei

Al mattino, appena si era svegliato, Lyle aveva mandato un messaggio ad Amanda chiedendole di incontrarla a casa loro mentre andava in ufficio. Lei aveva risposto che l'avrebbe scomodata perché aveva lezione di danza, ma avrebbero potuto vedersi alle nove; glielo concesse come fosse un favore. Da quell'incontro Amanda aveva da guadagnare molto più di Lyle e lui aveva la netta sensazione che da quel momento in poi, se avesse intrapreso la strada del divorzio, tutti i contatti con lei gli sarebbero costati dei soldi.

Amanda non era una sprovveduta e Lyle era convinto che avesse già in mente una cifra da chiedergli. Aveva una calcolatrice incorporata nel cervello e parlava di denaro più di quanto lui ritenesse opportuno, soprattutto davanti ai bambini. Lui ci teneva che i figli avessero dei valori migliori.

Amanda non era mai stata una persona romantica. All'inizio lui credeva che lo fosse, ma ormai era certo di essersi sbagliato. Quando gli aveva detto di essere incinta gli era sembrata molto vulnerabile e si era dispiaciuto per lei. Ora invece si domandava se lo avesse fatto apposta per incastrarlo, come sosteneva Gloria. In tal caso, ci era riuscita benissimo.

Le aveva garantito una vita agiata, sicurezza economica e tutte le cose materiali che desiderava: gioielli, abiti firmati e tutti gli status symbol per fare colpo sulle amiche. Essere la moglie di un uomo di successo per lei era diventata una professione, più remunerativa che mai. Guardandosi indietro, Lyle si rese conto di aver ricevuto ben poco in cambio, nemmeno calore umano o affetto, e lo stesso valeva per i bambini.

Arrivò puntuale. La moglie lo stava aspettando con addosso una tuta da ginnastica firmata Chanel di ciniglia rossa e delle sneaker gioiello di Christian Dior. Andarono a sedersi in cucina. Nelle ultime ventiquattro ore Lyle aveva visualizzato la scena nella sua mente. Intendeva essere corretto con lei, era la madre dei suoi figli, inoltre dieci anni di matrimonio gli sembravano un tempo degno di rispetto.

Si preparò un caffè e la guardò senza sapere da dove iniziare.

«Ho pensato molto a quello che hai detto riguardo la casa dei miei e mio fratello, oltre che alla minaccia di divorziare se non miglioro il nostro tenore di vita» esordì infine. «Sei stata piuttosto chiara su come stanno le cose tra noi; ormai sembra più un accordo d'affari che un matrimonio.»

Era ancora sconcertato dal fatto che lei lo avrebbe

lasciato se non fosse stato disposto a spendere una cifra congrua per tenerla con sé.

«Adesso avrai più denaro» replicò lei in tono ovvio e senza manifestare alcuna emozione. «Non c'è ragione per cui non dovrei averlo anch'io.»

Eppure lei non se l'era guadagnato, inoltre non si trattava dei suoi genitori; per Amanda, tuttavia, i soldi erano soldi, qualunque provenienza avessero. I sentimenti non avevano alcun ruolo, cosa che Lyle trovava ancora più sconcertante.

«Credo che sia finita tra noi, Amanda. Non è rimasto molto, eccetto il conto corrente.»

«Può darsi.»

In quel momento si rese conto che il denaro era l'unico modo per arrivare al cuore della moglie, sempre che lo avesse, cosa di cui dubitava. Non era possibile pensarla in quel modo e allo stesso tempo essere capace di amare.

«Non si può comprare l'amore e io non ho intenzione di provarci. Accetto la tua offerta: voglio il divorzio.»

Amanda annuì, impassibile. Le bastava ottenere ciò che voleva, non le importava in quale modo.

«Voglio la custodia congiunta dei bambini; ho pensato a settimane alterne» proseguì lui. «All'inizio non sarà facile per loro, ma spero che si abitueranno. E ho intenzione di lasciarti metà dell'appartamento» le disse, benché lo avesse comprato lui. «Continuerò a pagare le rette scolastiche e una cifra adeguata per il mantenimento dei bambini, inoltre continuerò a provvedere allo stipendio di Molly, così non ci saranno cambiamenti nel vostro stile di vita, né per te né per loro.»

La metà dell'appartamento valeva due milioni di dollari, una cifra che considerava generosa.

Amanda si limitò ad annuire di nuovo, non replicò a nulla e non lo ringraziò, cosa che Lyle notò.

«È tutto?» gli chiese in tono piatto e senza manifestare dolore per il fallimento del matrimonio né rimorsi per averlo deluso. Non discusse con lui l'offerta che le aveva fatto, ma nemmeno la rifiutò.

In mezz'ora avevano finito di parlare e lui le disse che entro un paio di giorni avrebbe voluto vedere i bambini per informarli. Le propose di farlo insieme, ma lei rispose che le andava bene che glielo spiegasse lui. Aveva già detto ai figli che probabilmente si sarebbero separati, perciò non sarebbe stata una sorpresa. Lo informò che Tommy ci era rimasto male, mentre Devon non aveva compreso pienamente.

Sul taxi che lo portava in ufficio, Lyle si sentiva frastornato. L'incontro con la moglie era stato civile e privo di emozioni. Era preoccupato per i figli e infastidito che lei avesse anticipato i tempi senza coinvolgerlo, avvertendoli di ciò che sarebbe potuto succedere.

Quella sera a cena ne parlò con Caroline, che gli chiese se intendesse cercare un appartamento per sé e i bambini. Lui ammise di non averci ancora pensato poiché le cose stavano accadendo in fretta e lo avevano colto impreparato.

«Dovrò prenderne uno abbastanza grande per tre, per le settimane in cui saranno con me.»

«Perché non state qui finché lo trovi? Frieda può dare una mano a occuparsi di loro quando tornano da scuola, inoltre c'è una stanza per Molly, se viene anche lei. I bambini avrebbero compagnia, dato che ci sono Charlie e Benjie, e per un periodo potrei starci anch'io.»

Non voleva tornare nel loft a SoHo perché senza il gemello si sarebbe sentita sola.

«Qui c'è un sacco di spazio; per loro potrebbe essere divertente e li distrarrebbe, almeno finché trovi un posto che ti piace» concluse.

Dopo averci riflettuto per qualche istante, Lyle annuì. C'erano dei vantaggi, se per i bambini non fosse stato un problema non avere un posto tutto loro per un po', inoltre era un'ottima idea portare Molly affinché si prendesse cura di loro. Frieda aveva una certa età e, con tre persone in più in casa, sarebbe stata sovraccarica. Annabelle e Benjie le davano già abbastanza da fare, ma con loro era abituata. I fratelli stavano ancora pagando il suo stipendio con i liquidi che i genitori avevano lasciato loro, con i quali mantenevano anche la casa.

«Ne parlerò con i bambini, li porto fuori a cena domani sera. Se starò qui temporaneamente, possiamo iniziare subito con la custodia congiunta a settimane alterne, anziché aspettare finché trovo un appartamento.»

Quella sera telefonò a casa, ma Amanda disse che Tommy non poteva parlargli perché era sotto la doccia. Quando richiamò, disse che stava facendo i compiti e non poteva essere disturbato, perché doveva consegnare una ricerca di scienze. Lyle allora parlò con Devon, che gli sembrò triste, ma fu entusiasta all'idea di vederlo l'indomani. Gli disse che sentiva la sua mancanza e la cosa gli spezzò il cuore. Per lui era doloroso ritrovarsi da un giorno all'altro a non vivere più con loro, e i bambini non avevano avuto il tempo di prepararsi e abituarsi. Il matrimonio era giunto al termine senza preavviso. Si domandò se Amanda lo avesse pianificato e comprese che non era innocente né spontanea come fingeva di essere, anzi, aveva calcolato tutto.

Il giorno seguente, in ufficio, ne ebbe la dimostrazione. La sua controproposta gli giunse da parte di un avvocato che evidentemente aveva avuto il tempo di prepararla con cura. Amanda voleva la proprietà dell'intero appartamento, non di metà. L'accordo di custodia dei figli le andava bene, ma la cifra che pretendeva per il mantenimento era scandalosa. Inoltre chiedeva gli alimenti per sé, metà degli investimenti di Lyle e metà della sua eredità. In più, pretendeva metà della sua quota del ricavato della vendita della casa dei genitori, una volta avvenuta. In sostanza, esigeva la metà di tutto ciò che possedeva oltre all'intero contenuto dell'appartamento: le antichità, le opere d'arte, mobili ed elettrodomestici.

Dopo aver mandato una scansione del documento a Jeff Sampson, Lyle gli telefonò.

«La tua ex moglie non è timida» commentò l'amico avvocato in tono asciutto. «Non ha lasciato niente di intentato.»

«Che possibilità ci sono di limitare i danni?» gli chiese Lyle.

«Negozieremo e cercheremo di controbilanciare il valore della tua metà dell'appartamento per rifiutare alcune delle altre richieste. Ciò su cui le daremo battaglia è quello che hai appena ereditato e la casa dei tuoi, se la venderete. Gli alimenti che chiede sono eccessivi: è giovane, un giudice corretto le concederà il mantenimento dei figli, ma le dirà di andare a lavorare dopo uno o due anni. Non può avere soldi facili per sempre» ragionò Jeff Sampson, sebbene fosse chiaro che Amanda intendeva provarci. «Il suo avvocato sa che non otterrà tutte queste cose, ma hanno sparato alto come tattica di negoziazione. Tu cosa sei disposto a darle?»

Lyle ci stava pensando da quando aveva letto le richieste. Non c'erano più dubbi su che tipo di persona fosse Amanda.

«Le lascerò l'intero appartamento, se rimane intatto il mio portafoglio di investimenti: non voglio darle metà di tutti gli investimenti. Mi va bene il mantenimento dei figli, dal quale anche lei trarrà vantaggio, data la loro età. Inoltre se devo pagarle gli alimenti vorrei che fossero più bassi. Invece non dovrà avere nemmeno un centesimo dell'eredità dei miei genitori; se avessi un accordo prematrimoniale questo sarebbe stato fuori discussione.»

«Però non ce l'hai» puntualizzò Jeff. «Vediamo cosa possiamo fare e cerchiamo di concludere rapidamente. Presumo che tu non voglia arrivare in tribunale.»

«Preferirei di no, se si dimostra ragionevole. Se invece continuerà a pretendere metà dell'eredità le farò la guerra perché non è giusto.»

«Mi pare che qui non siano coinvolti i sentimenti» commentò Jeff. «Per lei è una questione puramente economica.»

«La mia famiglia ritiene che lo sia sempre stata» gli

confidò Lyle con amarezza. Stava affrontando la dura realtà; ormai era difficile nascondersi la verità.

«Se ha il senso degli affari rinuncerà a certe richieste e non ad altre. Faremo del nostro meglio» concluse Jeff.

Per la prima volta, Lyle provò odio per Amanda e si sentì in colpa per quel sentimento. Lei però lo aveva in pugno e non era disposta a mollare. Era una persona avida e infida, ed era evidente che sarebbe stata spietata.

Quella sera Lyle andò a prendere i figli e li portò a cena presto in un locale in cui facevano gli hamburger e che di solito ai bambini piaceva. Però mangiarono a malapena; Tommy fu imbronciato e arrabbiato per tutto il tempo, mentre Devon stette seduta più vicina possibile al papà e gli disse che a casa sentiva tanto la sua mancanza.

«Staremo insieme a settimane alterne, a cominciare dalla prossima. La mamma e io ci siamo accordati così» le spiegò sforzandosi di apparire allegro, benché vivere lontano da loro lo demoralizzasse. Dopo solo pochi giorni, già gli mancavano terribilmente.

«La mamma dice che quasi non vuoi darci i soldi per vivere e che vuoi portarle via l'appartamento, perciò dovremo trasferirci in uno brutto» disse Tommy con rabbia.

Lyle rimase sconcertato dal fatto che Amanda arrivasse a mentire ai figli pur di manipolarlo.

«Tommy, guardami» gli disse piano. «Ho mai privato di qualcosa la mamma o uno di voi due?»

Dopo un istante di esitazione, Tommy fece cenno di no. «Però adesso divorzierete, è diverso. La mamma dice che la odi e che vuoi punirla, che vuoi divorziare e che non ti preoccupi di noi.»

Lyle sentì la rabbia montargli dentro e si impose di controllarla. L'unica cosa importante in quel momento era rassicurare i bambini.

«Non c'è bisogno che siate al corrente delle questioni economiche legate al divorzio. Non farò mai mancare niente a lei né a voi. Ho offerto alla mamma l'intero appartamento: sarà suo, non mio. Non dovrete trasferirvi, a meno che lei decida di venderlo per comprarne un altro. Le ho anche offerto una cifra alta per il vostro mantenimento; per voi non cambierà niente. Il resto sono soltanto accordi economici dei quali non dovete preoccuparvi. Non lascerò mai a corto di soldi vostra madre né voi.»

«E dove andrai ad abitare, papà, se darai alla mamma tutto l'appartamento?» gli domandò Devon allarmata.

La cosa lo commosse profondamente. «Ne cercherò un altro per noi. Nel frattempo starò a casa dei nonni con lo zio Charlie, la zia Caroline, lo zio Benjie e la zia Annabelle» spiegò. «E voi potete stare là con noi.»

«Ti diverti con loro?» gli chiese la figlia.

Ai bambini piacevano gli zii e le zie, benché non li vedessero spesso, inoltre avevano voluto bene ai nonni ed erano tristi per la loro scomparsa.

Lyle sorrise davanti a quella domanda. «Sì, a volte mi diverto, solo che mi mancate tanto. È bello stare con loro; la zia Gloria l'altra sera è venuta a cena e lo zio Benjie ha preso due cani.»

Tommy finalmente si dimostrò interessato. Non lo aveva ammesso, ma si era sentito rassicurato dalla spiegazione del padre riguardo gli accordi economici con la madre, che erano diversi da come aveva detto lei.

«Che cani?» chiese Tommy.

«Un alano e una chihuahua» rispose Lyle in tono divertito.

«Pazzesco» fece Tommy, sorridendo suo malgrado.

«Come si chiamano?» volle sapere Devon e lui glielo disse. «Dove dormiremo se veniamo anche noi, nella tua camera?» proseguì la bambina.

Pareva così preoccupata che a Lyle veniva da piangere.

«Ci sono delle camere libere proprio accanto alla mia. Potete dormire insieme in una, oppure potete averne una per ciascuno, come preferite.»

«Io voglio la mia» chiarì subito Tommy.

«Molly può stare in camera con te oppure puoi stare per conto tuo» disse Lyle alla figlia per tranquillizzarla. «Anche lei può venire ad abitare con noi.» Devon sembrò contenta a quella prospettiva. «Cominciamo la prossima settimana, poi domenica ci vediamo per cena» disse rivolto a entrambi.

Amanda gli aveva confermato il programma tramite il suo avvocato. Lyle però era arrabbiato con lei perché aveva mentito a Tommy riguardo l'appartamento e il mantenimento. Usare i bambini era un gioco sporco, che lui non aveva intenzione di tollerare. Ormai nulla di ciò che faceva Amanda lo sorprendeva più, perciò si rese conto che doveva aspettarselo. Era determinata a ottenere fino all'ultimo centesimo e mirava alla sua eredità, che in teoria non avrebbe potuto toccare; tuttavia nella giurisprudenza c'erano stati dei precedenti e Lyle era sicuro che lo sapesse, dato che non era certo una sprovveduta.

La prima sera di Tommy e Devon nella casa dei nonni iniziò bene. A Tommy piaceva giocare con Duke e portarlo fuori insieme a Benjie; Devon adorava Dottie e lo zio lasciò che dormisse con lei. Era della taglia giusta per la bambina.

Quella sera erano un po' agitati, perciò Lyle rimase con i figli finché si addormentarono. Il mattino seguente, Caroline preparò loro i pancake. Ormai era diventata l'addetta alla colazione per tutti, prima di andare al lavoro. Si sentiva un po' come la direttrice di un collegio e tutti loro stavano bene insieme. Tommy e Devon avevano portato i vestiti per la settimana, oltre ad alcuni giocattoli. Tommy aveva l'iPad e Devon le sue Barbie preferite oltre all'orsacchiotto con cui dormiva. Quando c'erano loro, la casa era piena di vita. A Benjie piaceva stare con i nipoti dopo il lavoro. Frieda, da parte sua, apprezzava l'aiuto di Molly.

L'ultimo giorno, Benjie aveva deciso di fare qualcosa di speciale con Tommy e Devon. Gli dispiaceva che andassero via per una settimana, ma era contento che sarebbero tornati la successiva, a cadenza regolare. Trovò una scatola di preparato per cupcake avanzata da quando li aveva cucinati con la madre prima che partisse per la sua ultima vacanza, così propose loro di farli insieme a lui. Disse che ne era capace, perché li aveva fatti spesso con sua mamma.

In un armadietto trovarono degli zuccherini per decorarli e un barattolo di glassa al cioccolato.

Devon batté le mani entusiasta, mentre Tommy mescolava l'impasto e Benjie accendeva il forno. Versarono il composto in una teglia per muffin, la infornarono poi andarono di sopra a giocare con i cani nell'attesa che i cupcake cuocessero. Era la cosa più entusiasmante che avessero fatto durante la settimana. Tommy aveva capito che lo zio era in qualche modo diverso, come gli aveva spiegato il padre, mentre per Devon era un adulto uguale agli altri; a lei Lyle non aveva detto nulla perché era troppo piccola.

Avevano appena infilato a Dottie un maglioncino delle bambole quando Annabelle uscì dalla sua stanza perché aveva sentito odore di bruciato. In corridoio era molto più forte e dalla cucina saliva anche del fumo. Corse giù dalle scale, si precipitò in cucina e si accorse che il fumo usciva dal forno; lo aprì e vide i cupcake carbonizzati. Spense il forno e aprì le finestre per far uscire il fumo che riempiva la cucina. Anche Tommy, Devon e Benjie erano scesi per vedere da dove arrivava quel fumo: si erano dimenticati dei cupcake. Dieci minuti più tardi udirono le sirene e arrivarono i vigili del fuoco, avvertiti dagli allarmi antifumo collegati alla loro centrale. Annabelle si scusò spiegando che un esperimento culinario era finito male, così andarono via.

Pochi minuti dopo rientrò Lyle.

Zio e nipoti avevano l'aria imbarazzata mentre Annabelle faceva loro la ramanzina. «Non si deve mettere la roba in forno per poi andarsene e dimenticarla» spiegò. «Bisogna stare lì e controllare.»

«Ho scordato quanto vanno lasciati in forno. Quando

li facevo con la mamma si occupava lei di quella parte» disse Benjie in tono di scuse.

Quando la zia tirò fuori la teglia e la posò sul piano di cottura, Devon guardò con occhi tristi i cupcake, carbonizzati al punto da essere irriconoscibili.

«La prossima volta che tornate li rifaremo» promise Benjie.

«Cosa sta succedendo qui?» domandò Lyle. Poi vide la teglia ed esclamò: «Oddio, cos'è quello? Anzi, cos'era?»

«Cupcake» rispose Devon. «Dovevamo metterci sopra gli zuccherini, ma li abbiamo dimenticati nel forno.»

Annabelle rivolse al fratello uno sguardo eloquente.

«C'era un adulto con voi?» chiese Lyle ai figli.

«Sì, lo zio Benjie» rispose Devon.

Lyle guardò di nuovo la sorella, che colse al volo il messaggio.

Era necessario che ci fosse un adulto nei paraggi quando volevano cimentarsi in cucina, ma Molly stava preparando le valigie. Tenere sotto controllo le tempistiche non era la qualità migliore di Benjie. Le sue intenzioni erano buone, ma si era lasciato distrarre dai nipoti e dai cani e si sentiva in imbarazzo.

Annabelle rimediò dando loro dei biscotti da decorare con gli zuccherini, perciò tutto si risolse per il meglio: i bambini furono contenti e non c'erano stati danni.

L'episodio ricordò a Lyle e agli altri adulti che in casa c'erano due bambini da sorvegliare e che a volte a Benjie serviva assistenza, per esempio quando decideva di cucinare. Devon spiegò che Molly stava preparando i bagagli perché l'indomani sarebbero tornati dalla mamma. Avrebbero lasciato lì alcune cose, mentre avrebbero portato avanti e indietro i giocattoli e i vestiti preferiti, perciò ciascun bambino aveva una piccola valigia. La loro nuova vita sarebbe stata un po' nomade, anzi aveva già iniziato a esserlo, ma si erano goduti la settimana con il papà e il fatto di essere in tanti a cena ogni sera; inoltre, adoravano i cani di Benjie. Tommy e Devon erano tristi alla prospettiva di lasciare tutti loro, ma almeno avevano qualcosa da attendere per la settimana successiva. Tutto sommato, la loro prima settimana di custodia congiunta era stata un successo.

La sera seguente, quando Lyle rientrò dal lavoro, la casa gli sembrò penosamente silenziosa. I cani girovagavano nelle stanze dei bambini e parevano perplessi di non trovarli.

Quel giorno Lyle aveva ricevuto un'altra controfferta da Amanda, che si aggiungeva alla lista delle sue pretese assurde. L'accanimento che stava dimostrando lo indusse a chiedersi come avesse fatto a sposarla. Stava cominciando a capire che l'accordo economico per il divorzio avrebbe richiesto molto tempo, ma non gliene importava. Per certe cose valeva la pena lottare e il fair play era una di quelle. Amanda non aveva intenzione di trattarlo in maniera corretta, non si sarebbe fermata davanti a nulla. Era la sua grande occasione e avrebbe fatto qualunque cosa per ottenere il massimo, indipendentemente da chi avrebbe ferito, anche se si trattava dei propri figli. Lyle era il suo obiettivo, i bambini erano danni collaterali, di cui non si preoccupava.

Sette

GLORIA telefonò a Charlie in ufficio un mese dopo che il fratello le aveva chiesto di cercare un investitore. Lei non gliene aveva più parlato e lui stava pensando di concentrarsi con maggiore impegno nella ricerca, dato che pian piano il caos conseguente alla morte dei genitori si stava attenuando. Lyle e Gloria dovevano ancora assolvere molti adempimenti riguardo l'eredità, mentre i gemelli non erano coinvolti nei dettagli finanziari. Lyle invece, in quanto esecutore testamentario, vi era immerso. Gloria lo aiutava per quanto poteva, però non aveva dimenticato la richiesta di Charlie di dargli una mano a trovare un investitore per la loro azienda.

Lui si stupì di sentirla, visto che chiamava di rado, al massimo gli inviava qualche messaggio di tanto in tanto.

«Come vanno le cose a casa?» gli chiese la sorella maggiore.

«Un allegro caos, diciamo. È divertente avere con noi i bambini di Lyle una settimana sì e una no. E Benjie ci intrattiene con i cani. A me e a Caroline piace stare là per il momento e li teniamo d'occhio. Non torniamo al loft da settimane.»

«E la sgualdrina della famiglia come sta?» domandò Gloria con voce dura.

«Si sta comportando bene. È stanca, perciò va a dormire presto tutte le sere, non esce più.»

Le nottate fuori fino all'alba erano finite quando Annabelle aveva scoperto di essere incinta e Joao era partito per il Brasile.

«Troppo tardi, in ogni caso. Ancora non riesco a crederci. Sarà un gran casino.»

Charlie le riferì che Caroline stava trascorrendo molto tempo con la sorella minore.

«Ti ho telefonato perché c'è una persona interessante che credo tu debba incontrare. È di Milano. La sua famiglia possiede la più importante azienda tessile d'Italia. Da molto tempo investe negli Stati Uniti con il mio aiuto, soprattutto nel settore high-tech. Gli ho parlato di te e Caroline, conosce le vostre creazioni e le apprezza, perciò vorrebbe incontrarvi. Caroline si è un po' abituata all'idea di avere un investitore?»

«Non ne abbiamo più riparlato in modo approfondito dopo l'incidente. Quello che mamma e papà ci hanno lasciato ci aiuterà, ma non nella misura in cui abbiamo bisogno, come ti avevo accennato.»

«Se volete posso organizzare un incontro. Però sarà meglio che Caroline si comporti bene. Questo tipo è un pezzo grosso, ha investito anche in Asia e da anni gli do consigli sugli investimenti qui negli Stati Uniti.»

«Come si chiama?»

«Giorgio Silvestri.»

«Certo, compriamo tessuti da lui. Hanno prodotti raffinati e consegnano sempre in ritardo; però vale la pena aspettare.»

«Quando vuoi incontrarlo?»

«Appena lui può. È un'opportunità preziosa, grazie di avercela procurata, Gloria.»

«Qualsiasi cosa per il mio fratellino» replicò lei, facendolo ridere.

Chiacchierarono ancora un po', poi si salutarono. Dieci minuti più tardi, Gloria gli inviò un messaggio per informarlo che l'incontro era fissato al Bemelmans Bar dell'hotel Carlyle due giorni dopo, alle sei del pomeriggio. Era un posto tranquillo e ideale per conversare, non distante da casa.

Due ore dopo, quando si trovarono nel suo ufficio per una riunione, Charlie disse a Caroline che avrebbero incontrato Gloria e Giorgio Silvestri al Carlyle.

«L'imprenditore tessile di Milano? Perché?» chiese la gemella, stupita. «Cosa c'entra Gloria con lui?»

Charlie fece un respiro profondo e si buttò. «Da anni gestisce i suoi investimenti negli Stati Uniti.»

«E quindi?» lo incalzò Caroline.

«È interessato a noi.»

«Per investire?» Il gemello fece cenno di sì. «Ah, ecco. E come mai è coinvolta Gloria?»

«Le ho chiesto dei consigli riguardo un investitore. Non ti costa niente incontrarlo. Vediamo cos'ha in mente; non è un matrimonio e nemmeno un appuntamento, è una missione esplorativa, diciamo. Lui è uno degli uomini più ricchi d'Italia; insieme ai fratelli vale miliardi.»

La loro era un'azienda famigliare, come molte importanti industrie italiane del settore della moda. «Se lui ci piacesse, potrebbe immettere una buona quantità di denaro senza pretendere una fetta troppo grande della torta.»

«Io non vendo nessuna fetta della torta» dichiarò risoluta la gemella.

«Ricordati di dirglielo quando lo incontri» replicò Charlie, sarcastico.

«Non temere, lo farò» gli disse, infastidita che avesse fissato l'appuntamento senza prima confrontarsi con lei.

Si sedettero per iniziare la riunione, in cui dovevano preventivare i costi della sfilata successiva. Sarebbero stati alti, solo le stoffe costavano una fortuna, ma ne valeva la pena. Alcune erano dei Silvestri e in quel momento pareva una curiosa coincidenza.

La riunione si protrasse più a lungo del previsto e rientrarono a casa tardi.

Lyle stava finendo di cenare in cucina insieme ad Annabelle e Benjie. Frieda aveva preparato due polli arrosto. I gemelli, sentendo il profumo delizioso, si sedettero a tavola con loro. La conversazione fu gradevole; era bello ritrovarsi alla fine della giornata. Poco dopo Annabelle andò a letto e Benjie portò fuori i cani. Ormai rimaneva nel loro isolato e faceva camminare Duke su e giù lungo la loro via oppure intorno al quartiere. Con Duke, era come avere in casa un bambino. Entro qualche giorno sarebbero tornati anche Tommy e Devon. Nessuno aveva più menzionato la vendita della casa; Gloria era l'unica a non abitare lì, mentre tutti gli altri ne stavano facendo buon uso.

Due giorni più tardi, come previsto, ci fu l'incontro all'hotel Carlyle. Per tutto il tragitto in taxi verso il centro, Caroline brontolò con Charlie, ripetendogli che non aveva intenzione di accettare nulla e che si sarebbe lamentata con Silvestri per il ritardo con cui arrivavano sempre i suoi tessuti, complicando la realizzazione delle sfilate.

«Sono certo che non vede l'ora di sentirlo» ironizzò Charlie. «Voglio solo che tu sappia che se fai la stronza con lui ti uccido. So che non vuoi un investitore, ma non rovinare tutto. Dagli almeno modo di parlare. È un buon cliente di Gloria e le ho promesso che sarai garbata: non smentirmi.»

«Va bene, va bene. Gli italiani sono dei gran chiacchieroni, ma hanno fascino da vendere.»

Quando entrarono al Bemelmans Bar, trovarono Gloria e Giorgio Silvestri ad aspettarli. Avvicinandosi al tavolo, notarono che Silvestri era un uomo bellissimo e di un'eleganza impeccabile. Non lo avevano mai incontrato di persona, avevano avuto a che fare soltanto con i rappresentanti della sua ditta. Era vicino ai cinquant'anni e aveva folti capelli color argento. Mentre conversava con Caroline appariva diretto, sorridente e a proprio agio. A Charlie non sembrò affatto un chiacchierone. Era affascinante senza risultare servile e fece i complimenti per le creazioni di Caroline. Pareva sincero ed entusiasta di conoscerli.

«L'ultima parola ce l'ha mio fratello» gli spiegò lei. «Nulla arriva in passerella senza l'approvazione di Charlie. Lui disegna bene quanto me, solo che preferisce la finanza.»

Caroline riconosceva sempre al gemello il merito per l'apporto che dava alla collezione: il suo occhio era infallibile.

«Volevo disegnare abiti da uomo» spiegò Charlie a Silvestri «ma poi non l'ho fatto. Sono stato deviato dal lato finanziario della moda. Oggi è un gioco molto rischioso.»

Giorgio annuì. «Sono onorato che utilizziate le nostre stoffe» disse.

Poi spiegò che erano sei fratelli, ciascuno dei quali dirigeva un settore dell'azienda. Lui era il direttore finanziario, come Charlie, però era interessato al loro marchio come investimento personale, anche se era possibile che i fratelli avrebbero voluto essere coinvolti una volta che ne avessero saputo di più. Per il momento, si trovava lì a titolo personale, non per conto dell'azienda di famiglia, benché gestisse anche i loro investimenti. Il fatto di ipotizzare un investimento di quel tipo gli dava molta più flessibilità e libertà riguardo i termini e la cifra da destinare all'operazione.

Per un'ora i gemelli gli parlarono dell'azienda; Giorgio pose domande pertinenti che, al posto suo, anche loro avrebbero fatto. Parlava un inglese perfetto, era molto rilassato e fece sì che la conversazione risultasse amichevole.

«Potrei venire a vedere il vostro centro operativo, gli uffici e i laboratori?» chiese.

Charlie gli rispose che sarebbero stati felici di fargli vistare l'azienda quando voleva.

«Domani andrebbe bene? Non ho molto tempo, riparto per l'Italia in serata.»

Sarebbe stato comunque un primo passo importante; Charlie rifletté sul fatto che qualcuno legato al mondo della moda, come Giorgio che si occupava di tessuti, poteva essere un ottimo investitore. Conosceva il settore perciò, auspicabilmente, non sarebbe stato d'intralcio. Presero un appuntamento per il mattino seguente e dopo un'ora e mezza uscirono dal bar. Si erano scambiati una grande quantità di informazioni e sia Gloria sia i gemelli parevano soddisfatti. Giorgio si era affidato a Gloria diverse volte e con lei era a suo agio. Durante l'incontro l'aveva guardata con attenzione e si era dimostrato molto rispettoso nei suoi confronti.

«Credo che tu gli piaccia, Gloria» commentò Charlie dopo che furono usciti.

«Anche voi gli piacete» replicò lei, contenta di com'era andata.

«Non nello stesso modo. Ti guarda come se tu camminassi sulle acque, con l'aggiunta di un bel po' di sex appeal» precisò Charlie.

Lei si affrettò a respingere l'opinione del fratello. «È il suo modo di fare, tutto qui» ribatté in tono sprezzante.

Giorgio era sempre stato cordiale, ma lei non lo aveva mai preso in considerazione sul piano personale. Era contenta di aver organizzato l'incontro tra lui e i gemelli e si augurava che ne sarebbe nato qualcosa di positivo per entrambe le parti.

Charlie però aveva la netta sensazione che Giorgio fosse interessato a lei come donna, non soltanto come intermediaria. Aveva ripetuto più volte quanto fosse competente e quanto fossero andati bene i suoi investimenti grazie alla sua consulenza e, mentre lo diceva, sembrava flirtare con lei. Ma Gloria, naturalmente, negò quando glielo fece notare.

«Gli piaci, fidati» insistette Charlie. «È sposato?»

«È vedovo, sua moglie è morta in un incidente l'anno scorso. Era anche sua socia. Comunque è un tipo affascinante» ammise, benché fosse convinta che non la stesse corteggiando. «Smettila di fare il ruffiano. È interessato alla vostra azienda, non a me. E, per inciso, io sto benissimo così» concluse in un tono che non ammetteva repliche.

In effetti era vero. Gloria amava la sua famiglia e il lavoro e non pensava più a cercare un compagno. La maggior parte degli uomini che aveva incontrato si erano spaventati per la sua competenza professionale e per i suoi modi a volte duri e schietti. Giorgio invece sembrava apprezzare quel lato di lei e ammirava la sua intelligenza.

Gloria andò a casa insieme a Caroline e Charlie per mangiare qualcosa, poi si trattenne per un bicchiere di vino. Dopo augurò loro buona fortuna per l'incontro del mattino seguente e tornò a casa propria.

«Cosa ne pensi?» chiese Charlie alla gemella quando Gloria fu uscita.

«Giorgio mi piace. Sembra una persona onesta, però

io non voglio un socio o un capo. Ce la caviamo bene senza di lui.»

«Avere un investitore europeo potrebbe essere positivo. Lui starebbe in Italia, noi qui; probabilmente non vorrà essere molto coinvolto nell'azienda, ha già abbastanza da fare con la sua.»

«Vedremo» replicò lei. «Domani dovrai occuparti tu di lui, io arriverò più tardi. Ho promesso ad Annabelle di accompagnarla a fare l'ecografia.»

Charlie ne fu sollevato; senza Caroline, avrebbe potuto discutere apertamente con Giorgio sulle quote dell'azienda che avrebbe voluto possedere in cambio del denaro che intendeva investire. Per i gemelli, quello era un punto importante: nessuno dei due desiderava perdere il controllo dell'azienda né il marchio che avevano creato.

Gloria lo aveva già detto a Giorgio, che aveva compreso. All'incontro non era stato aggressivo con loro, anzi era apparso estremamente collaborativo e rispettoso.

«Vi raggiungo appena posso» gli disse Caroline. «L'ecografia è alle nove, dovrei arrivare in ufficio verso le dieci e mezzo. Dovrebbe durare al massimo mezz'ora, a meno che trovino qualcosa che non va.»

«Potrebbe succedere?» le domandò Charlie.

«Prima di sapere di essere incinta ha un po' esagerato alle feste, perciò è spaventata.»

Charlie non ci aveva pensato ed era un'altra cosa di cui preoccuparsi; si sentiva come il genitore di una ventunenne ribelle e sapeva che anche per Caroline era così.

* * *

Il mattino seguente, alle otto e mezzo, Annabelle e Caroline arrivarono in ospedale. Dopo un'attesa di un quarto d'ora, furono accompagnate in un piccolo ambulatorio e Caroline si sedette su una sedia accanto alla sorella, sdraiata su un lettino e molto agitata.

Subito dopo arrivò l'ecografista, una donna, che le applicò il gel sul ventre. Caroline si rese conto che la gravidanza si cominciava a vedere; Annabelle metteva camicie e abiti larghi, inoltre era alta, perciò non lo aveva notato prima, ma in quel momento il pancino era evidente. L'ecografista cominciò a muovere la sonda in piccoli circoli sul ventre, mentre guardavano il monitor.

Caroline non aveva mai assistito a un'ecografia e non sapeva cosa aspettarsi; a un tratto, il bambino comparve in un'immagine a colori. Aveva proprio l'aspetto di un bimbo, agitava le braccia e le gambe, inoltre si vedevano le dita delle mani e dei piedi. Il viso era già definito e si stava succhiando il pollice, poi lo tolse dalla bocca e fece uno sbadiglio. A Caroline vennero le lacrime agli occhi per la commozione. Era un essere umano in miniatura, neanche tanto piccolo. L'ecografista le informò che misurava tredici centimetri e pesava circa centosettanta grammi; erano misure regolari, le rassicurò. Secondo il computer, il termine della gravidanza era il 4 luglio.

Annabelle fissò il monitor, poi distolse lo sguardo. Non era sicura di come si sentisse nel guardare quelle immagini, era solo scioccata che sembrasse proprio un bambino, non qualcosa di indefinito: all'improvviso tutto era diventato reale.

«Sta bene?» domandò. «È tutto regolare o c'è qualche anomalia?»

«Io non vedo nulla di anomalo, sentiamo cosa dice il medico. A me sembra un bambino sano.»

L'ecografista aveva misurato la testa, il torace, l'addome, il femore, la frequenza e l'intensità del battito cardiaco fetale. Aveva osservato attentamente il viso, la spina dorsale e le estremità, oltre ad aver valutato il liquido amniotico e la placenta.

«Vuoi sapere il sesso?» le chiese.

Annabelle ebbe un momento di esitazione, poi fece cenno di sì e prese la mano della sorella.

«È un maschietto» disse la donna con sicurezza. «D'altronde lo sapevamo già dai tuoi esami del sangue» aggiunse, poi le indicò il punto sul monitor in cui si vedeva che era un maschio. «Ti daremo una stampata dell'immagine così puoi mostrarla al suo papà» concluse sorridendole.

Mentre lei si sforzava di ricacciare indietro le lacrime entrò il dottore, che confermò le parole dell'ecografista: tutto era nella norma, il bimbo era sano e non avevano rilevato niente di preoccupante.

Quando Annabelle andò a rivestirsi, le lacrime iniziarono a scorrerle lungo le guance e Caroline era incerta su cosa dire.

Annabelle aveva visto il bambino al quale aveva intenzione di rinunciare. Caroline sapeva che ne aveva riparlato con Adam, che era appena partito per il campus della New York University a Firenze. Era sei mesi indietro rispetto a lei, perciò quello era il suo penultimo semestre. Era sempre sicuro di non voler essere coinvolto, quindi era sollevato che lei avesse deciso per l'adozione. Nessuno dei due era pronto per avere un figlio; erano ancora dei ragazzini, benché fossero allo stesso tempo adulti e, se avessero voluto, avrebbero potuto essere genitori. Però non lo desideravano, quindi Annabelle aveva preso la decisione migliore, date le circostanze. Ma prima avrebbe dovuto portare a termine la gravidanza e partorire, per poi dare il bambino a una coppia che lo desiderava veramente. Durante una delle loro chiacchierate serali, Caroline le aveva promesso che le sarebbe stata accanto durante il parto.

Un'infermiera consegnò ad Annabelle due copie dell'immagine ecografica in cui il bambino si vedeva chiaramente. Lei le infilò in borsa con espressione cupa, poi uscirono dall'edificio e presero un taxi. Caroline avrebbe riportato a casa la sorella poi avrebbe proseguito verso l'ufficio nel Lower East Side per raggiungere Giorgio e il fratello.

Durante il tragitto, Annabelle non disse una parola, si voltò verso il finestrino e pianse.

«Stai bene?» le chiese Caroline.

«Sembrava così vero...» mormorò turbata.

«È verissimo» disse Caroline, dispiaciuta che Annabelle non avesse la mamma ad aiutarla ad affrontare quella situazione. Tutto ciò che aveva era la sorella, che non sapeva nulla di gravidanze e di bambini, però le voleva bene.

«Non mi aspettavo che fosse così; sembra già un bambino, si succhiava il dito...»

Caroline capì che sarebbe stato ancora più difficile separarsene. Entrambe stavano pensando la stessa cosa. Aveva un volto e minuscole manine, era una persona a tutti gli effetti. Vederlo era stato molto commovente per Caroline, che era anche immensamente sollevata che fosse sano.

Arrivate a casa, fece scendere Annabelle e si diresse verso il centro.

Quando arrivò, Giorgio e Charlie erano seduti nel suo ufficio. Il fratello gli aveva già fatto fare il giro dell'azienda e Giorgio pareva entusiasta di ciò che aveva visto e di quello che Charlie gli aveva raccontato. Caroline si inserì nella conversazione con naturalezza; stavano parlando del volume d'affari e del modo in cui avrebbero usato i fondi se Giorgio avesse investito nella società.

Un'ora più tardi lui andò via dicendo che li avrebbe contattati nelle settimane seguenti dopo averne discusso con i fratelli. Aggiunse di essere rimasto molto colpito da loro.

Lui e i fratelli avevano ipotizzato delle cifre approssimative per un eventuale investimento. Avrebbero potuto immettere un cospicuo flusso di denaro e volevano una partecipazione del 25 percento, che secondo Charlie era molto ragionevole e considerevolmente più bassa di quella che avrebbero chiesto molti investitori. I Whittier avrebbero mantenuto il controllo della società, perciò sembrava la situazione ideale. Perfino Caroline non obiettò. Giorgio stava valutando se trasformare l'investimento da personale ad aziendale, coinvolgendo i fratelli.

Telefonarono a Gloria per dirglielo e lei riferì che Giorgio l'aveva appena chiamata. Gli avevano fatto un'ottima impressione; non restava che attendere la sua decisione. Giorgio sarebbe tornato a New York tre settimane più tardi e Gloria non disse che l'aveva già invitata a cena per allora. Era rimasta sorpresa da quell'invito, poi aveva pensato che fosse un modo per ringraziarla di avergli procurato quell'opportunità di investimento, escludendo che si trattasse di qualcosa di personale. Però quando pensava a lui sentiva un fremito nel petto: Giorgio le piaceva più di quanto volesse ammettere. Le aveva detto che avrebbe sempre voluto conoscerla meglio e questa era l'occasione per farlo. Come sua abitudine, lei era sempre stata estremamente professionale nei suoi confronti.

Quando Caroline e Gloria chiusero la telefonata, Charlie le chiese dell'ecografia.

«Com'è andata? Abbiamo un nipotino o una nipotina?»

«Un nipotino» gli rispose con un sorriso triste. «E sta bene, per fortuna; però non affezionarti all'idea, non dimenticare che non lo terrà. Sarà il figlio e il nipote di qualcun altro.»

Caroline era dispiaciuta per Annabelle che doveva affrontare mesi difficili e poi separarsi dal bambino, però pensava che fosse la decisione giusta: era troppo giovane e immatura per essere madre. Lei stessa ne era consapevole e Caroline la considerava coraggiosa per il fatto di ammetterlo. In ogni caso non sarebbe stato facile, qualunque cosa avesse fatto.

«Povera piccola» disse Charlie in tono affettuoso.

Poi entrambi tornarono al lavoro e rimasero in ufficio fino a tardi per recuperare il tempo che avevano trascorso con Giorgio.

Arrivarono a casa alle dieci di sera, troppo stanchi per mangiare.

«Spero che investa su di noi» disse Caroline mentre salivano le scale diretti alle rispettive camere.

«Non avrei mai pensato di sentirtelo dire» commentò Charlie con un sorriso.

«Il denaro è molto e la quota che vuole in cambio sarebbe giusta per noi» ragionò lei, poi si avviarono ciascuno nella propria stanza.

Prima Charlie si affacciò in quella di Benjie, che era profondamente addormentato con accanto i cani. Nel loro mondo tutto andava bene.

Annabelle, in camera sua, stava fissando la foto del bambino, poi la infilò nel cassetto del comodino e si asciugò una lacrima sulla guancia, sentendo più che mai la mancanza della mamma. Non si era resa conto di quanto le volesse bene fino a quel momento; doveva affrontare l'esperienza più difficile della sua vita senza di lei. Era un prezzo alto da pagare per l'errore che aveva commesso; si augurava soltanto che chi avesse adottato il bambino gli avrebbe voluto bene. Era certa di non essere all'altezza di quel compito. Desiderava che tutto fosse finito in modo da tornare a essere una ragazzina, anche se nulla sarebbe più stato come prima. Che lo volesse o meno, nei successivi quattro mesi sarebbe cresciuta molto e in fretta. Non c'era una via d'uscita facile; essere distratta e irresponsabile non era più permesso. Che avesse tenuto il bambino o meno, stava per diventare madre.

Otto

NELLA settimana che Tommy e Devon trascorsero a casa dei nonni con il padre andò tutto liscio grazie a lui, a Molly, a Frieda e alla zia Caroline, che era felice di averli con loro. Anche lo zio Charlie era gentile e i bambini volevano bene a Benjie, con il quale si divertivano; i cani poi li facevano ancora più contenti. Di tanto in tanto entrambi avevano degli incubi, mentre Tommy a fasi alterne continuava a essere arrabbiato con il padre perché se n'era andato di casa. La madre faceva costantemente commenti cattivi su Lyle, che turbavano i bambini. Lui si tratteneva dal fare lo stesso nei suoi confronti, anche dopo che Tommy si lasciò sfuggire che stava frequentando qualcuno. Avevano già conosciuto due degli uomini con cui usciva. Secondo quanto riferì il ragazzino, uno li aveva portati a fare un giro con la sua Ferrari rossa, mentre l'altro aveva un aereo privato, che non avevano ancora visto. Devon guardò il papà con aria preoccupata e gli disse che entrambi erano brutti, per non ferire i suoi sentimenti.

Lyle non lo fece capire, ma era furioso. Si erano appena separati e Amanda stava già uscendo con altri uomini, che aveva presentato ai loro figli. Pensò di dire qualcosa in proposito ma poi decise di evitarlo. Lei aveva il diritto di vedere chi voleva, così come lui, anche se al momento per Lyle era un'ipotesi assai remota. Tutto ciò a cui riusciva a pensare erano i figli e come si sarebbero adattati, inoltre voleva concludere presto il divorzio. Non era proprio nello spirito giusto per conoscere una persona nuova.

Dopo che Tommy lo ebbe informato, ne parlò con Caroline.

«Non ha ancora finito di spillare soldi a me e già ne sta cercando un altro.»

La sorella non ne rimase affatto sorpresa.

«La ami ancora?» gli chiese.

«No» rispose lui senza esitazione. «E non sono nemmeno più sicuro di averla mai amata; se sì, non so quando ho smesso. Comunque negli ultimi cinque anni le cose tra noi andavano male; da tre non facevamo nemmeno più l'amore.»

«A te andava bene così?» domandò la sorella, stupita.

«No, però mi ci sono abituato. Credo che ci siamo arresi più o meno nello stesso periodo. Non è successo niente di significativo, semplicemente i sentimenti che avevamo l'uno per l'altra si sono spenti. I bambini mi hanno tenuto occupato e mi hanno reso felice. È patetico vedere come finisci per accontentarti. Non si pianifica, succede e basta; quando te ne rendi conto, in realtà è finita già da troppo tempo. Non è un bel modo di vivere, né quello che desideravo dal matrimonio. Però non abbiamo mai avuto molto in comune. È stato un atto dovuto fin dall'inizio, per via di Tommy.»

Secondo Caroline, Amanda non era mai stata grata a Lyle e non aveva apprezzato il sacrificio che aveva fatto sposandola perché era un ragazzo bravo e generoso.

Lyle era felice quando i figli passavano la settimana con lui; quella successiva stava in ufficio fino a tardi per rimettersi in pari. Durante i weekend lavorava ai documenti per l'eredità. Insieme a Gloria avevano fatto progressi. Il dilemma della vendita della casa non era ancora stato risolto, ma al momento ci abitavano in cinque, più i suoi figli a settimane alterne. La casa era di nuovo piena di vita e si era rivelata utile in quei primi mesi di transizione dopo la morte dei loro genitori.

Amanda faceva sempre nuove richieste da aggiungere all'accordo di divorzio; la sua avidità non conosceva limiti.

Quando i figli tornarono per trascorrere la settimana con lui, Devon gli chiese chi erano gli Addams.

«Non lo so, non li conosco» le rispose con un sorriso dopo averle letto una favola della buonanotte. Dottie era già addormentata sul suo letto, soddisfatta che la bambina fosse di nuovo lì.

«La mamma dice che siamo noi: la Famiglia Addams» disse la bambina.

Di colpo, Lyle colse il senso di quell'affermazione e si irrigidì.

«C'era un telefilm su di loro, era divertente. Erano una famiglia un po' strana.»

«Sono nostri parenti?» chiese la bambina.

«No, non sono veri. Credo che la mamma stesse scherzando.»

«Lei pensa che è da matti che abitiamo tutti assieme con la zia Caroline, lo zio Charlie, la zia Annabelle e lo zio Benjie.»

I bambini e Amanda non sapevano ancora della gravidanza di Annabelle, ma Lyle poteva facilmente immaginare che lei avrebbe infierito anche su quello.

«Credi che tornerai ad abitare a casa con noi?» gli domandò Devon in tono malinconico.

Le rispose nel modo più gentile possibile: «No, non tornerò. La mamma e io vi vogliamo bene, ma non desideriamo più essere sposati e abitare insieme, perché siamo molto diversi».

«Lo so» disse lei. «Alla mamma piace essere trendy, a te piace essere banale.»

Lyle sorrise davanti alla saggezza infantile. Era una sintesi efficace.

«È vero.»

Non aggiunse che a lei piaceva essere trendy con i suoi soldi e che voleva averne il più possibile. Presumeva che anche gli uomini che stava frequentando fossero ricchi, dato che uno aveva un aereo privato e l'altro una Ferrari. Gli obiettivi di Amanda erano chiarissimi.

«La mamma dice che ci trasferiremo. Venderà l'appartamento. A me piace abitare qui con te, papà. Vorrei che potessimo stare di più quando veniamo qui.»

Lo desiderava anche lui e si preoccupava in continuazione dell'effetto che avrebbe avuto sui figli il fatto di dover cambiare casa e genitore ogni settimana; non gli sembrava giusto. Erano costantemente sballottati da una parte all'altra, sempre con la valigia in mano, d'altronde la custodia congiunta era così. Certi bambini stavano una notte da un genitore e una dall'altro, e la considerava una situazione da incubo; già le settimane alterne erano abbastanza difficoltose.

Rimboccò le coperte alla figlia e andò a controllare Tommy, che stava ascoltando musica con le cuffie sdraiato sul letto insieme a Duke. Lyle lo salutò con la mano e si allontanò, ripensando alle parole di Amanda riferite da Devon, che lei era trendy e lui banale. Era un modo buffo di descriverlo, tuttavia era esatto. Più tardi lo raccontò a Caroline.

«Non sei poi così banale» lo rassicurò la sorella. «Solo che ti piace una vita tranquilla, sei sempre stato così. Charlie era molto più scapestrato di te quando era al college, andava sempre alle feste. Tu però eri uno studente più bravo.»

«Mi pare piuttosto noioso, e immagino di esserlo» replicò lui.

«Sei un bravo marito e un papà fantastico» gli disse Caroline con un sorriso. «Charlie ama il mondo della moda con tutti gli annessi e connessi.»

Quello era un terreno fertile per gli uomini omosessuali; per un periodo, attorno ai vent'anni, aveva folleggiato, poi a trenta si era calmato e negli ultimi tre era stato molto prudente.

«E la futura mammina come sta?» domandò Lyle.

«Bene, però le manca molto la mamma. Sta cercando

faticosamente di abituarsi all'idea del bambino, non era pronta per una cosa simile.»

«A papà sarebbe venuto un colpo» mormorò Lyle.

«Già; la mamma invece sarebbe stata brava e io tento di immaginare cosa le avrebbe detto. Gloria è stata molto dura con Annabelle e la chiama sgualdrina ogni volta che parla di lei. Non credevo che fosse così all'antica. Non ha problemi con il fatto che Charlie sia gay, però ritiene che la gravidanza di Annabelle fuori dal matrimonio sia un disonore per la famiglia.»

«Io non lo credo» disse Lyle con semplicità. «A me è successo.»

«Tu però avevi trentun anni e un buon lavoro, inoltre ti sei subito sposato, sebbene Amanda non piacesse a nessuno. Annabelle ha dieci anni di meno, praticamente è una ragazzina; non ha un lavoro, non ha un marito, non ha nemmeno un ragazzo con cui condividere il peso di questa responsabilità. Ha abbandonato gli studi e sta per avere un bambino. Per lei sarà un trauma, sia che decida di darlo in adozione sia che lo tenga.»

«Secondo te cosa dovrebbe fare?»

Lei rifletté un momento prima di rispondere. «Se fosse abbastanza matura penso che dovrebbe tenerlo. Ci sono tante madri single, non è più un disonore come era un tempo. Però non credo che sia in grado di gestire un figlio, inoltre non vuole. Non ha mai avuto alcun tipo di responsabilità, mamma e papà la viziavano ed erano iperprotettivi nei suoi confronti. Se tiene il bambino, saremo tutti noi a dover prendercene cura. E nemmeno io mi sento pronta. Prima voglio far crescere l'azienda, è questa la mia priorità e lo sarà ancora per diversi anni. Forse avrò un figlio intorno ai quaranta, se incontrerò la persona giusta. Mancano ancora sette anni, e comunque nel mio settore non ho occasione di conoscere molti uomini eterosessuali.»

«E il vostro investitore italiano? Charlie dice che è figo. È etero?»

Caroline rise. «Sì, è etero e vedovo. Sembra gradevole, ma pare avere un debole per Gloria. Durante il nostro incontro non le ha staccato gli occhi di dosso, inoltre continua a ripeterci quanto sia brillante.»

«E lei come ha reagito?»

«Non era molto impressionata, voleva soltanto aiutarci a concludere l'accordo. Quando sono in gioco gli affari, Gloria è concentrata solo su quell'obiettivo» commentò Caroline.

«Magari il vostro investitore italiano andrà bene per te, se a Gloria non interessa» suggerì Lyle. La sorella maggiore era molto esigente in fatto di uomini e stava benissimo da sola, anzi al momento lo preferiva.

«Non è il mio tipo» replicò Caroline. «Comunque Giorgio vuole lei: non mi ha degnata di uno sguardo... non in quel senso, almeno.»

Giorgio non aveva ancora dato notizie riguardo l'investimento.

Gloria aveva ipotizzato che sarebbe servita qualche settimana e i gemelli stavano cominciando a essere ansiosi e a chiedersi se i suoi fratelli gli avessero consigliato di rinunciare. I Silvestri erano una famiglia unita come i

Whittier. Caroline e Charlie, tuttavia, non potevano fare altro che aspettare.

Un pomeriggio, Lyle stava lavorando da casa dopo una riunione riguardo alcuni terreni in Oklahoma sui quali il suo gruppo voleva investire, quando ricevette un'e-mail con la richiesta di contattare la psicologa della scuola di Tommy. Il motivo non era specificato.

Telefonò subito e gli rispose direttamente la psicologa. Gli spiegò che di recente Tommy era stato aggressivo, in particolare nell'ultimo mese. Qualche giorno prima aveva fatto a botte e dato un pugno in faccia a un altro ragazzo. Nessuno si era ferito, però era un comportamento inaccettabile; la psicologa domandò a Lyle se a casa stesse accadendo qualcosa di insolito.

«Mia moglie e io ci siamo separati» rispose lui a malincuore.

«Mi dispiace» replicò la donna. «Questa potrebbe essere una spiegazione. Crede che sia una cosa temporanea, o non lo sapete ancora?» indagò.

«Stiamo preparando i documenti per il divorzio. Abbiamo un accordo di prova di custodia congiunta a settimane alterne. Io abito nella casa di famiglia con quattro dei miei fratelli; è la casa dei nostri genitori, che sono scomparsi recentemente. Tommy e la sorella stanno con me una settimana poi tornano dalla madre per un'altra settimana, poi di nuovo da me.»

«So che questa è la tendenza attuale, e una settimana non è male, tuttavia per alcuni bambini può essere difficile.

Per qualcuno non è un problema fare avanti e indietro, ad altri invece non piace.»

Da quanto Lyle poteva vedere, Devon era più a suo agio in quella situazione rispetto al fratello, forse perché era più piccola e adattabile, inoltre era più attaccata al papà e lo avrebbe seguito in capo al mondo. Tommy invece era combattuto tra l'essere leale verso la madre o verso il padre, inoltre, per istinto maschile, era protettivo nei confronti della mamma.

«Senza dubbio è un grosso cambiamento per loro» ammise Lyle.

«Stanno andando da uno psicologo?»

Lyle ci aveva pensato, ma Amanda non lo riteneva necessario.

«No, non ci stanno andando» rispose.

«Io glielo consiglio per Tommy, dati i comportamenti aggressivi che ha manifestato. Dovreste prenderlo in considerazione anche per la bambina.»

Dalla sua scheda, la psicologa sapeva che Tommy aveva una sorella minore, che frequentava una scuola femminile, mentre lui era in un istituto maschile.

«Ne parlerò con la loro madre.»

«È soltanto un suggerimento, ma la psicoterapia potrebbe rendere le cose più semplici per lui. Al momento sembra in difficoltà. Inoltre, nell'ultimo mese i suoi voti sono peggiorati; non in modo drammatico, ma abbastanza da destare qualche preoccupazione. Per ora è solo un campanello d'allarme, che però è meglio non trascurare.»

Più tardi, Lyle telefonò ad Amanda per parlargliene, ma lei liquidò in fretta l'argomento.

«Sta bene, non gli serve» disse in tono spensierato.

«Amanda, ha dato un pugno in faccia a un ragazzino: è un segnale allarmante. Se gli avesse rotto il naso, i genitori ci avrebbero denunciati. È evidente che sia turbato.»

«I ragazzi fanno a botte, è normale» insistette lei. «Stiamo divorziando, è destabilizzante per tutti noi ed è chiaro che Tommy ha difficoltà ad affrontare la situazione.»

«Probabilmente l'altro ragazzo lo ha provocato.»

Amanda non voleva sentirne parlare né affrontare la questione, perciò Lyle capì che avrebbe dovuto decidere da solo.

Appena chiuse la telefonata, chiamò la pediatra e le chiese il nome di uno psicologo infantile maschio, presumendo che il figlio lo avrebbe preferito. La dottoressa si disse dispiaciuta che lui e Amanda si fossero separati. A lui, invece, dispiaceva sempre meno via via che il tempo passava. Avere a che fare con Amanda era un incubo e ancora una volta si rese conto di quanto poco lei si impegnasse nella cura dei figli. Telefonò allo psicologo e fissò un appuntamento entro due settimane, il primo disponibile. Lo avrebbe accompagnato lui stesso e, quando il figlio tornò da scuola, gliene parlò.

«Mi ha chiamato stronzo, papà» gli disse Tommy, furioso. «E mi ha rubato la borraccia.»

«Non mi interessa come ti ha chiamato» replicò lui con calma. «Non devi picchiare nessuno, specialmente in faccia. Avresti potuto fargli molto male.»

«Era quello che volevo» ribatté Tommy. «Lui è in seconda media, è più grande di me e mi infastidisce sempre.»

«Se è così dobbiamo denunciarlo alla scuola per bullismo.»

«Allora perché dovrei andare da uno strizzacervelli?»

«Perché hai dato un pugno in faccia a un ragazzo, anche se è un bullo.»

«Non è giusto» protestò il figlio.

«Queste sono le regole» dichiarò Lyle. «Nel momento in cui lo hai colpito sei diventato tu il bullo, non lui.»

«Non andrò in terapia» si intestardì Tommy.

«Verrò con te» cercò di rassicurarlo il padre con gentilezza.

«Peggio ancora. La gente penserà che sono fuori di testa.»

«No, sei un bambino che ha picchiato un altro bambino e i cui genitori stanno divorziando. Magari sarai contento di parlare con lo psicologo.»

«Non voglio, non puoi obbligarmi.»

A Lyle parve più scontroso e aggressivo di quanto fosse mai stato.

«Sì che posso» lo contraddì. «Ti farà bene e ce l'ha consigliato la scuola.»

«Ti odio» sbottò Tommy. «La mamma non mi manda dallo psicologo, perché tu sì?»

«La scuola reputa necessario che tu ci vada. Non è un dramma, Tommy.»

Il bambino si precipitò fuori dalla stanza del padre, andò nella propria e sbatté la porta.

A cena fu imbronciato e silenzioso. Più tardi, rimasto solo in cucina con Caroline per aiutarla a riordinare, ne parlò con lei.

«Non è così terribile» gli disse la zia. «Io vado da uno psicologo.»

«Come mai?» domandò il bambino, sorpreso.

«A volte è utile parlare con loro, sono bravi. Mi aiuta a capire le cose, soprattutto quando sono agitata per qualche motivo.»

«Perché non parli con Charlie?»

«Perché lui ha le sue idee, preferisco confrontarmi con una persona esterna e obiettiva. Perché non provi? Magari ti aiuta, altrimenti potrai dire al papà che non ci vuoi tornare.»

Lui ci rifletté un attimo poi fece cenno di sì; quella sera, quando tornò nella propria camera, pareva più tranquillo.

Caroline riferì a Lyle della conversazione che aveva avuto con Tommy e il fratello la ringraziò.

«Amanda non è di aiuto. Non le frega niente se i bambini sono turbati o se hanno bisogno di un sostegno: è troppo occupata a fare shopping e a uscire con il fidanzato di turno.»

Oltre che a spendere i soldi di Lyle, pensò Caroline.

«Grazie per avergli parlato» aggiunse il fratello.

Caroline aveva sempre più spesso l'impressione di sentirsi come sua madre. Però era utile per tutti loro stare sotto lo stesso tetto, aiutandosi a vicenda come potevano.

Il giorno seguente, accompagnò dal ginecologo Annabelle, che non era rimasta soddisfatta dal primo che avevano contattato, consigliatole da un'amica. Caroline le aveva proposto di rivolgersi allo studio medico in cui andava lei e la sorella era stata d'accordo. La sua ginecologa non accettava nuove pazienti, perciò Annabelle fu assegnata a un collega, Ted Kelly, che Caroline non conosceva. La giovane era imbarazzata all'idea di avere un medico maschio, ma era l'unico dello studio che poteva prendere nuove assistite.

Rimasero in sala d'aspetto per mezz'ora, durante la quale Annabelle compilò alcuni moduli. Leggendo una delle domande si accigliò e la mostrò alla sorella: chiedeva se avesse assunto sostanze stupefacenti.

«Come devo rispondere?»

«Con sincerità» disse Caroline senza esitazione. «Il medico lo deve sapere, nel caso in cui il bambino abbia qualche anomalia.»

Lei, pallidissima, annuì e scrisse: «In passato; ora no».

Elencò le sostanze di cui aveva fatto uso e quando, in maniera più accurata possibile, per quanto riuscisse a ricordare. Prima di scoprire di essere incinta aveva fumato marijuana e bevuto alcolici; inoltre segnalò di aver sniffato cocaina due volte.

Quando restituì i moduli, un'infermiera le accompagnò in un ambulatorio, dove Annabelle si spogliò e indossò un camice.

«Vuoi che esca?» le chiese Caroline.

«No!» esclamò lei, nel panico. «Cosa mi faranno?»

«Probabilmente soltanto una visita; forse degli altri esami del sangue, ti daranno delle vitamine, cose del genere, poi guarderanno il referto dell'ecografia.»

Tesissima, Annabelle annuì.

Cinque minuti più tardi, un bell'uomo alto, con i capelli biondi e gli occhi blu entrò spedito nell'ambulatorio e sorrise a entrambe. Aveva un camice bianco e lo stetoscopio in tasca. Si presentò e Caroline gli disse che era lì per dare sostegno morale alla sorella. Notò subito che Annabelle era molto giovane, perciò usò un tono rilassato e amichevole mentre le poneva delle domande specifiche e annotava le risposte nella cartella clinica.

«Adesso non stai prendendo droghe o bevendo alcolici?»

Lei scosse la testa, imbarazzata. «Ho smesso appena l'ho scoperto. Non sapevo di essere incinta. Non ho mai avuto un ciclo regolare, quindi credevo semplicemente di averne saltato uno o due... o tre.»

Il medico annuì con espressione tranquilla, però Caroline si accorse che stava prestando molta attenzione.

«Non terrò il bambino» aggiunse Annabelle sottovoce.

Il medico annuì di nuovo.

«Avete contattato un'agenzia per avviare le pratiche?» le chiese in tono serio.

La ragazza fece cenno di no.

«Posso darvi qualche nominativo di avvocati e agenzie con cui abbiamo collaborato.»

Caroline non ebbe l'impressione che la stesse giudicando e notò che la sua attenzione era focalizzata sulla paziente. Dopo averla visitata disse che tutto sembrava in ordine. Aveva anche visto il referto dell'ecografia e confermato che il bambino era sano, non c'erano anomalie evidenti e aveva le misure giuste relativamente al termine che le avevano comunicato.

«C'è un padre?» le domandò.

«No» rispose Annabelle. «Ha detto che avrebbe firmato i documenti per darlo in adozione. Ci siamo lasciati quando ho saputo di essere incinta, ora è in Italia.»

«Dev'essere dura» commentò Ted Kelly in tono empatico.

Caroline immaginò che avesse al massimo quarant'anni. Aveva un'aria molto professionale, malgrado lo stile informale, che lei considerò ideale per Annabelle.

«Già, è dura» ammise. «Non mi aspettavo che potesse succedere. Ho smesso di prendere la pillola, cercavamo di stare attenti. Però eravamo brilli e ce ne siamo scordati.»

«Può capitare» replicò il medico con un sorriso. «C'è qualche altro problema, nausea, vomito, crampi, perdite?»

Annabelle rispose di no. Era giovane e in salute, non aveva avuto sintomi preoccupanti da quando aveva scoperto della gravidanza.

«Vivi da sola?» le chiese.

«Abito con mia sorella e i miei fratelli.»

«Abbiamo perso i nostri genitori in gennaio» intervenne Caroline. «Perciò ora abitiamo a casa loro in cinque. È una casa grande.»

«Mi dispiace per i vostri genitori» disse il medico. «Però dev'essere bello stare insieme.»

«Sì, è bello» confermò Caroline e Annabelle annuì.

«In base agli accordi che prenderai con i genitori adottivi, lascerai il bambino in ospedale quando sarai dimessa. Durante il parto può esserci chiunque tu voglia, un famigliare, un'amica, i genitori adottivi se vorrai. Se preferisci, possono aspettare fuori dalla sala parto. Avrai il tempo di decidere tutte queste cose dopo che avrai parlato con l'agenzia e conosciuto i genitori adottivi. Sei già oltre la metà della gravidanza, perciò non dovrai aspettare ancora molto» le disse in tono gentile. «Più avanti mi dirai se vorrai un parto naturale oppure l'epidurale, se arrivi in ospedale in tempo per farla.»

«Voglio i farmaci» si affrettò a dichiarare Annabelle, allarmata.

«Allora faremo l'epidurale, così non sentirai nulla.» Il medico ricontrollò le carte poi la guardò. «Le analisi del sangue sono a posto. Perciò, se non hai domande ci rivediamo tra un mese» le disse, consegnandole un biglietto da visita. «Qui trovi il mio numero di cellulare: se hai bisogno, chiamami. Date le circostanze, sarò felice di assistere al parto anche se sarà il mio giorno libero, se vorrai. Oppure può seguirti un mio collega. Per me vanno bene entrambe le ipotesi.»

«Grazie, dottore» disse Caroline con enfasi, poiché aveva capito che aveva fatto un grande favore ad Annabelle. La maggior parte dei ginecologi seguivano il parto soltanto se erano di turno; diversamente, alla paziente veniva assegnato un altro medico, che magari non aveva mai incontrato. Per Annabelle sarebbe stato molto importante avere quello che conosceva.

Il dottor Kelly scrisse il nome di tre agenzie e di due studi legali che si occupavano di adozioni, poi le consegnò la lista.

«Il nostro studio medico collabora con tutti loro.»

Caroline si chiese se il fatto che Annabelle avesse assunto droghe e alcol all'inizio della gravidanza avrebbe ostacolato la potenziale adozione, però non lo domandò al medico; lo avrebbero saputo dagli avvocati e dal personale dell'agenzia. Forse alcune coppie avrebbero desiderato un bambino tanto ardentemente da passarci sopra.

«Ci vediamo tra un mese, Annabelle» disse il medico in tono empatico, poi sorrise a Caroline. «Arrivederci, signorina...»

In effetti non si era presentata, perciò rimediò subito: «Caroline Whittier».

«Piacere di conoscerla. Sono certo che la rivedrò» le disse con un grande sorriso.

«Sì» confermò lei.

Appena il medico uscì dall'ambulatorio, Annabelle si alzò per andare a rivestirsi.

«È figo» bisbigliò alla sorella, che rise. «È davvero gentile» aggiunse. «Dovresti chiedergli se è sposato.»

«Smettila di tentare di accasarmi e vestiti» protestò lei. «Devo mettermi al lavoro; più tardi chiamerò le agenzie e gli avvocati.»

Annabelle la ringraziò e le consegnò la lista.

Dopo essersi rivestita apparve giovane e bella come sempre, una ragazza che non passava certo inosservata. Alta, magra, con i capelli neri e gli occhi verdi, sembrava una modella. I lineamenti e la statura di Caroline erano simili a quelli della sorella minore, lei però era bionda e con gli occhi azzurri.

«Il dottore è gentile, mi piace» commentò Annabelle.

«Anche a me» concordò Caroline, che apprezzava il suo stile professionale ma allo stesso tempo disponibile e alla mano.

«Ha fatto sembrare le cose meno spaventose.»

«È molto positivo che si sia offerto di seguirti durante

il parto anche se non sarà di turno. La maggior parte dei ginecologi non lo fa, ti capita chi ti capita a seconda di chi è in servizio quel giorno.»

«Cos'è l'epidurale? Non me la sono sentita di chiederlo a lui» disse Annabelle mentre uscivano dall'ambulatorio.

«È un'iniezione nella spina dorsale che ti rende insensibile dalla vita in giù» le spiegò la sorella.

«Mi pare perfetto» commentò lei.

Uscite dall'edificio, presero due taxi diversi.

Charlie stava aspettando con impazienza la gemella, perché doveva occuparsi di mille cose che richiedevano la sua presenza.

«Dove sei stata?» le chiese appena arrivò.

«Ho accompagnato Annabelle dal ginecologo.»

«C'è qualcosa che non va?»

«No, era un controllo mensile.»

Rassicurato, tirò fuori una pila di campioni di tessuti e alcuni bozzetti. «Dobbiamo completare gli ordini entro domani» le disse con espressione seria. «Ho bisogno che tu li scelga prima di fare il bonifico.»

La sorella gli sorrise. «Tranquillo, ce la faremo: ho già scelto.» Prese un foglio dalla scrivania e glielo passò.

«D'accordo, scusami. Vado nel panico quando non sei qui.»

«Come tutti gli altri...» commentò lei.

Nel pomeriggio fece alcune telefonate e prese appuntamento con uno studio legale e due agenzie di adozioni. Rimase in ufficio fino alle otto, poi si affrettò a rientrare a casa per assicurarsi che tutti avessero cenato. Charlie era uscito dall'ufficio prima di lei poiché quella sera aveva un appuntamento.

Quando Caroline arrivò a casa, Annabelle era sdraiata sul letto a parlare al telefono con un'amica. Da quando aveva conosciuto il medico era più rilassata.

Lyle, che quella settimana non aveva i bambini, aveva preparato la cena per Benjie, che stava guardando la tv nella sua stanza. Benjie disse a Caroline che dopo mangiato il fratello era andato da Gloria per lavorare.

Caroline si preparò un'insalata, poi andò nel piccolo studio di fianco alla sua camera. Le sembrava di avere un milione di cose da fare e si domandò come facesse sua madre a occuparsi di tutto quando loro erano ragazzi. Le era sempre sembrata una specie di Wonder Woman e in quel periodo ne era consapevole più che mai. Non aveva più cinque minuti per sé stessa, doveva sempre dare una mano a fare qualcosa, rispondere a qualche domanda, preparare da mangiare per qualcuno, risovere qualche problema, controllare Benjie. La sua vita semplice da single nell'appartamento alla moda di SoHo con il gemello era cambiata radicalmente. Mentre si metteva al lavoro alla scrivania, ripensò alla madre, che aveva gestito sei figli e la casa. Lei doveva anche affrontare la gravidanza di Annabelle, ma sapeva che in qualche modo ne sarebbero usciti, tutti insieme. Le sembrava quasi di percepire la presenza dei genitori accanto a loro e di sentire la madre che le diceva cosa fare. Non l'aveva mai ammirata tanto, rifletté, concentrandosi poi sui disegni che doveva correggere entro l'indomani; in quel momento, si sentì lei stessa come una sorta di Wonder Woman, una donna in grado di fare miracoli. D'altronde, era ciò che tutti si aspettavano da lei. Si augurava che Giorgio Silvestri decidesse presto di investire nell'azienda, perché avevano bisogno di denaro. Alle tre del mattino terminò i bozzetti, si sdraiò un attimo sul letto e sprofondò nel sonno, vestita e con la luce accesa.

Nove

PER prima cosa, Caroline portò Annabelle alle due agenzie che si occupavano di adozioni private in accordo con la legge dello Stato di New York. Tutto sembrava prestabilito secondo rigide procedure e standard. In nessuna delle due agenzie furono particolarmente accoglienti o empatici, comunque ammisero che di rado capitavano casi come quello di Annabelle, di bambini con madri giovani e istruite provenienti da buone famiglie. Dissero che quei bambini partivano avvantaggiati, sebbene il fatto che Annabelle avesse assunto droghe l'avrebbe squalificata agli occhi di molte coppie. Comunque furono soddisfatti di iscriverla nelle loro liste e le assicurarono che si sarebbero fatti sentire appena avessero avuto una coppia interessata.

A fine giornata, Caroline e Annabelle incontrarono l'avvocata che aveva consigliato loro il dottor Kelly. Rachel Adams era sulla cinquantina e a Caroline diede l'impressione di essere piuttosto dura, però era intelligente, schietta e gentile con Annabelle. Anche lei criticò l'uso di droga, però disse che certe persone desideravano un bambino così tanto che ci sarebbero passate sopra. Inoltre, per il resto la situazione di Annabelle era positiva, compreso il fatto che anche il padre era disposto a rinunciare al bambino. L'avvocata spiegò che il suo studio lavorava con un'agenzia di Los Angeles e faceva molte adozioni per le celebrità; tuttavia, ogni caso era diverso dagli altri e i genitori adottivi imponevano le proprie condizioni. La maggior parte delle volte non volevano contatti con la madre naturale, sebbene alcuni fossero disposti a spedirle una fotografia del bambino una volta all'anno. Altri invece erano maggiormente inclusivi, ma per lo più i genitori adottivi non desideravano che la madre naturale si intromettesse nella vita del bambino, per esempio presentandosi alle feste di compleanno o durante le vacanze. L'avvocata domandò ad Annabelle se ciò sarebbe stato un problema per lei.

«Niente affatto» rispose senza esitazione. «Neanch'io voglio avere contatti in futuro. Voglio dare via il bambino, non posso prendermi cura di lui né avere una simile responsabilità. Ho ventun anni, non sono pronta per fare la madre. Ho bisogno di vivere la mia vita prima di sistemarmi. Inoltre non voglio avere un figlio senza un padre.»

«Sei la madre naturale ideale» le disse Rachel Adams con un sorriso. «Nessun fastidio, nessun legame, niente padre. A parte qualche sgarro alle feste, sei il sogno di ogni genitore adottivo, a patto che d'ora in poi tu stia lontana da alcol e droga, naturalmente» conclse con uno sguardo severo.

Annabelle annuì.

«Ti faranno regolarmente degli esami a sorpresa per verificare che tu sia pulita. Se non ne superi uno sei fuori, perciò devi prenderla seriamente» la informò l'avvocata.

«Lo farò» promise lei.

A Rachel Adams non sfuggì che Annabelle era una splendida ragazza e i potenziali genitori sarebbero stati felici se il bambino fosse stato simile a lei. Diede loro una pila di moduli da compilare e, quando li ebbero riconsegnati, disse che al momento c'erano due coppie che potevano essere interessate a conoscerla: doveva parlare con loro e capire come si ponevano rispetto al problema della cocaina e della tequila. Una delle due coppie era abbastanza anticonformista, lavorava nel mondo del cinema a Los Angeles, perciò lei aveva la sensazione che potesse non darci peso. Non era certa invece riguardo la coppia di New York, entrambi avvocati, comunque assicurò che si sarebbe fatta sentire presto.

Uscite dallo studio legale, Annabelle andò a casa, esausta dopo un intero pomeriggio di appuntamenti, mentre Caroline tornò in ufficio, dove arrivò alle sei. Aveva cinque messaggi di Charlie che però non aveva ancora letto.

«Dove diavolo sei stata?» la apostrofò il gemello.

«Alle agenzie di adozioni e dall'avvocato con Annabelle» gli rispose con aria sfinita, togliendosi il cappotto e buttandolo su una sedia. «Perché? Va a fuoco il palazzo?»

«Hai visto i miei messaggi?»

«Non ho avuto tempo di leggerli. Ho pensato che mi avresti messa al corrente appena fossi arrivata qui.

Mi pare che la questione dell'adozione sia un tantino più importante, e non ti vedo accompagnare Annabelle dai medici e dagli avvocati» disse con voce stanca; era emotivamente pesante gestire la crisi in cui si trovava la sorella.

«Perdonami, Caroline» replicò Charlie, subito più calmo. «Sei fantastica con lei.»

«Sto cercando di far finta di essere nostra madre. Non so come abbia fatto lei a stare dietro a tutto, specialmente se penso ai mal di testa che le ho provocato quando ero alle superiori. Mi sento terribilmente in colpa: ho litigato con lei ogni giorno per quattro anni.»

«Anch'io» disse lui, poi le fece un grande sorriso e proseguì: «Giorgio Silvestri investirà su di noi; per il momento a titolo personale, però anche i suoi fratelli sono interessati, magari decideranno di partecipare più avanti se avremo bisogno di altro denaro. Sono tutti entusiasti di noi. Giorgio arriverà fra tre giorni per firmare i documenti. I suoi avvocati ci invieranno stasera via e-mail le bozze del contratto, così possiamo valutarle e fare eventuali modifiche. Ci siamo, Caroline: stiamo per avere i soldi che ci servono e manterremo i tre quarti della proprietà. È un miracolo».

«Fantastico, ce l'hai fatta!» esclamò lei, raggiante. Gettò le braccia al collo del gemello e gli diede un bacio.

«Ce l'abbiamo fatta, vorrai dire! So che non è quello che desideravi, però le condizioni sono ottime.»

Caroline ne era consapevole e ormai aveva accettato l'idea di avere un investitore. Giorgio pareva perfetto per loro, inoltre le condizioni che poneva erano estremamente corrette. Mentre Charlie ballava felice per l'ufficio, Caroline ricevette una chiamata da Gloria; sembrava nel panico.

«Cosa succede?» le chiese, aspettandosi che l'ennesima crisi si abbattesse su di lei.

«Giorgio Silvestri arriverà da Milano fra tre giorni e mi ha invitata a cena. Investirà sulla CCW e vuole ringraziarmi. Non so cosa mettermi: mi dai una mano, Caroline?»

«Mi hai chiamato per questo?»

«Sì» esclamò Gloria, agitatissima. «Tutto quello che ho mi fa sembrare una bibliotecaria o una guardia carceraria. Non ho niente di adatto per una cena con una persona elegante come lui.»

«Lo hai già incontrato altre volte» le fece notare Caroline.

«Per delle riunioni nel mio ufficio e una volta a pranzo. Questa è una cena. Allora, mi aiuterai?»

«Certamente. Ti truccherai? Non ti presterò niente se non ti truccherai e non ti farai una messa in piega.»

Di solito Gloria si faceva la coda o raccoglieva i capelli sulla nuca; a malapena si pettinava. Era tanto brillante sul lavoro quanto disinteressata al proprio aspetto. All'improvviso, però, voleva apparire chic e bellissima.

«Significa che sei interessata a lui?» indagò Caroline.

«Non lo so. Solo che non voglio sentirmi imbarazzata e apparire sciatta. Tu sei sempre chic qualunque cosa indossi, come era la mamma, mentre io non ho ereditato quel gene, somiglio più al papà.»

«Anche lui aveva un bell'aspetto» puntualizzò la sorella.

«Perché la mamma gli comprava gli abiti e gli diceva cosa mettere.»

In effetti era vero, però lui era un uomo bello e distinto. Gloria aveva la stessa aria aristocratica, alla quale doveva soltanto aggiungere un tocco femminile.

«Ti prometto che ti renderemo così sexy che ti chiederà di sposarlo prima che arriviate al dessert» dichiarò Caroline.

«Probabilmente non è nemmeno un appuntamento, solo un modo per ringraziarmi di avervi presentati.»

«È un appuntamento, invece» le assicurò la sorella. «Non porta fuori noi. Vieni qui domani, così sceglieremo qualcosa, poi verrò a vestirti prima della cena.»

«Sei un tesoro» la ringraziò Gloria prima di chiudere la telefonata, sentendosi agitata e grata.

Caroline lo raccontò a Charlie.

«Se riesci a far vestire e truccare Gloria per un appuntamento, sei ufficialmente una maga» le disse divertito.

Quella sera arrivarono le bozze del contratto; i gemelli le guardarono insieme poi le inviarono al loro avvocato, che l'indomani li chiamò. Propose alcune modifiche, ma nel complesso andavano bene.

«È uno dei migliori accordi di questo genere che abbia mai visto» disse. «Vi dà piena autonomia nel guidare l'azienda nel modo che volete e come già fate, finché i numeri reggono. Se le vendite calassero in modo considerevole, interverrà lui con una squadra di supporto.»

«Le vendite non caleranno» replicò Charlie, poi riferì a Caroline i commenti dell'avvocato.

Dopodiché rimandarono le bozze a Giorgio indicando le piccole modifiche suggerite dal loro legale.

Come concordato, Gloria arrivò da loro dopo il lavoro per scegliere qualcosa da indossare alla cena con Silvestri. Caroline aveva già selezionato diverse opzioni dalla loro attuale collezione. Un vestito era troppo sexy, un altro troppo rigoroso. Infine concordarono su un semplice abito di lana bianco, raffinato e molto chic, accollato, con le maniche lunghe e una linea che metteva in risalto il bel fisico di Gloria. Lo provò: sembrava fatto su misura per lei. Caroline aveva chiamato una sarta nel caso in cui fossero state necessarie delle modifiche, ma non serviviano. Aveva anche delle scarpe del numero giusto da farle provare; ne scelsero un paio in camoscio nero e con il tacco alto, che con l'abito stavano benissimo.

«Non posso metterle, mi ucciderò» si lamentò Gloria.

«Sì che puoi; esercitati. Devi soltanto andare dal taxi al vostro tavolo e ritorno. Fai finta di essere una modella che sfila.»

Caroline si tolse dai lobi i piccoli orecchini con diamante e li mise alla sorella.

«Non porto gli orecchini» protestò Gloria, scettica.

«Ora li porti. Lui lavora nella moda e sembra una star del cinema. È bello, disponibile e single: se sarà necessario indosserai anche una corona di spine. Niente capricci.»

Poi le raccolse i capelli in un semplice chignon e la fece sfilare per Charlie, che era di nuovo al telefono con l'avvocato. I legali di Giorgio avevano apportato piccoli cambiamenti alla bozza ricevuta, ma nulla che modificasse significativamente l'accordo. Vedendo la sorella maggiore, lui alzò il pollice entusiasta, facendola sorridere contenta.

«Stupenda!» sussurrò coprendo il microfono.

Pochi istanti dopo terminò la telefonata. «Quando ti vedrà ti rapirà e ti porterà con sé in Italia» le disse.

«Prima della cena passerò da te per vestirti, truccarti e pettinarti» le promise Caroline, soddisfatta della trasformazione.

«Truccata sembrerò strana» replicò lei, di nuovo preoccupata.

«Struccata sembri strana. I tuoi giorni da bibliotecaria sono finiti. D'ora in poi dovrai essere affascinante quando lui è qui. Vuoi un secondo appuntamento, vero?»

Gloria fece cenno di sì, sentendosi come un'adolescente al suo primo ballo di fine anno.

«È molto faticoso» gemette, sedendosi alla scrivania della sorella. «Ho bisogno di bere qualcosa.»

Caroline le versò un bicchiere di vino, poi si sedettero tutti e tre a parlare dell'accordo appena raggiunto. A quel punto Gloria si rianimò: quando si discuteva di affari e finanza si sentiva competente e sicura di sé. Sul piano privato, invece, si sentiva una ragazzina imbranata. I suoi primi appuntamenti erano sempre andati male.

«Fai finta di dover concludere un affare con lui; il tuo aspetto farà il resto. Una volta che sarai vestita, dimenticatene. Gli abiti hanno soltanto lo scopo di migliorarti, non devi metterli in mostra» le disse Caroline.

A Gloria piacque quel punto di vista e quando si alzò sembrava più fiduciosa. Rischiò di inciampare nelle scarpe, ma riprese subito l'equilibrio e, sexy ed elegante, iniziò a camminare avanti e indietro per l'ufficio. Le prove del vestito furono un successo: con il suo nuovo look si sentiva una persona diversa.

Come previsto, Giorgio Silvestri arrivò due giorni più tardi. Nel frattempo, erano state apportate al contratto le modifiche richieste da entrambe le parti e tutto era pronto per la firma, il giorno seguente. Dall'aeroporto andò direttamente nell'ufficio di Caroline e Charlie, solo per salutarli con un abbraccio. L'indomani mattina alle nove si sarebbero incontrati di nuovo lì con i rispettivi avvocati per formalizzare l'accordo. Con lui c'era il legale cui si rivolgeva quando era a New York.

Quella sera sarebbe uscito a cena con Gloria, perciò andò via per prepararsi e passare a prenderla.

Appena Giorgio lasciò l'ufficio, Caroline si precipitò fuori con il vestito e le scarpe in una borsa porta-abiti, un kit da sarta con spille di sicurezza, filo e tutti i piccoli trucchi del mestiere che usavano in passerella, come colla e nastro biadesivo. Prese un taxi diretta a casa di Gloria e si mise al lavoro. Aveva portato l'occorrente per il trucco, mentre la sorella indossava ancora i suoi orecchini. In un'ora esatta l'aveva trasformata in una modella: Gloria era meravigliosa. Era agitata ma non lo dava a vedere. Caroline la abbracciò e se ne andò giusto in tempo.

Poco dopo, infatti, Giorgio arrivò con una macchina con autista, il portiere la avvisò e Gloria scese. Lui aveva prenotato a La Grenouille, nell'East Side. Il maître lo riconobbe e li accompagnò al loro tavolo; Gloria appariva calma ed elegante.

La serata fu piacevolissima; mentre sorseggiavano lo champagne e consultavano il menu, Giorgio le fece i complimenti per l'abito. Le disse di essere entusiasta di investire nella CCW e che sia lui sia i suoi fratelli erano certi che la loro collaborazione sarebbe stata un grande successo.

«Tutto grazie a te che mi hai presentato tua sorella e tuo fratello. Ora siamo quasi parenti» scherzò.

Era contento e rilassato malgrado il volo intercontinentale e la differenza di fuso orario. Le disse di aver dormito in aereo, per essere in forma per la cena.

«Non vedevo l'ora di incontrarti, Gloria» le confidò con il bicchiere di champagne in mano. «Mi sembra di essere tornato un ragazzino.»

Invece era un uomo bellissimo e sofisticato, che la faceva sentire una donna elegante e alla moda, con il vestito preso in prestito dalla collezione dei gemelli.

«Ora che c'è questo accordo spero che avremo occasione di vederci più spesso» proseguì dopo che ebbero ordinato. «Trascorrerò a New York una o due settimane al mese, per assicurarmi che le cose procedano bene. La prossima settimana daremo l'annuncio alla stampa. È curioso anche il fatto che io abbia cinque fratelli, quindi siamo in sei, come voi. È l'unione di due grandi famiglie. Mi piacerebbe conoscere presto gli altri Whittier. E i miei fratelli vogliono venire a vedere la prossima sfilata.»

«Siamo molto diversi gli uni dagli altri» lo informò lei con un sorriso.

«Anche io e i miei fratelli. Le nostre mogli, poi, lo sono ancora di più. Mia moglie era una designer di tessuti che ho conosciuto in azienda quando era molto giovane.»

«Hai figli?»

Gloria non aveva mai pensato di chiederglielo. I loro rapporti non erano mai stati personali prima che la moglie morisse, poco più di un anno addietro.

«Purtroppo no. Però ho quattordici nipoti, più altri in arrivo. Tu hai figli?»

«No. Non mi sono mai sposata, anche se oggi non è un requisito necessario per avere figli.»

«Mi sorprende che non ti sia mai sposata. Come mai?» le domandò.

«Troppo lavoro, che tra l'altro mi piace. Oltre agli uomini sbagliati. Comunque credo sia meglio essere sposati per avere bambini.»

«Sono d'accordo, sebbene due miei nipoti e una nipote abbiano figli fuori dal matrimonio e siano molto felici. Anch'io sono vecchio stile su questo argomento.»

Lei non gli raccontò di Annabelle. Poiché intendeva dare in adozione il bambino, forse era meglio tenere la cosa riservata, in modo che nessuno sapesse mai nulla.

«Mio fratello maggiore ha due figli, che ora vivono per metà del tempo con lui nella casa dei nostri genitori. Tutti e cinque i miei fratelli e sorelle abitano in quella casa, dove siamo cresciuti; solo io non vivo lì. I nostri genitori sono morti in gennaio e stiamo cercando di decidere se venderla o meno.»

«Le famiglie numerose sono stupende» dichiarò Giorgio. «Sebbene siano molto rumorose e a volte piuttosto stressanti. I miei fratelli e io litighiamo spesso, però ci vogliamo bene. D'altra parte, gli italiani sono un po' pazzi e molto emotivi» concluse ridendo.

«Credo che tutte le famiglie numerose siano un po' pazze. Anche noi certe volte lo siamo» gli confidò Gloria.

Chiacchierarono gustandosi le pietanze deliziose, e la serata trascorse fin troppo in fretta. Al termine della cena Giorgio era perfettamente sveglio e pieno di energia. Parlarono dell'Italia, della loro infanzia, delle rispettive famiglie e della loro professione. Lui era affascinato da Gloria, la quale era sorpresa di quanto si sentisse a proprio agio con lui. Non ricordava nemmeno l'ultima volta che aveva avuto un appuntamento e di certo non era mai stata così bene. A malincuore uscirono dal ristorante.

«Avresti tempo di cenare di nuovo insieme sabato?» le chiese mentre la riaccompagnava, impaziente di rivederla.

Non si era reso conto di quanto fosse interessante, inoltre apprezzava il fatto che fosse una donna forte e colta.

«Con piacere» gli rispose Gloria.

Lui le diede un bacio sulla guancia e la accompagnò nell'ingresso del palazzo. Era un vero gentiluomo e lei era lusingata dai suoi modi galanti. Desiderava presentarlo alla sua famiglia, però prima voleva conoscerlo meglio. I Whittier erano impegnativi, quando li si incontrava per la prima volta, sebbene anche lui avesse una famiglia numerosa e vivace. Per il momento, tuttavia, a Gloria piaceva anche averlo tutto per sé.

Salì al suo appartamento con il sorriso sulle labbra, poi scrisse un messaggio a Caroline, immaginando che stesse dormendo.

Serata perfetta. Ho di nuovo bisogno della consulente d'immagine per sabato sera. Ti voglio bene, G.

Caroline stava ancora lavorando, perciò rispose subito:

Tariffa doppia durante i festivi e i weekend. Dobbiamo andare a fare shopping per rinnovarti il guardaroba.

Sei assunta a qualunque tariffa.

Dopo averle risposto, Gloria si tolse con cautela lo stupendo abito bianco e le scarpe alte, per restituirli alla sorella. Era stata una serata magica.

Anche Giorgio stava sorridendo quando entrò al Four Seasons, dove aveva una suite.

L'indomani, la firma del contratto si svolse senza imprevisti, poi Giorgio, Caroline e Charlie andarono a pranzo al Majorelle, nei quartieri alti, per festeggiare. Al termine del pranzo, Giorgio disse a Charlie quanto fosse grato a Gloria per averli fatti conoscere. Parlando di lei gli si illuminarono gli occhi, cosa che più tardi Charlie riferì alla gemella.

«Credo che Gloria gli piaccia davvero. Ti ha detto come è andata ieri sera?»

«Sembrava una cosa molto seria. Sabato andremo a fare compere per rinnovarle il guardaroba» gli spiegò sorridendo.

«Buon per lei» replicò Charlie ridendo. «Merita una brava persona accanto ed è valsa la pena aspettare lui.»

«Ho la sensazione che anche lei la pensi così. Nei messaggi sembrava emozionatissima, oppure ubriaca.»

Charlie era felice di sentire quelle notizie, ed entrambi erano entusiasti dell'accordo che avevano concluso grazie alla sorella maggiore.

Charlie e Caroline uscirono dall'ufficio tardi e quando arrivarono a casa trovarono Benjie che li stava aspettando seduto alla base delle scale nell'ingresso, insieme ai cani. Aveva l'aria molto seria.

«C'è qualcosa che non va?» gli chiese Charlie, preoccupato.

«Devo parlarvi.»

«Di cosa?» fece Caroline, in ansia.

«Oggi ho sentito Annabelle che parlava al telefono. E ieri l'ho sentita parlare con te, Caroline: darà il bambino in adozione. Io non penso che debba lasciare la famiglia, è nostro nipote. Ha bisogno di una mamma e di un papà. Voglio adottarlo io. Glielo direte per me? Posso essere il suo papà e lei sarà sempre la sua mamma» disse con espressione determinata.

Per Benjie era una cosa semplice, come quando aveva adottato Duke e Dottie. Caroline, commossa, si sedette sui gradini accanto a lui.

«Essere la mamma e il papà di un bambino è una grande responsabilità. Annabelle non si sente pronta per fare la mamma» gli spiegò.

«Non è pronta adesso, ma il bambino non c'è ancora. Ha il tempo di imparare come si fa» ragionò lui.

«Alcune persone non sono pronte finché diventano più grandi, oppure non si sentono mai pronte per avere bambini, come la zia Gloria.»

«Io sono pronto per fare il papà. Posso essere il papà e lei potrà essere la mamma più avanti quando sarà pronta. Però non possiamo dare il bambino a degli estranei, potrebbero essere cattivi con lui. Voglio adottarlo io.»

Vedendo quanto fosse convinto e sincero, Caroline si sentì in colpa per non essere pronta a fare lo stesso, ma sarebbe stato un impegno troppo grande, lei doveva portare avanti l'azienda. Non immaginava di sposarsi e avere figli nell'immediato futuro. Inoltre non aveva incontrato la persona giusta, come Annabelle.

«Allora, posso adottarlo?» domandò Benjie con sguardo supplichevole. «Non voglio che lo dia via, appartiene a tutti noi.»

«In realtà appartiene ad Annabelle» lo corresse Charlie. «Come Tommy e Devon sono di Lyle. Sta a lui decidere cosa fare con loro. E per il bambino di Annabelle sta a lei decidere, non possiamo farlo al posto suo.»

«Voglio essere il suo papà. Glielo direte?»

«Te lo prometto» rispose Caroline in tono serio, mentre Charlie asciugava una lacrima dalla guancia del fratello. «Però dobbiamo rispettare la sua decisione.»

«Perché?»

Per Benjie era una questione troppo complicata da comprendere a fondo. Ci aveva riflettuto per tutta la notte e per tutto il giorno; a volte, se una cosa era importante per lui, tendeva a pensarci in maniera ossessiva.

«Perché lei è la mamma» rispose Caroline con semplicità.

«Tu sei come la nostra mamma, adesso» le disse Benjie, cambiando argomento. «Sei brava come lei: la mamma sarebbe fiera di te.»

Caroline lo abbracciò. Era un ragazzo dolcissimo e buono.

«La mamma sarebbe fiera anche di te.»

«Non sarebbe contenta di Duke e Dottie. Non me li avrebbe lasciati tenere» replicò lui con espressione corrucciata.

«Sono sicura che adesso non ha niente in contrario» lo rassicurò con un sorriso.

Lui annuì, poi salirono insieme le scale. Duke e Dottie, nel frattempo, lo stavano aspettando in cima alle scale, come se avessero saputo che quella conversazione era troppo seria per loro.

«Direte ad Annabelle del bambino, vero? Glielo chiederete?» si accertò, prima di rifugiarsi in camera sua insieme ai cani.

«Promesso» disse lei con aria solenne, poi si voltò a guardare Charlie, che li aveva seguiti al piano di sopra.

«Mi fa sentire uno schifo» mormorò il gemello dopo che Benjie ebbe chiuso la porta. «Credi che dovremmo tenerlo? Forse ha ragione lui.»

«Annabelle è sicura di non volerlo tenere» gli rispose

in tono gentile. «Inoltre non sarebbe giusto. Nei prossimi cinque anni non avremo un minuto libero, se vogliamo far crescere l'azienda come abbiamo pianificato.»

«Perché deve essere un aut-aut? Tante persone hanno figli.»

«Per noi è diverso, il settore della moda è folle. Non mi vedo con un bambino ancora per anni; tu sì?»

«Può darsi» rispose Charlie, sorprendendola. «Se incontro la persona giusta» aggiunse, cosa che non era ancora successa a nessuno dei due. In realtà nessuno dei fratelli l'aveva trovata, mentre il matrimonio di Lyle si era rivelato un errore dall'inizio alla fine.

«Con i nostri ritmi di lavoro non abbiamo il tempo di incontrare nessuno» gli ricordò la gemella.

«Gloria l'ha appena incontrato.»

«Non alla nostra età, ha sei anni più di noi e comunque non vuole figli, preferisce la carriera.»

«Forse Giorgio le farà cambiare idea» ipotizzò Charlie, ottimista.

«Se anche fosse, lei avrà quarant'anni quando farà un figlio.»

«E allora? Altre persone lo fanno; credo solo che dobbiamo restare aperti a tutte le possibilità. Nella vita c'è qualcosa di più oltre al lavoro. Anche tu dovresti uscire con qualcuno, una volta ogni tanto.»

«Stai scherzando?» rise lei. «Con chi? Quando? A mezzanotte dopo che ho messo a letto Benjie? Non c'è il tempo. La mamma era una maga, non so come facesse a stare dietro a tutto e comunque papà le dava una mano.»

«Lei voleva stare dietro a tutto, le piaceva» commentò Charlie.

«Credo che sia proprio quello il segreto. Io però sono felice così: tu, l'azienda, la casa, gli altri, i figli di Lyle con noi a settimane alterne. Per me è abbastanza.»

«E il bambino di Annabelle?» le chiese lui di nuovo.

Caroline esitò. «Non lo so... Credo che spetti a lei decidere.»

Charlie annuì, poi andarono ciascuno nella propria stanza. Con un bambino in arrivo c'era molto su cui riflettere. A nessuno di loro sembrava ancora una cosa reale, men che meno ad Annabelle. Per Benjie, invece, era reale, e la sua proposta di adottarlo li aveva commossi profondamente. Era un ragazzo pieno di amore e di doni speciali.

Dieci

La seconda cena di Gloria e Giorgio andò ancora meglio della prima. La portò in un ristorantino italiano che conosceva, dove si mangiava divinamente. Rimasero fino all'orario di chiusura poi, quando la riaccompagnò a casa, lei lo invitò a salire per bere qualcosa. Lui la baciò e fu tenero e appassionato, ma non tentò di andare oltre, cosa che rese tutto più intrigante. Si comportò da gentiluomo fino al momento di andare via.

Dopo, Gloria rimase a pensare a lui con occhi sognanti, sentendosi come una ragazzina. Lui aveva detto la stessa cosa, le aveva confidato che pensava a lei da mesi e che quello era il coronamento di un sogno. La considerava una donna molto speciale e la faceva sentire tale. Gloria si riteneva fortunata ad averlo conosciuto.

Dopo l'annuncio dell'accordo, la stampa specializzata nel settore della moda si scatenò. Chiesero interviste a Caroline e Charlie appena fu resa pubblica la notizia che

Giorgio Silvestri della Silvestri Textiles aveva investito nella loro azienda, rafforzando la loro stabilità e credibilità. Tutte le testate di moda e di finanza volevano intervistarli.

Charlie rimase colpito quando il responsabile delle pagine finanziarie del *New York Times* disse di voler scrivere un articolo su di loro, mentre il *Wall Street Journal* seguiva a ruota. Lui non resistette e disse di sì al *Times*. Gli assegnarono un giornalista che non conosceva ma che aveva ottime credenziali, Brady Walker. Si era laureato a Stanford e aveva preso il master alla Columbia School of Journalism, la stessa università che aveva frequentato Lyle per il master in Economia.

Brady Walker si presentò con un fotografo, che fece degli scatti a Charlie e Caroline, poi lui e Caroline li lasciarono soli e il giornalista si sistemò nell'ufficio di Charlie per intervistarlo. Charlie fu sorpreso nel vedere quanto fosse giovane, avevano più o meno la stessa età. Brady indossava un paio di jeans e una camicia azzurra con il colletto sbottonato; lui era vestito allo stesso modo, con sopra la giacca.

«Sembriamo gemelli» commentò divertito.

«Non l'avevo notato» replicò Brady ridendo. «Com'è avere una gemella?» gli chiese, incuriosito.

Era simpatico, aperto e affabile. Le domande che poneva non erano subdole o maliziose, era un intervistatore onesto e serio. Charlie gli raccontò cosa aveva significato per lui crescere insieme a Caroline e quanto fossero uniti sia in passato sia attualmente. Aggiunse che gli piaceva molto lavorare con lei e che aveva un grande talento.

«Siete fortunati» gli disse Brady quasi con invidia.

«Io sono figlio unico, perciò non so come sia avere una simile relazione, sembra quella con un migliore amico, ma ancora meglio. Questo significa anche che sono un moccioso viziato che non sa condividere» aggiunse con autoironia, facendo ridere Charlie.

L'intervista somigliava più a una conversazione tra due persone che si trovavano bene a parlare ed erano compatibili. Brady riuscì a tirare fuori il meglio da lui e Charlie ebbe la sensazione che ne sarebbe risultato un ottimo articolo.

Quando finirono, Brady mise il registratore e il taccuino nella valigetta, poi indugiò qualche istante, come se non volesse andare via e intendesse aggiungere qualcosa.

«Di solito non lo faccio» disse infine. «Anzi, non l'ho mai fatto, non ci provo con le persone che intervisto» precisò, un po' imbarazzato. «È riprovevole e non professionale. Ma ti andrebbe di pranzare insieme qualche volta? Mi è piaciuto molto parlare con te, ne uscirà un articolo fantastico.»

«Anche a me è piaciuto molto e verrò volentieri a pranzo» rispose Charlie.

Aveva la netta sensazione che Brady fosse gay, benché non lo desse a vedere.

«Ti chiamerò» gli promise lui e si scambiarono uno sguardo di apprezzamento reciproco.

Brady gli telefonò l'indomani. «È troppo presto? Mi rendo ridicolo?» gli chiese, facendolo ridere. «Come ti ho detto, non l'ho mai fatto con una persona che ho intervistato, non è proprio nel mio stile.»

«Non è ridicolo, speravo che mi chiamassi. Se tu avessi

aspettato ti avrei telefonato io. Ieri è stato troppo bello per non proseguire questa conoscenza.»

«Sono d'accordo» confermò Brady.

Si diedero appuntamento per il giorno seguente in una tavola calda nota a entrambi. L'articolo sarebbe uscito nella prima edizione della domenica.

L'indomani Caroline vide Charlie uscire all'ora di pranzo, cosa che non succedeva quasi mai perché in genere mangiava alla scrivania, quando lo faceva.

«Pranzi fuori?» gli domandò stupita.

«Già... io...» balbettò il fratello. «Il tizio che mi ha intervistato per il *Times* ha bisogno di verificare alcune informazioni, così gli ho proposto di vederci durante la pausa.»

«Non poteva verificarle al telefono?» indagò lei.

«Noi... Ho pensato di portarlo a pranzo, è un ragazzo simpatico.»

All'improvviso Caroline comprese; era troppo legata a Charlie per non capire al volo, lo conosceva benissimo e lui non era mai riuscito a tenerle nascosto qualcosa.

«Oddio, perché non me l'hai detto subito? Mi era proprio sfuggito» lo prese in giro. «In effetti è uno schianto e lo sei anche tu.»

«È in gamba: Stanford e Columbia.»

«Non essere così snob. Sembra simpatico e giusto per te. Dev'essere scoppiata un'epidemia: prima Gloria, ora tu e questo ragazzo... Ricordami come si chiama.»

«Brady. Stai attenta, potresti essere la prossima» la canzonò a sua volta, contento che la sorella avesse indovinato, dato che non gli piaceva avere segreti con lei.

«Non sarò la prossima!» protestò lei. «Ho un lavoro a tempo pieno come direttrice del collegio. Nel mio destino non è prevista una storia d'amore.»

«Potrebbe esserlo, se lo vuoi» la contraddì.

«Be', non voglio. Devo aiutare Annabelle ad affrontare la gravidanza e Lyle il divorzio, che ha bisogno anche di una mano con i bambini, poi c'è Benjie... e devo assistere Gloria per il suo prossimo appuntamento. Mi piace il ruolo della sorella zitella. Potrò anche fare da babysitter ai vostri figli.»

Charlie sospirò e poco dopo uscì. Prese un taxi diretto alla tavola calda dove Brady lo stava aspettando con addosso una felpa di Stanford, jeans e scarpe da ginnastica. Aveva un aspetto gradevole e giovane, come Charlie; di nuovo, erano vestiti praticamente alla stessa maniera.

«Continuiamo a vestirci uguali» gli fece notare Brady.

«Telepatia» replicò Charlie. «Anche Caroline e io tendiamo a fare così; è un fenomeno curioso.»

«Mi piaci davvero» gli disse Brady con semplicità. «Sei appena appena un po' matto, il giusto per essere divertente e interessante, come un pizzico di sale e pepe.»

Charlie ci rifletté un attimo poi decise che il paragone gli piaceva.

Durante il pranzo parlarono senza sosta, dopodiché Charlie dovette rientrare in ufficio. Brady, che lavorava da casa, poteva gestire il proprio tempo più liberamente, tranne quando c'erano delle scadenze.

«Ci rivedremo?» gli chiese Charlie fuori dal locale, prima di salutarsi.

«Lo spero» rispose Brady con uno sguardo d'intesa. «È troppo bello per smettere adesso.»

Charlie annuì.

«Dove abiti?» gli domandò poi Brady.

«Abito con la mia famiglia quasi al completo» rispose ridendo. «Quattro dei miei fratelli e sorelle, nella casa che era dei nostri genitori. Ci siamo trasferiti lì in gennaio e sta funzionando piuttosto bene.»

«Sembra fantastico, ma non verrò a trovarvi» disse Brady un po' intimidito. «Io abito nel West Village. Ti va di venire a cena da me una volta?»

«Mi piacerebbe molto.»

«È divertente, sembra una storia tra adolescenti, solo che noi non dobbiamo nascondere il fatto di essere gay» disse Brady. «Per te è così, vero?»

«L'ho dichiarato molto di recente, dopo la morte dei miei genitori» gli spiegò Charlie. «Prima era un segreto.»

«Accidenti... Io l'ho detto ai miei quando avevo sedici anni e loro non hanno fatto problemi» disse Brady.

«Io l'ho detto a mia madre a diciotto. A mio padre sarebbe venuto un colpo. Per quindici anni mia madre e la mia gemella sono state le uniche a saperlo.»

«E adesso com'è?»

«Tutto a posto, per fortuna.»

«Ottimo. Mi sconcerta sempre che tante persone abbiano genitori così. Dev'essere stato difficile.»

«Sì, lo è stato. Mio padre aveva proprio un rifiuto. Mia mamma diceva sempre che se glielo avessi confessato gli avrei spezzato il cuore.»

«Vieni a cena da me sabato? Cucinerò io» gli propose Brady.

«Mi pare bellissimo» replicò Charlie con un sorriso.

Si abbracciarono, poi Charlie prese un taxi per tornare in ufficio e Brady scese in metropolitana. Era stata una piacevole pausa e Charlie era impaziente di leggere l'articolo, che sarebbe stato disponibile già il sabato sera, quando avrebbe cenato a casa di Brady.

«Com'è andato il pranzo?» si informò Caroline appena il gemello rientrò in ufficio.

«Bene» rispose lui; era raggiante ma tentava di non darlo a vedere. «Mi ha invitato a cena da lui sabato sera.»

«Non a casa nostra?» lo prese in giro lei. «Potrebbe cucinare per un esercito.»

«Non sono ancora pronto a portarlo da noi, voglio prima conoscerlo. Finora mi piace molto.»

«Perfetto, goditela. Ti meriti un po' di tempo libero.»

«Anche tu» puntualizzò lui.

«Per me non è il momento» replicò la sorella, poi si affrettò a tornare nel suo ufficio per una riunione: non c'era più tempo per chiacchierare.

I figli di Lyle arrivarono il venerdì per trascorrere la settimana con il padre, qualche giorno in anticipo visto che la madre sarebbe andata a Palm Beach per il weekend con l'uomo che aveva l'aereo privato. Tommy riferiva tutto al papà, che avrebbe preferito non sapere. L'insegnante di scienze aveva informato Lyle che il figlio era andato male in una verifica e la sua media si stava abbassando. Lyle lo stava portando dallo psicologo nelle settimane in cui era con lui, ma la situazione non era ancora migliorata. A scuola si era verificato un altro episodio: Tommy aveva fatto lo sgambetto a un compagno, che era caduto e aveva battuto la testa, perciò gli avevano dato un giorno di sospensione durante la settimana in cui era con Amanda.

«Cos'è successo?» gli chiese Lyle mentre cenavano.

Tutti gli altri erano fuori e Caroline non era ancora tornata, perciò potevano parlare liberamente.

«Non è successo niente» borbottò Tommy fissando il piatto.

Stava cominciando a covare rabbia, che lo psicologo attribuiva alla separazione. Tommy riteneva che il padre avrebbe dovuto rimanere a casa, aveva la sensazione che avesse abbandonato loro e la madre, la quale alimentava quella convinzione facendo la parte della vittima davanti ai figli.

«Non puoi fare del male agli altri bambini» lo redarguì il padre. «Non va bene e rischi di essere espulso da scuola.»

«Gli ho solo fatto lo sgambetto, sai che grosso problema...» tentò di minimizzare Tommy.

«Sì, è un grosso problema, ha battuto la testa; avrebbe potuto ferirsi in maniera grave» lo contraddì Lyle, seriamente preoccupato.

Lui non sembrava turbato, eppure era sempre stato un ragazzino dolce e tranquillo.

«Mi ha insultato» protestò.

«Questa non è una giustificazione.»

«Emerald Berman mi ha chiamata fifona, ma io non

le ho fatto lo sgambetto» intervenne Devon in maniera pomposa, peggiorando la situazione.

Tommy si alzò di scatto da tavola e si precipitò in camera sua sbattendo la porta.

«Lo fa anche con la mamma» disse la bambina per confortare il papà. «Questa settimana le ha detto una parolaccia. Ha detto che è stata stronza con te, perciò te ne sei andato. Lei lo ha mandato a letto senza cena, però lui ha mangiato del gelato quando lei è andata a dormire.»

Lyle sapeva che non era opportuno che la piccola rivelasse tutto quello che accadeva quando stavano con Amanda, però era sollevato di sapere che Tommy era arrabbiato anche con la madre e si comportava male anche con lei. Non provava rabbia solo nei suoi confronti, incolpava entrambi i genitori per il divorzio.

In quel momento sentirono la porta d'ingresso aprirsi ma non richiudersi, così dopo una decina di minuti Lyle andò a controllare cosa stesse facendo Tommy. Lo trovò seduto sul gradino davanti a casa, con la porta aperta dietro di sé, tetro in volto.

«Vieni a finire di cenare, da bravo?»

Il figlio non rispose ma lo seguì. Arrivati in cucina, Lyle gli chiese se aveva chiuso la porta.

«Credo di averlo dimenticato» si decise a rispondere lui.

«Allora vai a chiuderla e poi torna.»

Tommy fece come gli era stato detto dopodiché, senza rivolgere una parola al padre e alla sorella, finì di mangiare e mise il piatto nel lavello. Poi andò in camera, con calma e senza sbattere la porta, stavolta.

Lyle aveva appena terminato di sistemare la cucina

quando rientrò Caroline, con l'aria stanca e una valigetta traboccante di bozzetti da completare. Pochi minuti più tardi arrivò anche Charlie. Stavano parlando tutti e tre insieme quando Benjie rincasò dopo un turno serale al rifugio, andò in camera sua e, pochi istanti dopo, scese di nuovo, in preda al panico.

«Duke e Dottie sono spariti!» esclamò interrompendo la conversazione dei fratelli.

«Probabilmente stanno dormendo sul letto di qualcuno» gli disse Charlie. «Controlla nelle camere, devono essere là.»

Benjie risalì le scale due gradini alla volta e tornò poco dopo.

«Non ci sono» disse.

Charlie andò con lui di sopra, ma i cani non erano da nessuna parte. Aprirono anche le porte delle camere di Tommy e di Devon, invano.

A quel punto Charlie iniziò a preoccuparsi un po'.

«Un cane della taglia di Duke non può sparire nel nulla» disse a Benjie.

A Dottie piaceva nascondersi sotto i letti, quindi controllarono anche là. Si divisero per cercarli e dopo alcuni minuti tornarono; i cani erano scomparsi davvero.

Annabelle rincasò dopo essere uscita con un'amica e trovò i fratelli nell'ingresso che tentavano di decidere dove altro guardare.

Appena la vide, Benjie scoppiò in lacrime. «Abbiamo perso i cani!» gridò, agitatissimo.

«Non possono essersi persi, devono essere da qualche parte» ragionò lei, poi si unì agli altri per le ricerche.

«Forse sono stati rapiti...» gemette Benjie, senza riuscire a smettere di piangere.

Di colpo, Lyle si ricordò che Tommy aveva scordato di chiudere la porta d'ingresso e si chiese se i cani fossero usciti durante quei pochi minuti. Salì in fretta le scale per domandarlo al figlio, che stava ascoltando musica con le cuffie. Quando il padre entrò, se le tolse.

«Hai visto i cani?» gli chiese in tono agitato.

«No, perché?»

«Sono spariti e Benjie è in crisi. Li hai visti uscire quando eri seduto all'ingresso?»

Tommy fece cenno di no.

Quello era l'unico momento in cui avrebbero potuto scappare, ragionò Lyle. Tornò al piano di sotto per informare gli altri che la porta era rimasta aperta per alcuni minuti, perciò era probabile che i cani fossero usciti. Sentendo quelle parole, Benjie pianse ancora di più.

«Verranno uccisi. Al rifugio vediamo in continuazione cani che sono stati investiti. Verrano presi sotto da una macchina e Dottie è talmente piccola che morirà» singhiozzò.

Caroline tentò di calmarlo. «Benjie, Duke è un cane grande, la gente lo vedrà e lo eviterà. Ora usciamo tutti a cercarli.»

«Dottie non la vedranno» disse Benjie tra le lacrime.

I due cani erano i suoi migliori amici, li amava e con loro era estremamente responsabile.

«Preferisci aspettare qui o venire con noi?» gli chiese Caroline.

«Vengo con voi» rispose con un singhiozzo.

Uscirono tutti insieme e si sparpagliarono in diverse direzioni lungo le strade circostanti. Charlie e Lyle si diressero verso il parco, con Caroline e Benjie poco dietro di loro.

«A Duke piace andare nel parco» disse Benjie, ma tutti erano consapevoli che per i cani sarebbe stato pericoloso attraversare la trafficata Quinta Avenue per raggiungerlo. Caroline stava pregando tra sé di non imbattersi in uno dei due – o entrambi – gravemente ferito o addirittura morto. Ma lungo la strada non c'erano tracce dei cani. Alla fine i quattro entrarono a passo svelto nel parco e si guardarono in giro, ma non li videro neanche lì. Lyle salì in cima a una collinetta facendosi strada tra i cespugli, poi corse giù dall'altra parte. Charlie cercò dietro alcuni alberi e Benjie, seguito da Caroline, andò nei posti in cui li portava di solito. A un tratto Lyle lanciò un urlo, poi Caroline lo sentì fischiare e Duke si avvicinò di corsa lungo un sentiero, scodinzolando e con le orecchie svolazzanti, con un batuffolo bianco che trotterellava dietro di lui alla velocità che le sue zampette corte le permettevano, piena di foglie aggrovigliate nel pelo lungo. Duke posò le zampe anteriori sulle spalle di Lyle e gli leccò la faccia, poi vide Benjie e corse da lui.

Benjie aveva smesso di piangere e stava ridendo di felicità. Si mise in ginocchio e abbracciò Duke, che lo spinse a terra e gli leccò il viso, mentre Dottie abbaiava freneticamente. Benjie rimase sdraiato con Duke sopra di lui, mentre i fratelli si scambiavano sguardi di sollievo. Tutti si erano spaventati all'idea di ciò che avrebbe potuto succedere. Benjie, in particolare, era stato fuori di sé dalla preoccupazione e dal dispiacere.

«Grazie al cielo» sussurrò Lyle; Charlie sorrise alla gemella.

Caroline telefonò ad Annabelle, che era rimasta nei dintorni di casa, per dirle di rientrare e tenere d'occhio i bambini, informandola che avevano trovato i cani e sarebbero tornati a breve.

Lungo la strada, Lyle promise che in futuro Tommy sarebbe stato più attento. Il figlio li stava aspettando nell'ingresso con Annabelle e Devon; aveva l'aria sollevata e si scusò con Benjie, che lo abbracciò e lo perdonò subito. Andarono in cucina, dove Benjie diede ai cani dei premietti a mo' di bentornati e i due sembrarono apprezzare molto tutte quelle attenzioni dopo la loro avventura.

«Avevo paura che venissero investiti da una macchina» disse Benjie, ancora scosso.

Poi li portò nella sua camera e gli altri si concessero un bicchiere di vino per rilassarsi.

Più tardi, Caroline andò a controllarlo e lo trovò addormentato sul letto con le braccia intorno al collo di Duke e con Dottie che russava sommessamente al suo fianco. Si trattenne sulla soglia a osservarli; Charlie, che era salito dopo di lei, si fermò a sua volta.

«Tutto è bene ciò che finisce bene» sussurrò alla gemella, che chiuse piano la porta, grata che non fosse successo niente di brutto.

Sabato sera, Charlie andò a cena nel West Village a casa di Brady Walker, che aveva una terrazza con vista sul fiume Hudson. Era un ottimo cuoco e aveva preparato un delicato pasto indiano. Parlarono per ore del rispettivo lavoro e delle famiglie, oltre che di come era stato apprendere di essere gay e inserirsi nel loro mondo. Entrambi erano cresciuti a New York e avevano degli amici in comune, però non si erano mai incontrati. Lessero insieme l'articolo con l'intervista e a Charlie piacque moltissimo. Era rispettoso, pertinente e anche lusinghiero, inoltre Brady aveva riportato le sue parole con cura e precisione.

«Ci tenevo che ti piacesse» gli confidò.

«È così» confermò Charlie con un sorriso.

Dopo andarono a fare una passeggiata lungo il fiume e si baciarono al chiaro di luna.

Si sedettero su una panchina a parlare poi Charlie tornò a casa. Non voleva spingersi troppo avanti, preferiva dar modo ai loro sentimenti di crescere. Non intendeva buttarsi a capofitto e bruciare le tappe. Brady apprezzava quel modo di fare: si stavano corteggiando e stavano imparando a conoscersi. Nessuno dei due desiderava fare subito sesso rischiando che poi la cosa finisse in niente. Preferivano aspettare.

A casa, Caroline gli chiese come mai fosse tornato così presto.

«La stiamo prendendo con calma» le rispose, con aria felice.

«Voglio conoscerlo» gli disse la gemella con un sorriso gentile.

«Lo conoscerai. Anch'io voglio conoscerlo meglio.»

Anche Giorgio e Gloria stavano tentando di prenderla con calma, ma con meno successo. La crescente passione che c'era tra loro divenne pressoché incontrollabile alla terza cena insieme e, dopo la quarta, si ritrovarono a letto appena varcata la soglia di casa di lei per il solito drink. L'attrazione tra loro era così potente che non ne avevano mai abbastanza l'uno dell'altra.

Fecero l'amore fino all'alba poi rimasero abbracciati, esausti e appagati. Si addormentarono con la consapevolezza che il loro mondo non sarebbe stato più lo stesso; era come se fossero tornati a casa. In tutta la sua vita, Gloria non si era mai innamorata in quel modo.

Undici

CAROLINE accompagnò Annabelle alla successiva visita con il dottor Kelly. La gravidanza di sei mesi non si poteva più nascondere. Le due agenzie non le avevano ancora telefonato, però Rachel Adams l'aveva contattata dicendo che c'erano alcune persone interessate. Il comportamento di Annabelle all'inizio della gravidanza aveva dissuaso qualcuno, ma c'era ancora tempo per trovare la coppia giusta e organizzare l'adozione prima della nascita.

Il dottor Kelly si informò riguardo la sua decisione ed ebbe la conferma che era sempre convinta di non voler tenere il bambino. In casa si annoiava e usciva raramente. I suoi amici si incontravano nei locali a bere ma lei, che non poteva farlo, non si divertiva. Così restava a casa quasi tutte le sere e preferiva che nessuno sapesse della gravidanza. I tre mesi che mancavano le sembravano un'eternità.

Fisicamente tutto procedeva al meglio e la nuova ecografia mostrò che il bambino cresceva bene.

Mentre Annabelle si rivestiva, Ted Kelly parlò con

Caroline in corridoio. «Qualcosa mi dice che ha un sacco di cose da fare a casa.»

«Esatto» rispose lei ridendo. «Viviamo in sette sotto lo stesso tetto. Due bambini, cinque adulti e due cani. Non ci si annoia mai» spiegò con un sorriso.

«Lavora nel mondo della moda?» le chiese, incuriosito.

Lei fece cenno di sì.

«L'avevo intuito.»

Aveva un look semplice, essenziale e molto elegante.

Annabelle li raggiunse e il medico si trattenne con loro più a lungo del normale; gli piaceva parlare con Caroline sebbene non fosse una sua paziente, inoltre la ammirava per il solido supporto che dava alla sorella minore in quella situazione delicata. Annabelle sembrava priva di istinto materno, perciò, a parere del medico, aveva preso la decisione giusta, considerati anche il suo atteggiamento e la giovane età. Il dottore però era consapevole che separarsi dal bambino avrebbe potuto essere più difficile di quanto lei si aspettasse. Nei successivi tre mesi avrebbe sviluppato un attaccamento a lui sorprendentemente profondo. Lo aveva già visto accadere e presto intendeva avvisare Caroline di quella possibilità, se non direttamente Annabelle. Dare via il bambino avrebbe potuto rivelarsi più traumatico del previsto; separarsi dalla creatura che aveva appena fatto nascere era una cosa contro natura.

Mentre le due sorelle scendevano in ascensore per raggiungere l'ingresso dell'edificio, Annabelle sorrise a Caroline e dichiarò soddisfatta: «Gli piaci».

«Anche tu gli piaci. È un tipo simpatico» replicò lei.

Ancora non si capacitava che mancassero soltanto tre

mesi al parto e continuava a chiedersi cosa ne avrebbe pensato la loro madre.

«Non era quello che intendevo» puntualizzò Annabelle. «Intendevo dire che tu gli piaci. Non sei una sua paziente, perciò va bene.»

«Non gli piaccio in quel senso, non essere ridicola. Parla con me semplicemente perché sono lì con te. Lo fa perché è gentile.»

«Sei cieca: ti trova fantastica.»

«Faccio le veci della mamma.»

«Però non sei la mamma. Lei aveva sessantacinque anni, tu ne hai trentadue di meno e sei stupenda.»

«Grazie. Arriviamo in fondo a questa avventura, così potrai lasciartela alle spalle. Non è necessario che io rimorchi il tuo ginecologo nel frattempo» tagliò corto Caroline.

Trovava Ted Kelly molto attraente ed estremamente gentile, però non era interessata ad approfondire la conoscenza. Si ripromise di telefonare a Rachel Adams per sollecitarla: il tempo passava e occorreva trovare presto dei genitori adottivi. Voleva che tutto fosse organizzato e predisposto per quando fosse nato il bambino, in modo che per Annabelle il passaggio fosse rapido e senza contrattempi, così da minimizzare il più possibile il trauma. Poteva soltanto immaginare quanto sarebbe stato difficile.

Quella sera Caroline ne parlò con Lyle. Tommy pareva più contento, però il fratello le disse che aveva ancora problemi a scuola e scoppi d'ira che lo mettevano nei guai.

Amanda non vi prestava la minima attenzione e aveva appena avanzato un'altra serie di richieste. Voleva una macchina nuova ogni anno a spese di Lyle, una cifra complessiva per lo shopping, lezioni private per i bambini se occorrevano e una cifra astronomica per le vacanze estive. Le piaceva viaggiare in grande stile alloggiando in luoghi costosi e pretendeva che Lyle pagasse anche quello.

Durante l'estate Tommy sarebbe andato in campeggio nel Maine per sei settimane, che a Lyle sembrava un periodo lungo, mentre Devon avrebbe frequentato un esclusivo campo estivo in luglio e agosto, gestito dalla sua scuola. La bambina non voleva andarci e stava cercando una scusa per evitarlo.

Caroline stava tentando di organizzare una vacanza per agosto, dato che in luglio, con il bambino in arrivo, non poteva muoversi. Voleva essere presente per Annabelle prima, durante e dopo il parto. Anche Lyle sarebbe rimasto in città in luglio, per seguire un nuovo affare immobiliare. Charlie stava ipotizzando di fare un viaggio con Brady, magari in Grecia o in Turchia, oppure da qualche parte più vicino. Giorgio desiderava portare Gloria in Italia. I programmi estivi stavano dunque prendendo forma. Dopo il parto, Annabelle voleva fare un viaggio con gli amici, per festeggiare la ritrovata libertà. Fino a quel momento la gravidanza non era stata difficile, ma gli ultimi mesi avrebbero potuto diventarlo. L'idea di dover partorire la terrorizzava; avrebbe preferito che la addormentassero, o addirittura che le facessero il taglio cesareo, ma Ted Kelly le aveva spiegato che non c'erano ragioni mediche, perciò lo aveva escluso, optando per l'epidurale. Alla fine di quella fatica non ci sarebbe stato nessun premio per lei; avrebbe dato alla luce un bambino che non avrebbe tenuto, perciò non era motivata a essere coraggiosa e voleva che fosse più facile e indolore possibile.

Il giorno dopo la visita di Annabelle, Gloria annunciò che voleva presentare Giorgio a tutti loro e propose di organizzare una cena la domenica sera. Agli altri fece piacere, erano curiosi di conoscerlo. Da qualche indizio si era intuito che anche Charlie stava frequentando qualcuno, lui però non era pronto a presentarlo in famiglia. Era stato molto discreto e riservato in proposito. Aveva confidato a Caroline che non voleva affrettare le cose, con il rischio che Brady si spaventasse. La gemella comprese le sue cautele: Giorgio se la sarebbe cavata anche davanti al più nutrito gruppo di parenti, ma non sapeva se per Brady valeva lo stesso, sebbene fosse un giornalista.

La domenica sera, Giorgio si presentò da loro all'orario stabilito. Caroline e Annabelle erano occupatissime a cucinare, Benjie, Tommy e Devon avevano apparecchiato la tavola e Lyle faceva del suo meglio per aiutare e stappò il vino. Charlie, che era stato tutta la giornata fuori con Brady, rientrò giusto in tempo per la cena, contento di vedere Giorgio, che pareva un po' confuso mentre tentava di ricordare i nomi di tutti. Benjie chiacchierò con lui tranquillamente e gli presentò i cani. Giorgio amava i cani, aveva due cocker spaniel.

Quando si riunivano tutti insieme c'era sempre un'atmosfera di festa, e quella sera a maggior ragione, con

Giorgio fra loro. Aveva affrontato la serata con lo spirito giusto, circondato da così tante persone nuove in una volta sola. Guardava in continuazione Gloria e le sorrideva, come per rassicurarla che era a proprio agio, allora lei si rilassò. A un certo punto le sussurrò: «Aspetta di vedere le cene della mia famiglia: sono molto più caotiche di questa!»

Lei rise e Giorgio le diede una pacchetta sulla gamba sotto il tavolo, impaziente di tornare a casa e andare a letto insieme; era felice che non abitasse con la sua famiglia. Gli piaceva stare da solo con lei, però quella sera si era trovato bene insieme a tutti i Whittier. Aveva riso, apprezzato il vino, gustato il cibo e flirtato con Gloria; sulla strada del ritorno le disse che era contento di averli conosciuti. Nell'istante in cui misero piede nell'appartamento e chiusero la porta, caddero l'uno nelle braccia dell'altra. Non arrivarono nemmeno in camera ma fecero l'amore su uno dei divani del soggiorno.

«Allora, cosa pensi di loro?» chiese Caroline a Lyle dopo che la coppia fu andata via.

«Penso che nostra sorella non sia mai stata più felice» rispose con un sorriso. «Lui è un uomo fantastico, spero proprio che funzioni tra loro.»

«Credete che si sposeranno?» domandò Annabelle.

«Chissà. Comunque, non sono sicura che abbia importanza» rispose Caroline, e Charlie concordò con lei.

«La mamma diceva che Gloria non si sarebbe sposata prima dei quarant'anni: come sempre, aveva ragione.»

«Sembrano così felici...» disse Annabelle.

Stava cominciando a pesarle il fatto di avere un figlio

da un ragazzo di cui non era innamorata e che non la amava. Ormai sentiva il bambino muoversi costantemente, addirittura la teneva sveglia di notte. Era sempre preoccupata per il dolore del parto e temeva che non si trovasse nessuno disposto a adottarlo. Quando aveva visto Gloria, aveva compreso all'improvviso come dovesse essere per lei l'amore, tra due persone che si prendevano davvero cura l'una dell'altra.

Vederli insieme aveva colpito tutti: Gloria era raggiante e la loro storia, anche se era nata da poco, sembrava molto promettente.

La mattina dopo, a colazione, ne stavano ancora parlando. Caroline e Charlie erano di buonumore quando uscirono per andare al lavoro. Anche Lyle lo era: aveva riunioni tutta la mattina e non controllò le e-mail fino a mezzogiorno. Quando lo fece, ne vide una che gli mozzò il respiro. Non riusciva a credere che Amanda avesse potuto fargli una cosa simile.

Chiamò immediatamente il suo avvocato; quando Jeff rispose, a Lyle tremava la voce.

«Cosa succede? La mia segretaria ha detto che è urgente» esordì Jeff, che era uscito da una riunione per parlargli.

«Ho appena ricevuto una comunicazione dall'Agenzia per la tutela dei minori: dice che sono sotto indagine perché sottopongo i miei figli a un ambiente inadeguato. Sostiene che viviamo nel caos, insieme a membri pericolosi della mia famiglia. Sarei sospettato di esporli a trascuratezza e rischi, e che di conseguenza mio figlio ha problemi comportamentali a scuola.»

Mentre leggeva l'elenco all'avvocato, era sull'orlo delle lacrime.

«C'è qualcosa di vero?» chiese Jeff.

Riteneva molto improbabile che quelle accuse fossero fondate. La sua ex moglie lo stava solo mettendo in difficoltà per spillargli ancora più denaro. Sarebbe ricorsa a qualunque espediente o bassezza.

«È vera la questione di mio figlio: ha problemi a scuola. Ha conosciuto i fidanzati di Amanda ed è turbato per il divorzio. Quando è con me va da uno psicologo.»

«Allora non hai niente di cui preoccuparti.»

«Spero che tu abbia ragione. Se ci si impegna si può far apparire brutta qualsiasi cosa. Abito nella casa dei miei genitori finché decideremo se venderla o meno. È una casa enorme, stupenda, in una zona prestigiosa vicino alla Quinta Avenue. Con me ci sono quattro dei miei fratelli e sorelle, sono tutte persone rispettabili, ma i servizi sociali potrebbero non pensarla allo stesso modo. Mio fratello minore è autistico, con lievi sintomi della sindrome di Asperger. È bravissimo e ha un lavoro, abita lì con i suoi due cani. Mia sorella più giovane ha ventun anni, è single ed è incinta, darà il bambino in adozione. Anche i due gemelli, un maschio e una femmina, abitano lì; lui è gay, cosa che potrebbero considerare inadeguata.»

«Non siamo nel Medioevo» gli ricordò Jeff. «Qualcuno di loro si droga o è alcolista?»

«No.»

«Qualcuno è stato arrestato?»

«No.»

«Qualcuno vive lì con il partner e fanno sesso sotto gli occhi dei bambini?»

«No a entrambe le domande.»

«In casa si verificano abusi verbali o fisici?»

«Naturalmente no.»

«I cani sono aggressivi? Hanno mai attaccato i bambini?»

«No, però uno è un alano.»

«Se non è un pitbull, siamo a posto. L'altro che cane è?»

«Una chihuahua. Dicono anche che di recente c'è stato un incendio. Mio fratello ha tentato di preparare i cupcake con i miei figli, li hanno dimenticati nel forno e si sono bruciati, ma non hanno preso fuoco. Si sono attivati gli allarmi antifumo, tutto qui.»

Amanda era determinata a creare problemi e a metterlo in cattiva luce.

«Andrà tutto bene, Lyle. Non è illegale essere gay o avere la sindrome di Asperger, essere incinta fuori dal vincolo del matrimonio e nemmeno bruciare i cupcake. Sembra una famiglia come tutte le altre. Credimi, vedono molto di peggio ogni giorno... e non in un'enorme dimora vicino alla Quinta Avenue. C'è qualcuno che controlla i bambini? E tuo fratello ha bisogno di una persona che lo aiuti?»

«Abbiamo una governante e una tata per i miei figli. Inoltre mia sorella, mio fratello e io stesso siamo presenti per i bambini e per nostro fratello minore. Lui lavora tutti i giorni in un rifugio per animali. Mia sorella incinta non lavora e adesso è a casa per la maggior parte del tempo.»

«Amanda si sta divertendo a tormentarti. Quelli dei servizi sociali usciranno da casa tua ridendo.»

«Lo spero» sospirò Lyle, terrorizzato alla prospettiva che gli togliessero i figli.

«Devono intervenire quando ci sono queste segnalazioni; alcune sono fasulle mentre altre sono reali. Riconosceranno immediatamente questa per quello che è. Mi spiace dirlo, ma la donna che hai sposato è una strega. Non sono affatto preoccupato. Affideranno il caso a qualcuno, che ti contatterà entro ventiquattr'ore, poi hanno sessanta giorni di tempo per fare le verifiche e giungere a una conclusione.»

«Cosa faranno, si presenteranno a sorpresa?»

«In genere sì, di solito non danno preavviso. Magari non organizzare festini e non cominciare a spacciare droga sotto casa nelle prossime settimane» ironizzò l'avvocato.

«Avvertirò i miei fratelli di non farlo» replicò Lyle tentando di assumere un tono allegro.

Era la cosa più cattiva che Amanda gli avesse fatto e non gliel'avrebbe mai perdonata. Si domandò cosa dire ai figli. Si augurava soltanto che le persone che sarebbero andate a indagare fossero ragionevoli e capissero che la loro era una famiglia amorevole e perbene.

Quella sera avvisò i fratelli che, scioccati, gli dimostrarono tutta la loro comprensione e il loro appoggio.

«È proprio una stronza» sibilò Charlie.

«Andrà tutto bene» lo rassicurò Caroline.

«Vuoi che mi trasferisca?» si offrì Annabelle. «Posso stare da un'amica se fa una brutta impressione che io sia qui.»

Ciascuno voleva aiutarlo meglio che poteva.

«Io posso tornare al loft» intervenne Charlie.

«Nessuno si trasferirà» dichiarò Lyle. «Come ha detto il mio avvocato, non spacciamo, non ci buchiamo e non ci picchiamo a vicenda. Siamo gente perbene, quindi Tommy e Devon sono fortunati a stare qui. Posso trasferirmi anch'io se volete, dato che sono la causa del problema» aggiunse, sentendosi in colpa.

«Nessuno andrà da nessuna parte» disse Caroline in tono deciso. «Possono fare tutte le indagini che vogliono: siamo una famiglia, siamo persone vere, stiamo insieme e ci prendiamo cura gli uni degli altri. Siamo orgogliosi di noi, proprio come lo erano mamma e papà. Siamo quello che una famiglia dovrebbe essere, e quando sarà il momento lo affronteremo. Nessuno se ne va da qui.»

Si guardò intorno e gli altri annuirono. Stava diventando sempre più simile alla loro madre, forte e premurosa verso tutti.

Quella notte Lyle rimase sveglio a pensare ad Amanda, odiandola ancora di più. Aveva voluto essere giusto e generoso con lei, mentre in quel momento avrebbe preferito non averla mai incontrata, tranne che per i figli che avevano avuto. Temeva la visita dei servizi sociali, però sapeva anche che Caroline aveva ragione: erano una famiglia, con tutte le debolezze, le manie e i punti di forza di ogni famiglia, anzi meglio di tante altre. Qualunque menzogna avesse raccontato Amanda, non avrebbe cambiato quel dato di fatto. Quando gli assistenti sociali si fossero presentati, i Whittier sarebbero stati pronti ad accoglierli per mostrare loro come fosse una famiglia normale.

Dodici

Due giorni dopo aver ricevuto la segnalazione dell'avvocato di Amanda contro Lyle, all'agenzia ne presero visione. Erano sovraccarichi di lavoro e sottorganico, perciò si occupavano delle richieste in base alla presunta gravità dei casi, in genere entro le ventiquattr'ore previste. Poiché quella non menzionava danni fisici ma alludeva a un ambiente inadatto, e dato che fino a quel momento nessuno si era fatto male, la pratica era in fondo alla pila.

Secondo la madre, i Whittier «vivevano come zingari», erano una famiglia disfunzionale, dove un membro «disabile» rappresentava una potenziale minaccia e aveva provocato un incendio che aveva coinvolto i suoi figli. Si riferiva a loro come alla versione in carne e ossa della Famiglia Addams, in cui i bambini erano circondati da persone poco raccomandabili. Le insinuazioni e le descrizioni acide dei parenti dell'ex marito facevano sospettare che si trattasse di una vendetta contro di lui, perciò il responsabile, Ike Fellowes, non aveva ritenuto credibile la denuncia. In passato aveva visto fin troppe segnalazioni come quella, usate come arma nei divorzi particolarmente combattuti, di solito tra persone con molto denaro, che spesso era il motivo alla base della contestazione. Tuttavia, una volta che era stata presentata, loro erano tenuti a indagare ugualmente.

A volte simili segnalazioni contenevano solo menzogne, ogni tanto c'era qualcosa di vero, oppure una ex moglie era semplicemente arrabbiata per una nuova fidanzata e la accusava di essere una poco di buono. Non c'erano accenni a una cattiva condotta sessuale, o peggio, a carico del padre. Le segnalazioni che menzionavano questo genere di problemi avevano la priorità e venivano prese in carico immediatamente, benché a volte purtroppo fosse tardi. In quel caso specifico, però, l'affermazione della madre riguardo a cani selvatici che girovagavano per la casa e a una famiglia che somigliava a quella di una serie tv non lo impressionò. Neanche l'indirizzo dei Whittier, dove i bambini vivevano per metà del tempo, suscitò la sua preoccupazione, benché gli abusi potessero verificarsi anche nelle famiglie più ricche. Fellowes rilesse il documento e sospirò. Detestava il fatto che la gente usasse le loro già limitate risorse e il loro poco tempo soltanto per infastidirsi a vicenda e gli sembrava che quella pratica rientrasse proprio in quella categoria.

La affidò a Daphne Dawson, da poco nella sua squadra.

Daphne frequentava il master in Scienze sociali alla Columbia e stava completando le 1.200 ore di tirocinio necessarie per ottenere il diploma. Originaria di Chicago, aveva trentadue anni ed era affidabile e seria; trattava ogni caso con la massima diligenza, senza trascurare alcun dettaglio mentre indagava sulle segnalazioni fatte dalla polizia o da privati cittadini. A volte Ike l'aveva trovata troppo zelante, ma era meglio così piuttosto che superficiale e negligente. Prima della scuola di specializzazione si era laureata in Sociologia alla Northwestern University, dove era stata la migliore studentessa del suo corso.

Ike la convocò nel suo ufficio e le consegnò il documento.

«Dagli un'occhiata» disse con espressione seria.

La descrizione del numero di persone che abitavano nella casa faceva pensare a un alloggio popolare e gli inquilini venivano dipinti come i pazienti di un manicomio.

«Non sembra un ambiente sano per dei bambini. A quanto si legge, pare che la persona disabile sia piromane e pericolosa» disse la giovane, restituendo il documento al responsabile.

«Questo caso può essere parte integrante della tua formazione come assistente sociale, Daphne. Potrebbe essere tutto vero, ma a me puzza di divorzio difficile, probabilmente per estorcere più soldi al marito. In genere queste segnalazioni sono fasulle, però non possiamo ignorarle. L'indirizzo esclusivo potrebbe nascondere una quantità di peccati, o magari sono tutti innocui. Ho fatto parecchi controlli di questo tipo all'inizio della mia carriera, ora è il tuo turno. Quasi certamente sarà una perdita di tempo.»

Daphne aveva già avuto la percezione del cinismo di Ike, il quale si rese conto che la giovane collega non gli credeva completamente. Era scrupolosa fino all'eccesso, a volte un po' ingenua, sempre determinata a non lasciare nessun bambino in situazioni rischiose. Nei sei mesi in cui aveva lavorato lì aveva tolto oltre una decina di minori da circostanze davvero pericolose, collocandoli in famiglie affidatarie, cosa che non sempre si rivelava migliore.

Daphne Dawson era una brava persona e sarebbe diventata un'ottima assistente sociale, rifletté Ike.

«Devo fare subito una visita a domicilio senza preavviso?» gli domandò, incerta se le regole di base fossero diverse dato che si trattava di un indirizzo così esclusivo.

Di solito i sopralluoghi si svolgevano a sorpresa, in modo da poter cogliere l'atmosfera reale della casa.

«In genere lo faresti?» replicò Ike, appoggiandosi allo schienale della sedia.

Daphne aveva il tipico aspetto della ragazza della porta accanto. Ike era prossimo alla pensione e la giovane rappresentava una boccata d'aria fresca in confronto agli altri colleghi, esausti, arrabbiati e disillusi. Avevano assistito a troppe tragedie per non esserne influenzati: bambini cui era stata lanciata addosso la candeggina o che erano stati picchiati selvaggiamente e avevano riportato danni cerebrali permanenti, undicenni incinte violentate dai padri. Uno strazio senza fine. Ike non si aspettava che la segnalazione a carico del signor Whittier rientrasse in quella casistica, però non si poteva mai sapere.

«Di solito non prendo un appuntamento, mi presento a sorpresa, come dovremmo fare» rispose Daphne.

«Allora fallo. Fidati del tuo istinto» le consigliò Ike. «In alcuni casi è meglio non credere a quello che vedi, sotto c'è sempre qualcosa di più; molte persone nascondono dei segreti.»

Daphne annuì.

«Potrebbe trattarsi di qualcosa di innocuo, oppure no» proseguì lui.

«Ho il tempo di passarci oggi, per una prima valutazione. Però forse è un po' tardi...»

«Meglio, vedrai più cose se non si aspettano la tua visita. Buona fortuna.»

Le sorrise mentre lei usciva dall'ufficio con aria serissima. Daphne considerava ogni caso il più importante che avesse mai trattato. Ike si augurava che questo si sarebbe rivelato inconsistente come lui credeva; il riferimento alla Famiglia Addams gli faceva pensare che fosse così.

Dopo la conversazione con Ike, Daphne fu occupata per tutta la giornata. Doveva andare a vedere come stava una bambina celebrolesa che lei aveva fatto andare in una casa-famiglia, inoltre doveva fare una relazione su due famiglie affidatarie, una delle quali era stata oggetto di una segnalazione sospetta.

Avrebbe fatto visita a una bambina di nove anni salvata dalla polizia che era stata usata come schiava sessuale da un gruppo di sfruttatori. Sulla lista di Daphne c'era anche una nonna che viveva di sussidi e si prendeva cura di sette nipoti al posto della figlia, che era in carcere. I servizi sociali volevano dividere i bambini per darli a famiglie affidatarie, ma la nonna li stava supplicando di non farlo; lei però vendeva marijuana per racimolare qualche soldo extra ed era stata denunciata da un vicino di casa. Quasi tutti i casi di cui doveva occuparsi erano tragici o rischiavano di diventarlo, e coinvolgevano bambini che si sarebbero trasformati in adulti gravemente danneggiati, anche pericolosi, intenzionati a pareggiare i conti per quello che avevano subìto, molti dei quali finivano in prigione.

Terminò l'ultima visita alle cinque e mezzo del pomeriggio, senza avere avuto il tempo di pranzare. Lo faceva di rado, oppure mangiava un panino durante i tragitti fra un sopralluogo e l'altro. Guardò l'orologio e si sorprese di quanto fosse tardi; non sarebbe arrivata dai Whittier prima delle sei. Non aveva problemi a lavorare fino a tardi, le capitava spesso, anzi in genere vedeva più cose in quegli orari, grazie al fattore sorpresa; rifletté che anche quel giorno poteva essere così, perciò decise di non rimandare e rimase sulla metropolitana finché raggiunse la fermata giusta.

Daphne abitava a Brooklyn con due coinquilini; il quartiere in cui si stava avventurando, diretta verso Central Park, le era sconosciuto. A Chicago i suoi genitori abitavano sul lago e lei era cresciuta in un ambiente benestante. Aveva una solida etica del lavoro, come il fratello, che aveva cinque anni più di lei e faceva il chirurgo plastico a Chicago. Il padre era uno stimato cardiologo, mentre la madre faceva l'ostetrica.

I palazzi che vedeva lungo la strada non avevano niente a che fare con i condomini dove si recava per le visite a domicilio nei quartieri più degradati della città. Questi erano edifici eleganti con i portieri in uniforme. Negli ultimi due isolati c'erano diverse magnifiche ville di inizio Novecento, con facciate imponenti e siepi potate in maniera impeccabile. Controllò l'indirizzo e raggiunse la più grande di quelle antiche dimore. Era una villa immensa che doveva essere stata costruita da persone molto importanti. Aveva una spettacolare facciata in pietra decorata. Daphne la ammirò stupefatta, salì i gradini per raggiungere il portone di legno con il battacchio d'ottone e suonò il campanello, sorridendo al pensiero che avrebbe potuto aprirle un maggiordomo. Invece non rispose nessuno, così suonò di nuovo.

Dopo qualche istante il portone si aprì lentamente, però davanti a sé non vide nessuno. Abbassò lo sguardo e scorse una bambina con scarpette da ballo rosa, un body dello stesso colore e un tutù con sopra dei cuoricini luccicanti.

«Ciao, mi chiamo Devon. Mia zia sta cucinando. Non dovrei aprire io la porta, ma tutti gli altri sono occupati. Domani ho il saggio di danza.»

Daphne, di solito serissima, fece un sorriso e la sua espressione si addolcì.

«Il tuo tutù è molto grazioso» disse alla bambina.

Rimasero a guardarsi, in attesa che arrivasse un adulto. Dal piano di sopra giungeva della musica ad alto volume, del genere che ascoltano gli adolescenti, e dalle stanze interne giungevano delle voci.

«Puoi andare a chiamare qualcuno?» le suggerì Daphne.

«Va bene.»

Devon però aveva paura che la sgridassero per aver aperto a una sconosciuta, quindi non disse a nessuno che la donna era lì.

Con la porta spalancata, Daphne rimase in attesa nella tiepida sera primaverile, all'esterno di quella che in passato doveva essere stata una magnifica dimora; notò che gli oggetti antichi nell'ingresso apparivano un po' consunti, tuttavia l'interno trasudava un'eleganza e un lusso d'altri tempi. Mentre sbirciava dentro, un giovane alto le passò accanto e rimase sorpreso di vederla. Una specie di pony lo seguiva a grandi passi, poi all'improvviso scattò in avanti, si alzò sulle zampe posteriori, mise quelle anteriori sulle spalle di Daphne rischiando di farla cadere e le leccò la faccia.

«Non dovrebbe lasciare la porta aperta» la rimbrottò il giovane. «I cani potrebbero scappare.»

Daphne stava tentando di spingere giù l'enorme ed esuberante animale, quando comparve una bella ragazza incinta, che richiamò il cane.

«Benjie, porta Duke di sopra» disse rivolta al ragazzo.

Lui lo tirò per il collare e lo staccò da Daphne, poi Annabelle le si avvicinò: «Mi dispiace molto. Sta bene?»

Daphne stava cercando di raddrizzarsi la giacca e asciugarsi il viso, sforzandosi di mantenere un contegno formale e dignitoso.

«Posso aiutarla?» aggiunse Annabelle, immaginando che fosse un'amica di Caroline e Charlie, benché non apparisse chic, anzi piuttosto dimessa. Aveva una valigetta strapiena e malconcia, ed era giovane e carina.

«Sono Daphne Dawson, dell'Agenzia per la tutela dei minori» si presentò lei in tono formale.

Per un attimo Annabelle sembrò confusa ma poi ricordò ciò che aveva fatto Amanda. Si era quasi dimenticata che Lyle li aveva avvisati di un possibile sopralluogo.

«Oh, certo... Mi perdoni. Mio fratello non è ancora rientrato dal lavoro. Vuole accomodarsi?»

Daphne la seguì nell'atrio con l'imponente scalinata.

Caroline uscì dalla cucina e si rivolse alla sorella, ignorando la sconosciuta che era con lei.

«Ho bruciato la pizza. Ne ordino un'altra?»

Avevano stabilito dei turni in cucina e quella sera toccava a lei, perciò era rientrata a casa in tempo. Indossava ancora l'abito che aveva in ufficio e le Louboutin con il tacco alto. Daphne la fissò ammirata.

Annabelle guardò la sorella con espressione seria. «Lei è la signorina Dawson, dei servizi sociali. Il portone era aperto e Duke stava cercando di dimostrarle tutto il suo affetto.»

Di colpo Caroline parve preoccupata. «Chiedo scusa. È un cane grosso ma innocuo, vuole bene a tutti. Desidera accomodarsi e aspettare mio fratello? Non è ancora rientrato.»

«Aspetterò» rispose Daphne in tono determinato; il primo impatto con la casa era stato piuttosto snervante. «I bambini ci sono? Ho già visto la femmina, mi ha fatto entrare lei, indossava un tutù.»

Caroline si accigliò. «Non dovrebbe aprire la porta. Io non ho sentito il campanello. Comunque sì, certo, i bambini sono qui.»

Non le andava di far incontrare l'assistente sociale con Tommy e Devon in assenza di Lyle, tuttavia non voleva nemmeno dirle di no. Così chiese ad Annabelle di chiamarli, poi accompagnò Daphne nell'ampio ed elegante soggiorno e le offrì un bicchiere d'acqua, che lei però rifiutò. Si accomodò con grazia in una grande poltrona antica con la fodera di velluto lisa, mentre Caroline, scusandosi, si allontanò per qualche istante.

Scrisse a Lyle un concitato messaggio per avvisarlo che i servizi sociali erano lì e di rientrare immediatamente. Lui le rispose che sarebbe arrivato entro quindici minuti, quindi Caroline tornò in soggiorno e si sedette con la loro ospite.

Un attimo dopo le raggiunsero Tommy e Devon. Il padre li aveva avvertiti che sarebbe potuto succedere, ma Caroline non era certa che se ne ricordassero. Daphne sorrise loro, mentre Annabelle andò in cucina.

Benjie stava dando da mangiare a Duke e Dottie. «Chi è quella signora?» chiese alla sorella.

«Deve incontrare Lyle» si limitò a rispondere Annabelle.

«Lui non c'è» replicò il fratello.

«Lo so. Non far uscire i cani, tienili qui.»

«A Duke lei piace.»

«Potrebbe spaventarla» replicò Annabelle, consapevole di quanto Lyle fosse preoccupato.

In soggiorno, Caroline e i bambini sedevano in maniera educata mentre Daphne chiacchierava con loro. Domandò se abitavano anche in un'altra casa, cosa che già sapeva.

«Sì, con la nostra mamma» le rispose Tommy, mentre la sorellina annuiva.

«Ha un appartamento» aggiunse Devon. «Lo venderà, ne vuole uno più bello.»

«Vi piace abitare qui?» chiese.

Devon rispose per prima. «Sì, e anche i nostri zii e le nostre zie abitano qui, tranne la zia Gloria. Tutti gli altri abitano qui con noi.»

La bimba indicò Caroline, che sorrise all'assistente

sociale sforzandosi di apparire rilassata e accogliente con i suoi tacchi alti e il sofisticato abito nero.

«Mio fratello gemello e io abitiamo a SoHo, ma i nostri genitori sono morti alcuni mesi fa, così ci siamo ritrovati qui tutti insieme in attesa di sistemare le questioni burocratiche legate all'eredità e decidere se vendere questa casa. Per il momento, almeno la usiamo.»

«È bellissima. Quante camere ci sono?»

«Quattordici. Siamo cresciuti tutti qui e detestiamo doverla vendere; però non sarebbe ragionevole tenerla. Ora stiamo qui in memoria dei vecchi tempi, inoltre questa sistemazione dà a mio fratello maggiore – il padre dei bambini – il tempo di cercare un appartamento per loro tre. I bimbi stanno con noi a settimane alterne.»

«In quanti abitate qui?» indagò Daphne.

«In cinque. Ha già conosciuto mia sorella e mio fratello minore, il proprietario del cane, che vivevano qui già da prima, con i nostri genitori. Poi ci siamo io, mio fratello maggiore e il mio gemello. Abbiamo ancora le nostre vecchie camere e altre per gli ospiti.»

Daphne si rivolse di nuovo ai bambini. «Voi avete le vostre camerette?» Era una domanda di rito, che però in quella situazione appariva ridicola.

Loro annuirono con entusiasmo.

«Dottie dorme con me» la informò Devon.

«Chi è Dottie?» chiese Daphne, confusa; c'erano troppe persone di cui tenere traccia.

«È la cagnolina di mio zio, una chihuahua. Duke dorme con lo zio Benjie.»

«Già, credo di aver conosciuto Duke» sorrise Daphne.

In quel momento, Lyle entrò in soggiorno con aria trafelata. Si avvicinò rapidamente a Daphne e le strinse la mano, sorpreso dalla sua giovane età. Lo guardava con un certo imbarazzo, come se si sentisse un'intrusa e lui ebbe l'impressione che fosse una persona mite.

«Chiedo scusa, ero per strada, ma sa, l'ora di punta...» si giustificò.

«È colpa mia di essermi presentata così tardi, ma ho pensato che fosse un buon orario per beccarla in casa» replicò lei. «Mi scusi, intendevo dire trovarla in casa...» si corresse arrossendo.

Sopraffatta dal numero di persone e dalla magnifica dimora, si sentì sciocca a trovarsi lì; la bellezza di Lyle, poi, la colse alla sprovvista, inoltre ebbe la percezione che la sua gentilezza fosse sincera. All'improvviso comprese cosa intendesse dire Ike; l'istinto le suggeriva che all'origine di quella segnalazione ci fosse una ragione diversa dal proteggere i bambini. Quella non le sembrava affatto una famiglia di vagabondi, le parevano tutte brave persone. La sorella che aveva atteso con lei in soggiorno, così chic e raffinata, aveva l'aria di essere pienamente responsabile. La sorella incinta pareva matura nonostante la giovane età. Lyle indossava un completo ed era rientrato a un orario decoroso. C'erano tanti adulti, e Devon aveva detto che avevano una babysitter. Il cane era un po' grosso, ma chiaramente amichevole. Abitavano in tanti lì dentro, tuttavia con quattordici camere e una dimora di quelle dimensioni, ciò non costituiva un problema. Daphne comprendeva anche le ragioni di quella scelta, in attesa di vendere la casa della loro infanzia, e ne fu perfino commossa.

«L'aspettavamo» le disse Lyle con calma mentre si sedeva.

«Siamo sommersi di lavoro» replicò lei.

«Ha ancora bisogno che i bambini stiano qui?»

«Riparlerò con loro più tardi» gli rispose Daphne, che intendeva affrontare la questione del comportamento prepotente e aggressivo di Tommy a scuola.

Lyle disse ai figli di andare di sopra e Caroline si allontanò insieme a loro.

Poi si rivolse a Daphne. «La mia ex moglie ha fatto questa segnalazione soltanto per tormentarmi. Lei può accedere a tutto ciò che riguarda la mia vita e quella dei miei figli, ma è soltanto una questione di soldi, non c'entrano i bambini. So che la mia parola non è sufficiente, però si tratta di questo.»

Daphne stava cominciando a credere che fosse la verità. C'era un'accogliente atmosfera famigliare nell'allegro caos che vedeva intorno a loro.

«I suoi figli sembrano molto felici.»

Erano in ordine, ben nutriti e rilassati, non parevano stressati né a disagio, anche con un'estranea. Daphne riconosceva i segnali di un contesto disfunzionale e lì non ce n'erano. Quei bambini non erano maltrattati, erano amati e vivevano in un ambiente stabile, benché movimentato.

«Sì, sono felici, nonostante mio figlio abbia manifestato segni di stress per il divorzio. Stiamo andando da uno psicologo. La mia ex non vuole portarlo, perciò ci va una volta alla settimana quando è con me. Mi pare che sia utile. Devon si sta adattando meglio, forse perché è più piccola.»

«Molti bambini reagiscono con rabbia al divorzio, soprattutto i maschi.»

«La loro madre frequenta altri uomini e credo che questo lo preoccupi.»

Stava incolpando Amanda in maniera consapevole e la cosa non sfuggì a Daphne.

«Lei frequenta qualcuna?» gli chiese con un certo imbarazzo, sentendosi più che mai una ficcanaso.

Lyle era un uomo intelligente e rispettabile, e lei gli stava domandando se usciva con una donna, però faceva parte del suo lavoro.

«No» le rispose. «Non ne ho il tempo, con i bambini qui, inoltre non voglio. Sto cercando di sistemare il patrimonio dei miei genitori ed è un lavoro a tempo pieno, insieme a quello che svolgo ogni giorno.»

«Cosa fa?» si informò, poiché non lo ricordava.

«Mi occupo di sviluppo del territorio e di immobili commerciali. Certi giorni riesco a lavorare da casa, ma per la maggior parte del tempo vado in ufficio. Quando ci sono i bambini, la sera faccio in modo di rientrare per le sei o le sette e ceniamo insieme» le spiegò.

Daphne aveva la sensazione che la sua attività fosse molto remunerativa e probabilmente la sua ex moglie mirava al denaro.

«C'è qualcosa che posso dirle o mostrarle per assicurarle che i miei figli sono ben accuditi? Vuole conoscere i miei fratelli e sorelle?»

«Credo di aver conosciuto le due sorelle che abitano qui» rispose lei con un po' di esitazione.

In quel momento arrivò Charlie, che accennò un saluto dalla porta del soggiorno. Lyle gli fece segno di avvicinarsi. Lui, bello ed elegante con un blazer e i jeans, sorrise a Daphne.

«Questo è mio fratello Charlie. Per il momento abita qui anche lui.»

Confuso, Charlie si domandò se Lyle avesse un appuntamento con quella giovane donna, che però gli sembrò un po' castigata e non molto interessante.

«Lei è Daphne Dawson, dei servizi sociali» spiegò Lyle.

Di colpo Charlie capì e le sorrise di nuovo.

«Scusatemi, non intendevo intromettermi.»

Mentre stavano conversando, arrivò Benjie.

«Possiamo andare in palestra?» chiese a Charlie.

«Stasera non posso» rispose lui. «Domani, te lo prometto.»

Benjie allora uscì dal soggiorno e Lyle ne approfittò per affrontare l'argomento.

«Benjie ha una forma lieve di autismo, al limite dell'Asperger nelle competenze sociali, a volte. Da cinque anni lavora in un rifugio per animali e se la cava molto bene. Certe volte è impacciato nelle relazioni sociali, certe altre no. D'altronde, chi non lo è? Sul lavoro gli vogliono bene, è una persona amabile, gentile e responsabile, inoltre adora i miei figli.»

«Quando sono entrata ho conosciuto il suo cane» disse Daphne con un sorriso mesto. «È più alto di me e per poco non mi ha buttata giù per farmi le feste.»

Tutti e tre risero, poi Charlie andò via di fretta perché doveva incontrare Brady.

Daphne si alzò.

«Le sto facendo fare tardi per la cena con i bambini. Vorrei incontrarli ancora una volta, soltanto per fare loro qualche domanda di routine. Vorrei anche andare alla scuola di Tommy per capire i problemi che ha avuto.»

«E dopo cosa succede?» le chiese Lyle, ancora preoccupato.

«Niente. Se valuterò che le cose sono in ordine e i bambini stanno bene, accantoniamo la pratica per un anno. Se riceviamo un'altra segnalazione la prenderemo seriamente; altrimenti, sarà archiviata.»

«Quindi la mia ex moglie può continuare a oltranza?»

«Tecnicamente sì, ma nella pratica no. Se appuriamo che i suoi reclami sono infondati, oppure irresponsabili e frivoli, presteremo molta meno attenzione la prossima volta che ci contatta. Non abbiamo tempo per false rimostranze o per chi ci usa per punire qualcuno. Ogni giorno salviamo la vita a dei bambini: abbiamo bisogno di tutto il nostro personale per farlo. Sinceramente mi sembra che i suoi figli stiano bene, inoltre questo non è il campo nomadi che la sua ex moglie ha descritto. È una famiglia bellissima e affettuosa, siete fortunati» disse sorridendogli. «Fisseremo un appuntamento per rivedere i bambini, poi scriverò la mia relazione. Le telefonerò, signor Whittier» concluse mentre lui la accompagnava alla porta e le stringeva la mano con sollievo.

Poi gli venne un'idea. «Vuole vedere le loro camere?» propose.

Dopo un attimo di esitazione, Daphne fece cenno di sì, più per curiosità che per una reale esigenza professionale.

La accompagnò in fretta su per le scale e lei ammirò i bei corridoi e i ritratti di famiglia. Oltrepassarono diverse camere da letto; Molly, che stava riordinando quella di Devon appendendo una decina di tutù, sorrise calorosamente. Quella di Tommy era la tipica stanza di un ragazzo, con poster dei suoi atleti preferiti appesi alle pareti. Daphne sorrise davanti alle due camere; erano bambini fortunati e aveva la percezione che fossero molto amati.

Poi Lyle la riaccompagnò al piano di sotto.

«La ringrazio» le disse. «Mi scuso per non essere stato qui quando è arrivata e anche perché il cane di mio fratello l'ha quasi fatta cadere.»

«Non sono una grande amante dei cani» replicò lei sorridendo, e Lyle considerò che era più carina quando lo faceva.

«Però è molto amichevole» proseguì lei.

In quella casa lo erano tutti, non aveva incontrato una singola persona che l'avesse fatta sentire a disagio. Le erano piaciuti dal primo all'ultimo, specialmente Lyle.

«Mi farò sentire nei prossimi giorni per fissare un appuntamento con Tommy e Devon. Sono piuttosto occupata ma cercherò di farlo a breve, così potrà lasciarsi alle spalle questa vicenda» concluse.

A meno che a scuola le dicessero qualcosa di sconvolgente, rifletté, ma ne dubitava. Per quanto la riguardava, la questione era chiusa: proprio come aveva ipotizzato Ike, si trattava di una segnalazione fasulla da parte di una ex moglie amareggiata. Non aveva colto il minimo segnale di negligenza o di maltrattamenti, né che i bambini fossero in qualche modo a rischio. Era palese che l'ex moglie del signor Whittier aveva dei secondi fini. L'atmosfera che si respirava in casa faceva venire voglia di conoscerli tutti e di rimanere lì: emanavano affetto e gentilezza, un benvenuto che Daphne non riceveva mai durante le visite a sorpresa.

Quando Lyle andò in cucina, Caroline gli rivolse uno sguardo preoccupato e bisbigliò: «Se n'è andata?»

«Sì. Ha capito che Amanda voleva solo creare problemi. Hanno ben altro di cui occuparsi, bambini realmente in pericolo. Vuole rivedere ancora una volta Devon e Tommy e parlare con la scuola di lui, poi scriverà una relazione e sarà finita. Non penso che daranno peso a un'eventuale seconda segnalazione di Amanda: le è andata male» concluse, con la sensazione di essersi tolto un macigno dalle spalle.

Dato che aveva bruciato la pizza, Caroline preparò i pancake per tutti, e durante la cena chiacchierarono vivacemente.

Una settimana più tardi, Daphne Dawson telefonò a Lyle in ufficio e si scusò per non averlo fatto prima, ripetendogli che era oberata di lavoro. Come anticipato, voleva fissare un appuntamento per incontrare i bambini e propose sabato, in modo che fosse più comodo per lui.

Quando si presentò di nuovo da loro, parlò con ciascuno dei due da sola e fu soddisfatta delle rispettive reazioni. A scuola le avevano riferito che il comportamento di Tommy era nettamente migliorato da quando andava dallo psicologo.

La sua visita ufficiale terminò a mezzogiorno e Lyle la invitò a fermarsi per pranzo. Erano tutti a casa e lui stava preparando una pastasciutta.

Dopo un attimo di esitazione Daphne accettò. Appena seduta a tavola si rilassò. I Whittier scherzavano, giocavano e parlavano tutti insieme. A metà del pranzo, arrivarono Gloria e Giorgio, il quale assaggiò la pasta al pesto di Lyle e disse che era ottima e al dente, proprio come piaceva a lui. Ne mangiò un piatto insieme a loro, mentre Gloria parlava con le sorelle.

Quando Duke entrò in cucina e si accucciò vicino a lei, Daphne temette che le leccasse di nuovo la faccia, invece il cane le diede la zampa, come per scusarsi per l'esuberanza della volta precedente. Lei fece una bella chiacchierata con Benjie riguardo il suo lavoro al rifugio e dopo riferì a Lyle che era rimasta impressionata molto favorevolmente da lui. Con lei Benjie non si era sentito per niente impacciato, Daphne gli piaceva.

Malgrado la ragione per cui li aveva conosciuti, stava bene con loro. Quando i bambini lasciarono la tavola, Gloria disse che Amanda era un'avida opportunista, confermando i sospetti di Daphne.

«Non sono qui in veste ufficiale» sottolineò. «Potete dire ciò che volete, non sono in servizio.»

Le piaceva parlare con loro, si era inserita con naturalezza e Lyle pareva positivamente colpito.

Charlie lo notò e più tardi ne accennò a Caroline.

«Sta nascendo qualcosa, oppure nostro fratello sta solo cercando di blandirla?»

«Un po' entrambe le cose. È una persona intelligente ed è piacevole parlarci. Forse dovrebbe uscire con lei.» Dopo lo disse direttamente a Lyle.

Charlie era uscito per vedere Brady; nell'ultimo periodo stava in casa poco e Caroline sentiva la sua mancanza. Passava molto tempo con il giornalista, nel suo appartamento nel West Village, e la gemella aveva l'impressione che la loro relazione stesse diventando una cosa seria. Desiderava che Charlie trovasse un compagno affettuoso, ma quando sarebbe successo avrebbe lasciato un grande vuoto nella sua vita.

«Sei impazzita? Non darò un appuntamento a una funzionaria dell'Agenzia per la tutela dei minori» disse Lyle a Caroline. «Cosa succede se dico qualcosa di sbagliato? Mi farà arrestare.»

Stava scherzando, tuttavia uscire con Daphne gli sembrava inverosimile, sebbene lei gli piacesse. Era molto calma ed equilibrata, con una bellezza discreta, per niente appariscente. Era completamente diversa da Amanda. Inoltre era gentile con i suoi figli e con Benjie, del quale aveva apprezzato l'intelligenza e le capacità.

Una settimana più tardi, Lyle ripensò a quello che gli aveva detto la sorella e telefonò a Daphne. Lei lo informò di avere terminato la relazione e di averla archiviata. Era finita.

«Veramente non l'ho chiamata per questo» disse lui, imbarazzato. «Sono certo che le cose non dovrebbero funzionare così, ma prenderebbe in considerazione di cenare con me?»

Ascoltando quelle parole, lei sorrise. Aveva provato tristezza sapendo che non avrebbe più avuto motivi di vederlo né sentirlo, invece ora li aveva.

«Con molto piacere» gli rispose. La sua voce aveva una nota vivace e giovane, non timida come quando lo aveva incontrato per la prima volta. Dopo aver conosciuto la sua bella famiglia, si sentiva a proprio agio con lui.

Si accordarono per una sera della settimana seguente in cui erano entrambi liberi. Quando chiusero la telefonata, Lyle stava sorridendo. Lei gli aveva chiesto se frequentava qualcuna e lui aveva risposto di no, mentre ora lo stava facendo.

Durante la cena la prese in giro sull'argomento. «Mi hai reso un bugiardo, Daphne» le disse.

«No, non l'ho fatto» replicò lei con un sorriso timido. «Sono stata contenta quando hai risposto che non uscivi con nessuna, cosa molto poco professionale da parte mia.»

«Me l'hai domandato per questo?»

«Certo che no» rispose, arrossendo.

«Scommetto di sì, invece.»

Per l'intera durata della cena risero insieme. Tutto ciò a cui Daphne riusciva a pensare quando la riaccompagnò era che sperava che la invitasse fuori di nuovo.

Lyle sapeva già che lo avrebbe fatto. Aveva passato una bellissima serata e desiderava rivederla. La cosa curiosa era che, senza volerlo, Amanda li aveva fatti conoscere. Doveva ricordarsi di ringraziarla, prima o poi.

Tredici

AL successivo pranzo domenicale c'erano anche Gloria e Giorgio. Trascorrevano insieme quasi tutte le notti e la loro relazione stava diventando seria. Lui amava le famiglie numerose e gli piaceva molto stare con quella della compagna. Giorgio era esattamente ciò di cui Gloria aveva sempre avuto bisogno e non aveva trovato.

«Non è mai troppo tardi» bisbigliò Lyle a Caroline mentre erano a tavola, facendola sorridere.

Dall'altro lato, lei aveva accanto Brady, che Charlie aveva convinto a partecipare al pranzo, benché lui avesse delle remore a farsi coinvolgere nella vita della famiglia del compagno. Erano talmente tanti che l'idea lo atterriva, eppure erano affettuosi e accoglienti. Gli piaceva avere Charlie tutto per sé, ma sapeva anche quanto importanti fossero per lui i fratelli, le sorelle e i nipoti. Durante il pranzo Caroline fece di tutto per farlo sentire a casa. Ogni volta che lui e Charlie si guardavano si leggeva nei loro occhi che erano profondamente innamorati.

«Non essere gelosa, sorellina» le sussurrò il gemello più

tardi in cucina, mentre Brady continuava a chiacchierare con gli altri a tavola. «Sai che vorrò sempre più bene a te. Ma adesso anche lui è importante per me.»

«C'è spazio per entrambi» replicò lei, abbracciandolo.

Quando tornarono a tavola, Gloria stava tormentando Annabelle sul fatto di riprendere gli studi. Disapprovava ancora duramente la gravidanza e glielo diceva a ogni occasione, sottolineando anche quanto si sarebbero vergognati i loro genitori. Davanti alla sorella, Annabelle era in soggezione. Giorgio aveva provato a parlare alla compagna, dato che diversi suoi nipoti avevano figli senza essere sposati, ma non era riuscito a placare la sua ira.

«Se non torni a studiare potresti almeno trovarti un lavoro» le disse Gloria.

«Chi mi assumerebbe in questo stato?» mormorò lei. «Partorirò fra cinque settimane, riesco a malapena a muovermi...»

«Ti muovi bene quando ti fa comodo» ribatté l'altra, acida.

«Ti assumo io» intervenne Caroline, principalmente perché Gloria smettesse di torturarla. «Siamo sommersi di lavoro. Mi servirebbe un'assistente, anche per cinque settimane. E dopo il parto potrai tornare.»

Annabelle si illuminò. A casa si annoiava da morire; ormai i suoi amici stavano finendo la scuola oppure lavoravano, mentre quelli che non avevano un impiego sarebbero partiti per le vacanze.

«Dici sul serio?» chiese a Caroline.

«Sì, puoi iniziare domani. Dopo che saremo state dal dottor Kelly puoi venire in centro con me.»

In quel periodo Annabelle doveva sottoporsi a visite settimanali, dato che il momento si stava avvicinando. Ancora non si era fatta avanti nessuna coppia di aspiranti genitori adottivi, cosa che angustiava sia lei sia Caroline.

L'indomani andarono alla visita. Ormai Ted Kelly era a proprio agio con entrambe. Era attento con Annabelle e rispondeva a tutti i suoi dubbi, mentre con Caroline era sempre gradevole; prima di congedarle chiacchierò con lei per qualche minuto. Annabelle era sempre più impaurita per il dolore che avrebbe patito durante il parto, ma il medico le assicurò che avrebbero fatto il possibile perché non soffrisse troppo. Era giovane e in salute, perciò non si aspettava complicazioni. Caroline, che aveva intenzione di assistere, si augurava che il dottore avesse ragione.

Quando uscirono dallo studio medico, Annabelle andò in ufficio insieme alla sorella, che la incaricò di archiviare campioni di tessuto e bozzetti. Annabelle rispose ad alcune e-mail per Caroline, poi seguì anche alcuni progetti per Charlie. Si rivelò sorprendentemente efficiente: assumerla era stata un'ottima idea.

A fine giornata era stanca ma soddisfatta, rispetto a quando bighellonava per casa e guardava film sul computer. Diversamente dalle altre donne in attesa, non doveva preparare niente per il bambino.

Quella sera, quando Charlie tornò a casa, portò Benjie in palestra con sé. Quello che piaceva di più al fratello erano la cyclette e il tapis roulant, inoltre andava in giro a chiacchierare con le persone e si faceva degli amici.

Charlie lo lasciò al tapis-roulant per seguire una lezione di boxe e Benjie iniziò subito a parlare con una ragazza sul tapis-roulant accanto al suo. Era stupenda e sembrava ingenua, con la stessa dolce innocenza di lui. Si chiamava Rose. Mentre si allenavano l'uno di fianco all'altra, Benjie le raccontò dei cani; Rose disse che le sarebbe piaciuto vedere Dottie e lui le promise che un giorno gliel'avrebbe mostrata.

Un'ora più tardi, quando Charlie tornò, stavano ancora chiacchierando e sembravano molto affiatati. Allontanandosi, Benjie le mandò un bacio, lei ricambiò poi lo salutò con la mano e iniziò a saltellare su e giù tutta contenta. Era in palestra con la mamma.

«Hai una nuova amica» commentò Charlie con un sorriso.

Rose era una ragazza formosa e molto femminile, però si comportava come una bambina. Notando che il modo in cui interagiva era simile a quello di Benjie, Charlie ipotizzò che avesse i suoi stessi problemi.

«È bellissima» disse Benjie, rapito. «Vuole conoscere Dottie, le ho detto che va bene.»

«Magari un giorno possiamo invitarla da noi» replicò Charlie in tono vago mentre andavano a casa, con in testa mille pensieri di lavoro.

«Mi piacerebbe: abita a quattro isolati da noi» lo informò il fratello.

Lo avevano scoperto mentre si allenavano sul tapis-roulant, così Rose gli aveva detto che una volta poteva passare per vedere i suoi cani quando lui rientrava dal lavoro, e Benjie ne fu entusiasta.

Da quel giorno assillò il fratello perché lo accompagnasse in palestra ogni sera, ma Charlie ci andava soltanto tre volte alla settimana. Vista l'insistenza di Benjie, una volta lo portò Caroline e un'altra Lyle, contenti che avesse trovato un'amica. Le uniche persone che aveva occasione di vedere normalmente erano quelle con cui lavorava al rifugio, perciò per lui era raro fare nuove conoscenze. Parlava di Rose in continuazione.

La sera in cui andò Caroline, chiacchierò con la madre della ragazza, e da ciò che disse ebbe la sensazione che fosse molto simile a Benjie. Inoltre, era cordiale e affettuosa come lui.

«Rose è pazza di lui» commentò la donna con un sorriso. «Da quando lo ha conosciuto è al settimo cielo; anche Benjie sembra esserlo.»

Caroline aveva notato che i due giovani si somigliavano sotto molti aspetti.

«È mio fratello» la informò con orgoglio. «Quanti anni ha Rose?»

«Ventisei. È la nostra unica figlia.»

Mentre si allenavano sulle cyclette, qualcosa li aveva fatti divertire e stavano ridendo di gusto.

Le due donne erano contente di vedere che si godevano la reciproca compagnia.

Nessuna diede informazioni personali, però era evidente che i due avevano qualcosa in comune ed erano attratti l'una dall'altro.

«Io facevo l'avvocato» disse la mamma di Rose. «Ma ho lasciato lo studio quando Rose aveva due anni. Trascorro molto tempo con lei, abita con me.»

«Benjie abita con me, gli altri miei due fratelli e mia sorella; abbiamo perso da poco i nostri genitori. Prima era mia madre a prendersi cura di lui; sente tanto la sua mancanza, però vivere con tutti noi è una buona distrazione per lui.»

Rose e Benjie erano appena scesi dalle cyclette e si stavano avvicinando tenendosi per mano. Rose gli diede una leggera spinta quando le raggiunsero e risero entrambi. Si stavano divertendo e canzonando a vicenda, poi risero di nuovo fragorosamente. Uscirono dalla palestra tutti insieme e si avviarono nella tiepida serata di tarda primavera, finché Rose e la madre si diressero verso Park Avenue.

Benjie salì di corsa i gradini d'ingresso di casa e a gran voce esclamò: «Io amo Rose!!! È la mia ragazza!»

Poi si voltò e, rivolto a Caroline, precisò: «Me l'ha detto lei; e io sono il suo ragazzo».

Non aveva mai avuto una fidanzata. Appena vide Lyle nell'ingresso, gli raccontò tutto.

«Questa sì che è una notizia» commentò lui guardando la sorella, che fece un cenno di assenso. «E com'è?»

«Come la Barbie di Devon» gli rispose Benjie, pieno di orgoglio. «Bellissima.»

Lyle rivolse uno sguardo interrogativo a Caroline che, mentre si avviavano in cucina per fare uno spuntino, gli sussurrò: «È come lui».

«Interessante. Si troverà bene con lei» commentò.

«Si divertono insieme, si allenano sulle cyclette e sul tapis-roulant.»

«Buon per lui» disse Lyle.

Tutti loro erano preoccupati che Benjie si sentisse solo, perciò era positivo che avesse qualcuno con cui incontrarsi.

«Sua madre si prende cura di lei. Faceva l'avvocato ma ha smesso per seguire la figlia. Un po' come la mamma con Benjie.»

Lyle mise del gelato in due coppette e le portò di sopra a Tommy a Devon. Caroline era contenta di poter vedere i fratelli ogni volta che voleva; amava condividere con loro la casa ed era felice che non l'avessero venduta.

Come se il destino avesse voluto metterli alla prova, il giorno seguente Lyle ricevette un'e-mail da un avvocato che conosceva, in cui gli diceva che dei suoi clienti erano interessati ad acquistarla.

Lyle rispose che non era sul mercato, che lui e i fratelli ne stavano discutendo ma non erano ancora giunti a una decisione. L'avvocato rispose immediatamente chiedendogli di chiamarlo appena possibile. Qualche minuto più tardi Lyle gli telefonò e l'avvocato disse che i suoi clienti si erano innamorati della casa.

«La amiamo anche noi» replicò lui con semplicità. «Ci abitiamo in cinque e gli altri non sembrano volerla vendere, per il momento. Da un mese o due non ne abbiamo più parlato.»

«Le dispiacerebbe chiederglielo adesso?» insistette l'avvocato in tono speranzoso. «In città non ci sono altre case come quella e i miei clienti temono che la vendiate a qualcun altro.»

«Sa che prezzo hanno in mente? Potrebbe fare la differenza» disse Lyle.

L’avvocato non aveva voluto sbilanciarsi; per i suoi clienti la priorità era sapere se fosse in vendita.

Lyle era consapevole che per i fratelli non era una questione economica ma sentimentale; benché anche il denaro fosse importante, grazie all’eredità non avevano bisogno di liquidi. Dall’eventuale vendita avrebbero ricavato una grossa cifra da poter impiegare in moltissimi modi, però non voleva proporlo ai fratelli: le cose stavano procedendo in maniera tranquilla e non desiderava generare discussioni o contrasti.

Tuttavia, in quanto esecutore testamentario e amministratore fiduciario, aveva il dovere di informarli dell’offerta, perciò chiese loro di incontrarsi a fine giornata, domandando a Gloria di presentarsi da sola.

Quando lei arrivò gli chiese: «Perché Giorgio non può essere presente? Non ho segreti con lui».

«È una riunione di famiglia, Gloria. Lui non ne fa parte... non ancora» la prese in giro, poi attese che arrivassero tutti e si sedettero in soggiorno.

«Qualcuno è interessato alla casa, pare che una coppia voglia fare un’offerta e desidera sapere se siamo dell’idea di venderla, prima di iniziare la trattativa, per non sprecare il nostro tempo né il loro. Ho bisogno che mi diciate come la pensate adesso: cosa vogliamo fare della casa di mamma e papà? Per il momento la stiamo usando, ci abitiamo in cinque, oltre ai miei figli per la metà del tempo. Non so se volete continuare in questo modo o se dovremmo cercare di venderla quando ne abbiamo l’occasione. O almeno sentire qual è la loro prima offerta.»

«Devo trasferirmi?» domandò subito Benjie.

«Non ancora» gli rispose Lyle in tono gentile. «E forse non sarà proprio necessario.»

Poi si rivolse agli altri. «Non credo che sia pratico abitare insieme qui per sempre. Prima o poi le nostre vite cambieranno e ciascuno di noi vorrà avere un posto per sé. Per adesso comunque sta funzionando e per Benjie troveremo una soluzione, starà con qualcuno di noi.» Lanciò uno sguardo rassicurante al fratello minore. «Dobbiamo solo stabilire quando succederà.»

«Perché non sentiamo che cifra hanno in mente queste persone?» propose Charlie, pratico e ragionevole come sempre.

Gloria, che concordava con lui, fece un cenno di assenso. Lei, Lyle e Charlie avevano il senso degli affari ed erano curiosi di scoprire che valore di mercato avesse una casa grande e particolare come la loro. Le dimensioni potevano essere un aspetto sia positivo sia negativo: poche persone avrebbero voluto una casa così ampia, se non per trasformarla in un club o in un piccolo albergo.

«Chiederò e vi farò sapere» concluse Lyle.

Terminato l'incontro con i fratelli telefonò all'avvocato, il quale gli disse che lo avrebbe richiamato dopo averne parlato con i suoi clienti.

Due giorni più tardi l'avvocato si fece sentire. «La cifra che propongono si aggira sui cinquanta milioni» lo informò in tono piatto.

«È più bassa di quanto pensassimo» replicò Lyle schiettamente. «Negli ultimi sei mesi abbiamo sentito alcuni agenti immobiliari e ritengono che potremmo vendere a quasi cento milioni.»

«Se siete disposti ad aspettare e non avete fretta» ribatté l'avvocato. «Dovrebbe essere un acquirente molto speciale, probabilmente uno straniero.»

«Non abbiamo fretta» confermò Lyle in tono asciutto. D'altronde, anche in caso contrario non lo avrebbe ammesso.

«La richiamerò» concluse l'avvocato.

L'indomani gli telefonò dicendo che i suoi clienti erano disposti a salire al massimo a sessanta milioni. Lyle era consapevole che rifiutare era una mossa azzardata, ma intendeva farlo, convinto che se avessero deciso di vendere ne avrebbero ricavato ben di più rispetto all'offerta che aveva appena ricevuto.

Dall'ufficio chiamò ciascuno dei fratelli: soltanto Gloria votò per vendere.

«Tu cosa ne dici?» gli chiese la sorella maggiore.

Lyle esitò un attimo. «Sarà egoista da parte mia, ma mi piacerebbe rimanere ancora un po', magari finché il divorzio sarà effettivo, in settembre. Per me e per i bambini è bellissimo abitare lì. A un certo punto vorrò un posto mio, ma per adesso è la soluzione perfetta. Perciò io sono per aspettare; declinerei l'offerta, stavolta. Mi auguro che non ce ne pentiremo.»

«Anch'io me lo auguro» disse Gloria.

Vendere la casa sarebbe stato come perdere un altro pezzo di legame con i genitori; inoltre, apprezzavano il fatto di abitare insieme e non erano pronti a rinunciarvi. Sebbene quella non fosse la giusta ragione per prendere una simile decisione, era l'unica su cui tutti concordavano. In quella casa si sentivano protetti e confortati. Anche Annabelle, che subito dopo la scomparsa dei genitori voleva trasferirsi, ora desiderava restare lì al sicuro, soprattutto dopo aver dato il bambino in adozione, sapendo che sarebbe stato un periodo difficile.

Via via che il piccolo cresceva dentro di lei, aveva iniziato a sentire un legame più forte con lui, e continuava a ricordare a sé stessa che non poteva permettersi di provare quelle sensazioni. Voleva soltanto essere sicura che i genitori adottivi sarebbero stati affettuosi e responsabili come erano stati i suoi. Per lei, abitare lì era come essere ancora con loro e se chiudeva gli occhi le sembrava di poter far finta che sarebbero tornati a casa.

Il giorno in cui i Whittier declinarono l'offerta di acquisto, cenarono tutti insieme. Era stato un passo importante, degno di essere festeggiato con del buon cibo e un brindisi. Gloria accettò con riluttanza la decisione dei fratelli; se fosse dipeso soltanto da lei, l'avrebbe venduta. Quella sera c'era anche Giorgio, ma quando iniziarono a parlare degli affari di famiglia lasciò la tavola per inviare un messaggio. Benché fosse estroverso e sofisticato, sapeva anche essere silenzioso e discreto, come gli altri membri della sua famiglia. Era profondamente innamorato di Gloria e desiderava condividere ogni aspetto della sua vita. Durante l'estate sarebbe andato in Sardegna, dove aveva una casa e uno yacht, e voleva che lei lo accompagnasse. Alla fine di agosto lui doveva tornare a New York per i preparativi della settimana della moda, a cui Caroline stava già lavorando, con tre mesi di anticipo.

«Posso rimanere qui?» si limitò a chiedere Benjie.

«Per ora rimaniamo tutti» gli rispose Lyle.

Lui fece un sospiro di sollievo. «Credevo di dovermi trasferire, questa volta.»

«Te lo diremo con molto anticipo» gli promise Lyle. «Ma adesso non la vendiamo.»

Benjie lanciò un urlo di gioia.

L'avvocato fece ancora un tentativo: i suoi misteriosi clienti sarebbero arrivati a settanta milioni. Era la loro ultima offerta, almeno così sostenevano.

«No, non vendiamo, per quanto possa sembrare assurdo» rispose Lyle al tenace avvocato.

«Spero che non dobbiate pentirvene» replicò lui piccato.

«Già, anch'io» sorrise Lyle.

L'amore per la casa dei genitori era più forte del desiderio di denaro. Molte persone non avrebbero capito, ma per i fratelli Whittier era così.

Quattordici

Quattro settimane prima del termine previsto per il parto, l'avvocata Rachel Adams si fece sentire. Ormai Annabelle era nel panico, le agenzie non l'avevano chiamata e temeva che nessuno avrebbe adottato il bambino. Caroline li aveva sollecitati e loro dissero che tutti i potenziali genitori si erano tirati indietro quando avevano saputo che la madre aveva fatto uso di alcol e droghe all'inizio della gravidanza; non volevano rischiare. Finalmente però Rachel aveva due coppie da proporle, una del Connecticut, l'altra di Boston.

Quelli del Connecticut erano sui quarantacinque anni e per quindici avevano tentato di concepire un figlio e di portare avanti la gravidanza, ma dopo sette aborti spontanei si erano arresi e volevano trovare il bambino giusto da adottare. Avevano già scartato almeno dieci madri naturali, ma apprezzavano il background di Annabelle. Un medico che avevano consultato aveva detto loro che con un po' di fortuna il bambino non avrebbe riportato danni, perciò avevano deciso di correre il rischio e volevano incontrarla. Come lei, neanche loro desideravano rimanere in contatto in futuro. Caroline fissò un appuntamento per portare la sorella a conoscerli.

La coppia di Boston era più giovane; il marito lavorava nel settore dell'high-tech, la moglie era un'artista, insegnava disegno alla facoltà di Belle arti di Harvard e teneva lezioni sull'arte del Rinascimento francese e italiano.

Il giorno in cui loro potevano andare a New York, Caroline era occupata, perciò fu Charlie ad accompagnare Annabelle. Entrambi gli incontri sarebbero avvenuti nello studio di Rachel. Annabelle era agitatissima all'idea che potessero sollevare l'argomento della droga. Aveva il terrore che, se l'avessero scartata, non avrebbe trovato nessuno che adottasse il bambino e quindi lei fosse costretta a tenerlo. Più si avvicinava la data del parto, più si convinceva di non volerlo. Inoltre, le piaceva il lavoro con Caroline e Charlie e si rammaricava di non averci pensato prima, anziché trascorrere mesi senza fare niente. Aveva scoperto che amava il settore della moda e stava valutando di iscriversi alla scuola di design in cui avevano studiato i gemelli. Voleva tornare al lavoro prima possibile; era brava e i gemelli erano impressionati dal suo impegno e dalle sue qualità. Era entusiasta all'idea di aiutarli per la sfilata di inizio settembre e sperava che per allora il bambino fosse un ricordo lontano.

Annabelle incontrò prima la coppia del Connecticut, due persone simpatiche e piacevoli. Le fecero molte domande, alle quali rispose senza esitazioni e con sincerità.

Le sembrava che fosse andata bene, invece una settimana dopo Rachel la chiamò per informarla che avevano rinunciato: avevano trovato una madre naturale che non presentava situazioni di rischio e avevano scelto lei.

Fu un'amara delusione, che rese ancora più importante il secondo incontro, quello con la coppia di Boston, la sua unica opportunità ormai. Erano persone brillanti e interessanti, che le piacquero molto e le ispirarono fiducia. Stava appena iniziando a rilassarsi quando il marito la rimproverò dicendole che era stata un'irresponsabile ad aver fatto uso di droga. Lei ne era consapevole e ripeté che quando era successo non sapeva di essere incinta.

Charlie fece loro notare che rinfacciarglielo non avrebbe cambiato le cose, e che era stata sincera. Lui e l'uomo finirono per litigare. Annabelle aveva l'aria profondamente infelice mentre il fratello la difendeva e infine si alzava dicendo che se ne andavano. Lei non voleva rinunciare alla sua unica possibilità di dare il bambino in adozione, tuttavia i potenziali genitori dissero che non lo avrebbero voluto in ogni caso, poiché sospettavano che avesse mentito e si drogasse ancora. Annabelle lasciò lo studio di Rachel in lacrime e senza più speranze.

Charlie era indignato per la durezza con cui l'avevano trattata, umiliandola. Il giorno seguente l'avvocata le telefonò per scusarsi e le disse che aveva tentato di placare le paure della coppia, che però nel frattempo aveva rinunciato all'adozione e stava valutando la strada della maternità surrogata; avevano già preso contatto con una donna in New Jersey.

Mancava una settimana al parto quando Rachel la

chiamò per incontrare una coppia della California. Erano entrambi dentisti, con uno studio molto remunerativo a Los Angeles, frequentato anche da tante celebrità. Furono gentili e comprensivi ed entrarono subito in sintonia. Annabelle trovò ragionevoli tutte le loro domande e condizioni. Si incontrarono due volte, poi Rachel la informò che avevano deciso di proseguire. Sarebbero rimasti a New York fino al parto, in modo da non perderselo. Desideravano essere presenti al momento della nascita, ma erano disposti ad attendere nella stanza accanto. Tutto sembrava perfetto: all'ultimo minuto, Annabelle aveva trovato i genitori adottivi per il bambino.

Dopo il secondo incontro, fece una cena tranquilla a casa con Caroline. Ormai non vedeva l'ora che tutto fosse finito: si sentiva sempre a disagio e di notte non riusciva a dormire. Il 4 luglio cadeva nel weekend e sperava di partorire nella data prevista, o magari prima. Aveva chiesto al dottor Kelly se potevano indurle il parto, ma lui aveva risposto che non c'erano ragioni mediche per farlo. Comprendeva il suo desiderio di accelerare le cose, ma le spiegò che per il bene suo e del bambino era meglio che la natura seguisse il proprio corso. Lei allora pensò di andare in palestra a fare un po' di esercizio per smuovere le cose, dato che il dottore le aveva detto che camminare poteva essere utile allo scopo.

Lyle entrò in cucina con aria preoccupata per parlare con Caroline.

I suoi figli erano in casa e Tommy stava già pensando al campeggio di sei settimane.

«Mi ha appena telefonato la madre di Rose: vuole incontrarci domani. Non ha voluto dirmi di cosa si tratta ma era agitata; verrà domattina alle dieci, insieme al marito.»

«Ti ha dato almeno qualche indizio?»

«No, nessuno» le rispose il fratello.

Il mattino seguente c'era anche Charlie quando i signori Fuller arrivarono, da soli. Senza giri di parole, informarono i tre fratelli Whittier che Rose e Benjie erano stati visti mentre si baciavano e si toccavano, perciò avevano paura che andassero oltre, se avessero continuato a frequentarsi. I due giovani però erano pazzi l'uno dell'altra; i signori Fuller non sapevano cosa fare ed erano molto preoccupati, dato che Rose aveva minacciato di scappare di casa se le avessero impedito di vedere Benjie.

Caroline era commossa; Charlie non riteneva giusto obbligarli a smettere di frequentarsi e Lyle concordava con lui. Charlie confermò che Benjie era vergine e non aveva neanche mai parlato di sesso con i fratelli. Aveva soltanto detto che amava Rose, e lei lo ricambiava.

«Le stiamo facendo prendere la pillola, nel caso in cui succeda qualcosa...» disse la signora con un certo nervosismo. «Credo che sarà difficile tenerli separati. Quando vuole qualcosa, Rose è molto determinata; dice che ama Benjie e che desidera fare le cose che stanno facendo ora.»

Si trovavano di fronte a un dilemma: non volevano che i due giovani si mettessero in una situazione che non sarebbero riusciti a gestire, però sapevano che si amavano e che ne avevano il diritto.

«Nessuno dei due è abbastanza maturo per intraprendere una relazione» dichiarò con voce tesa la mamma di Rose, e il marito annuì.

«Perdonatemi se lo chiedo» intervenne Charlie in tono serio. «Ma che importanza ha? Se prende la pillola non resterà incinta. Hanno il diritto di farlo, sono adulti, hanno ventisei e ventotto anni. E noi abbiamo forse il diritto di impedirglielo?»

I genitori di Rose rimasero turbati da quelle parole. «Abbiamo sempre sperato che Rose trovasse qualcuno come lei, ma forse non pensavamo sarebbe successo. Benjie è un ragazzo dolce e sono innamorati, però non ci sembra giusto lasciare che facciano quello che vogliono e che abbiano una vera relazione fisica. Sono tanto ingenui e non sono responsabili.»

«Ma vogliono davvero fare sesso?» chiese Lyle. «Magari non è così.»

«Forse non sono ingenui quanto crediamo» disse Charlie lasciandosi sfuggire un sorriso. «Secondo me dovremmo semplicemente permettere loro di avere una relazione come tutti gli altri, senza ostacolarli. Non possono fare sesso in pubblico, ma se sono discreti e innamorati... perché no?»

I genitori di Rose non sembravano convinti.

«Non sono in grado di gestire una relazione matura di quel tipo» osservò Jane.

«Magari sì» suggerì Lyle. «Sono entrambi molto intelligenti.»

Dopo averne parlato per un'ora, i signori Fuller dissero che ci avrebbero riflettuto. Erano andati lì per chiedere ai fratelli Whittier di tenere Benjie lontano dalla figlia e di collaborare per impedire che continuassero a frequentarsi affinché la loro relazione non oltrepassasse certi limiti. Lyle e Charlie avevano proposto invece di permettere ai due giovani di continuare a vedersi, dando loro tutto l'appoggio possibile, a patto che si trattassero bene e con rispetto reciproco, come sembrava che stesse avvenendo. I due fratelli sapevano che a Benjie si sarebbe spezzato il cuore se non avesse più potuto vedere Rose.

I fratelli Whittier si ripromisero di controllarli più da vicino e di tenere d'occhio l'evolversi della relazione, ma di non farla interrompere; il padre di Rose pareva d'accordo con loro. Dopo aver preso un caffè insieme, i signori Fuller andarono via, con un punto di vista completamente nuovo. Tutti loro si rendevano conto che si trattava di una mentalità molto aperta ma forse giusta, che dimostrava fiducia in Benjie e Rose.

«Il mio fratellino è innamorato e io non ho un appuntamento da mesi» scherzò Caroline rivolta a Charlie quando rimasero soli. «Mi perdo tutto il divertimento.»

«È perché lavori troppo» le ricordò il gemello, ridendo.

«Evidentemente sì.»

Sorrise ripensando a quello strano incontro e al modo inaspettato in cui era finito.

Lyle aveva promesso di comprare dei preservativi per Benjie e di insegnargli a usarli, nel caso in cui si fossero spinti fino a quel punto, e i signori Fuller promisero di far prendere sempre la pillola a Rose. Né lei né Benjie avrebbero potuto gestire una gravidanza, inoltre il rischio che i loro problemi si trasmettessero geneticamente era alto e nessuna delle due famiglie voleva assumersi la responsabilità di un bambino.

Oltretutto, non erano ancora finite le difficoltà con Annabelle, anzi, per lei la parte peggiore doveva ancora arrivare: dare via il bambino con la consapevolezza di non rivederlo mai più.

Dopo averne parlato con Brady, Charlie ci aveva ripensato e qualche giorno più tardi si confidò con Caroline. «Secondo te è giusto che lo faccia adottare?» le domandò.

Da parte sua, non ne era affatto convinto.

«È quello che vuole» gli rispose la gemella in tono pacato. «Per lei è stata una decisione difficile, abbiamo il dovere di appoggiarla.»

«E se fosse la decisione sbagliata?»

«Annabelle la ritiene giusta per lei.»

«E se in futuro se ne pentisse? Non potrebbe riaverlo indietro. È questo che mi preoccupa; inoltre il bambino non la conoscerebbe mai.»

«Lei sa tutte queste cose ed è quello che vuole; non possiamo interferire.»

In quel momento Caroline ebbe un'intuizione, conosceva troppo bene il gemello. «Volete voi il suo bambino?»

«Ne abbiamo parlato» ammise Charlie. «Almeno resterebbe in famiglia. Brady però non è convinto, ne vorrebbe uno nostro, se la nostra storia continua bene, e per il momento è così.» Fece un sorriso timido, poi chiese alla gemella: «Tu lo vuoi?»

«No... Lavoriamo tantissimo, non sono mai a casa. Non credo di avere il diritto di prendere un bambino con cui non posso trascorrere abbastanza tempo. Nel mondo ci sono tantissime persone che desiderano disperatamente un figlio e non lo possono avere, e Annabelle vuole disperatamente farlo adottare. Le cose vanno così, purtroppo. Fra cinque anni forse, magari fra tre, ma adesso non posso proprio.»

«Per quando sarai pronta non sapremo nemmeno dove si trova...»

Caroline era consapevole che aveva ragione, però nella loro vita non c'era spazio per quel bambino che Annabelle aveva concepito per errore. Per le persone che desideravano adottarlo, invece, sarebbe stato un dono.

«Vorrei che fosse il momento giusto per qualcuno di noi» disse Charlie.

Lei lo comprendeva, ma nessuno dei fratelli aveva tempo per un bambino. Si domandò cosa avrebbe fatto la loro madre e immaginò che lo avrebbe tenuto; poi si chiese se il padre sarebbe stato d'accordo e non seppe darsi una risposta.

Vide la sorella quando rientrò dalla palestra: sembrava il ritratto della maternità in tutta la sua magnificenza. Si era allenata in modo più vigoroso di quanto avesse fatto nell'ultimo periodo, ma non era successo niente; il bambino avrebbe seguito i propri tempi.

Da allora, Annabelle fece lunghe camminate ogni giorno. La data prevista arrivò e passò senza che accadesse nulla. Lei era profondamente abbattuta e il bambino sembrava molto grosso.

Continuava a lavorare per i gemelli e si sforzava di rendersi utile, malgrado riuscisse a malapena a muoversi.

Caroline la accompagnò dal dottor Kelly, che la visitò provocandole un po' di disagio.

«Credo che il bambino arriverà molto presto» le disse. «Tra uno o due giorni.»

A quel punto era in ritardo di una settimana.

«Domani faremo un esame per controllare il liquido amniotico, non vogliamo andare troppo oltre. Se non entrerai in travaglio entro qualche giorno indurremo il parto» le spiegò in tono tranquillo.

«Mi sento un elefante» si lamentò lei, mentre il medico la aiutava a scendere dal lettino. «Mi sono allenata e ho camminato per chilometri ogni giorno.»

«Succederà prestissimo» le assicurò, poi lanciò un'occhiata a Caroline, come sempre. «In un modo o nell'altro, non passerà più di qualche giorno.»

Annabelle non ne poteva più, quell'attesa le sembrava interminabile, e ormai anche Caroline aveva la stessa sensazione.

Uscite dallo studio medico, camminarono per qualche isolato, però Annabelle era stanca quindi presero un taxi per fare il resto della strada fino a casa, dove riuscì a stento a salire i gradini senza l'aiuto della sorella.

Caroline aveva appena tirato fuori le chiavi e stava aprendo la porta quando si udì un rumore e ai piedi di Annabelle si formò una pozza d'acqua.

Si guardarono a vicenda.

«Credo che mi si siano rotte le acque...»

Caroline andò a prendere un asciugamano, glielo avvolse intorno ai fianchi e la accompagnò in casa.

«Telefono al dottor Kelly» disse.

«Ho paura» mormorò Annabelle mentre si avviava su per le scale, voltandosi a guardare la sorella.

«Andrà bene e presto sarà tutto finito. Non dovrebbe iniziare ancora per un po'.»

Annabelle non aveva ancora le contrazioni, tranne quelle preparatorie che avvertiva da settimane.

Andò di sopra a sdraiarsi mentre Caroline chiamava il dottore.

«Il travaglio dovrebbe iniziare nelle prossime ore» le disse lui. «Mi chiami quando comincia. Il bambino è grande e potrebbe essere necessario il cesareo, ma cercheremo di non farlo.»

«In caso contrario posso stare comunque con lei?»

«Sì, metteremo un telo in modo che non si veda niente. Annabelle non sentirà altro che tirare e premere.»

A Caroline parve piuttosto sgradevole.

Dopo la telefonata, salì dalla sorella. «Non sta succedendo niente?»

Annabelle fece cenno di no. «Questo bambino non vuole uscire» disse con espressione frustrata.

Poi si alzò dal letto per andare a fare una doccia e la prima contrazione le mozzò il respiro. Il dolore era più forte di quanto si fosse aspettata, non riusciva neanche a parlare.

Caroline si sedette su una sedia e guardò l'orologio per controllare dopo quanto tempo sarebbe arrivata la successiva. Passarono sette minuti; il bambino non aveva fretta, però ormai il travaglio era cominciato e quel giorno o quella notte sarebbe finalmente nato.

Annabelle guardò la sorella con gli occhi sbarrati, pallidissima. «Non lo farò mai più» disse.

Caroline però sapeva che avrebbe potuto farlo, auspicabilmente con l'uomo giusto, la prossima volta.

Quando si fu ripresa, Annabelle fece la doccia e la sorella telefonò a Charlie per informarlo che non sarebbe andata in ufficio. Il gemello era elettrizzato e Caroline aveva il sentore che li aspettassero una giornata e una nottata molto lunghe.

Quindici

PER due ore le contrazioni arrivarono a intervalli di sei minuti, poi per un po' cessarono. Dopo ripresero ogni cinque. Il dottor Kelly aveva detto di presentarsi quando sarebbero state ogni quattro minuti e le avvisò che il primo figlio poteva farsi attendere a lungo.

Quando Caroline e Annabelle uscirono per andare all'ospedale, tutti gli altri fratelli erano rientrati dal lavoro. Salutarono e fecero gli auguri ad Annabelle mentre Caroline chiamava un taxi. L'ospedale era poco distante da casa, sull'East River.

Prima di uscire, Caroline aveva telefonato ai genitori adottivi, i signori Hill. Dissero che sarebbero partiti subito per non perdere l'evento, ma lei assicurò loro che c'era tempo.

Annabelle aveva già fatto l'accettazione, perciò andarono direttamente in reparto, dove la paziente fu accompagnata in una sala travaglio e parto. Consegnarono a Caroline una cuffia e un camice blu e delle sovrascarpe di carta.

Quando la vide, Annabelle sorrise. «Sei buffa» le disse, anche lei con addosso un camice.

Entrò un'ostetrica che la visitò e lei urlò dal dolore.

«Sei di tre centimetri, è ancora presto» la informò l'ostetrica.

Doveva arrivare a dieci. Era nella fase iniziale, benché fosse in travaglio da tutto il giorno e le contrazioni fossero dolorose. Alle nove di sera era di cinque centimetri. A mezzanotte di sette e le cose cominciarono a farsi difficili. Le contrazioni divennero violente e terribilmente dolorose, e Annabelle iniziò a vomitare. Mentre Caroline le dava cubetti di ghiaccio da succhiare, arrivò il dottor Kelly. Dopo qualche altra contrazione, il medico disse che era il momento di fare l'epidurale, così non avrebbe più sentito dolore. Annabelle stava gridando e teneva stretta la mano della sorella. Qualche minuto più tardi arrivò l'anestesista e fecero uscire Caroline dalla stanza.

Non vide i signori Hill ma sapeva che c'erano. Anche per loro era stata una lunga notte di attesa. Quando rientrò nella stanza trovò la sorella tranquilla. Nel monitor si vedeva che le contrazioni erano più lunghe e forti, ma non le sentiva più. Finalmente, alle due del mattino, l'ostetrica disse che era di dieci centimetri e poteva iniziare a spingere. Era in ospedale da otto ore, che sia a lei sia a Caroline sembravano un'eternità. Il dottor Kelly, che era entrato e uscito più volte, tornò nella stanza. Le fecero mettere i piedi nei supporti e rimossero la parte bassa del letto. Le contrazioni erano state un po' rallentate dall'epidurale, perciò ridussero la dose di farmaco e Annabelle tornò a sentirle.

«È terribile» disse a Caroline con aria affranta.

Il dottor Kelly la controllò di nuovo, poi lui e le due ostetriche le dissero di spingere. Annabelle lo fece ma non successe nulla. Il bambino era grande e dopo due ore di spinte lei era esausta. Le misero la maschera per l'ossigeno e lei strinse la mano di Caroline. Le contrazioni proseguivano violente, come si vedeva sul monitor. Un altro monitor mostrava il battito cardiaco del bambino e il medico disse che era regolare. Le due sorelle avrebbero desiderato avere vicino la madre. Caroline non lasciò la mano di Annabelle neanche per un minuto. Ogni tanto beveva un sorso d'acqua, senza mai allontanarsi da lei.

Dopo un'altra ora di spinte, un'ostetrica le premette la pancia per far muovere il bambino verso il basso e a quel punto le cose iniziarono a procedere rapidamente. Un'infermiera della pediatria portò nella stanza una culla in plexiglass e arrivò anche un pediatra, segno che il piccolo sarebbe nato a minuti. Caroline guardò l'orologio alla parete: erano le cinque e mezzo del mattino. Impegnata com'era ad aiutare la sorella, non sentiva la stanchezza, tuttavia non poteva far altro che tenerle la mano e incoraggiarla.

Annabelle spinse ancora due o tre volte ma non accadde nulla, allora il dottor Kelly le parlò in tono gentile dopo aver lanciato un'occhiata a Caroline. «Annabelle, voglio che tu dia due o tre spinte, belle forti, e se il bambino non si muove ti aiuteremo con il cesareo.»

Aveva quasi esaurito le energie e il monitor con il battito del nascituro indicava qualche irregolarità, segno che anche lui si stava stancando.

«Non voglio il cesareo» disse piangendo.

«Vediamo come vanno le cose.»

Diede due forti spinte e ci fu un lieve cambiamento. Spinse di nuovo, poi parve sul punto di perdere i sensi. Caroline si accorse che il medico stava facendo un'incisione e inserendo il forcipe, poi tutto successe in fretta. Con un urlo, Annabelle diede un'ultima spinta e nella stanza risuonò un vagito.

L'ostetrica passò il neonato al pediatra perché lo visitasse, mentre Annabelle si abbandonò sul letto, esausta, e guardò Caroline, che le stava ancora tenendo la mano. Erano le sei del mattino.

«Sta bene?» chiese sollevando appena la testa.

L'ostetrica le rispose di sì mentre il dottore rimuoveva la placenta e suturava l'incisione.

«Posso vederlo?» domandò Annabelle.

Inizialmente aveva detto di non voler vedere il bambino, ma il parto era stato talmente estenuante che desiderava assicurarsi che stesse bene.

«Quattro chili e trecentocinquanta grammi» annunciò l'infermiera che lo aveva pesato, poi glielo passarono, avvolto in una copertina azzurra.

Con le guance paffute pareva un angioletto e si guardava attorno come se stesse cercando la sua mamma.

«Posso prenderlo?»

Il dottor Kelly scambiò un'occhiata con Caroline mentre l'infermiera posava il bimbo sul letto accanto ad Annabelle in modo che potesse vederlo, con le spondine alzate per farlo stare al sicuro. Lui sollevò lo sguardo e la fissò; lei lo prese, piangendo e sorridendo allo stesso tempo.

«Vuoi che lo portiamo dai genitori adottivi?» le chiese con gentilezza il dottor Kelly. «Sono qui fuori.» Non intendeva metterle fretta, soltanto ricordarglielo.

Annabelle guardò prima il medico poi la sorella e, piangendo, sussurrò a Caroline: «Voglio tenerlo. Farò tutto quello che devo fare... Non posso darlo via... Gli voglio bene».

«Non sei obbligata a darlo via» la rassicurò Caroline, chinandosi per darle un bacio. «Sei una ragazza coraggiosa.»

Le dispiacque per la coppia che lo voleva adottare, però era meglio che Annabelle lo volesse tenere. La famiglia l'avrebbe aiutata, in qualche modo se la sarebbero cavata. Mentre Annabelle stringeva tra le braccia suo figlio, un'infermiera lo sollevò con delicatezza e glielo mise sul petto.

«Devo andare a parlare con i signori Hill?» chiese Caroline al dottor Kelly.

«Ci pensiamo noi, andrò io. Sono cose che capitano: meglio adesso che tra qualche settimana, quando si sarebbero affezionati a lui.»

Annabelle ne aveva passate così tante, e lo aveva messo al mondo con tale fatica, che Caroline non riusciva a immaginare che dovesse anche dare via il suo bambino.

Il medico uscì dalla stanza e tornò poco più tardi. Annabelle si era assopita e il neonato era nella culla, sorvegliato da un'infermiera.

«Come l'hanno presa?» bisbigliò Caroline.

«Sono stati molto comprensivi, sono persone gentili. A volte succede» rispose lui. Poi aggiunse: «Dev'essere stanchissima».

Era stata sveglia tutta la notte, in continua tensione nel vedere che la sorella soffriva tanto.

«Sto bene e sono felice che abbia deciso di tenerlo. Per lei sarebbe stato tremendo separarsene. È giovane, noi la aiuteremo.»

«È fortunata» dichiarò il medico, poi si allontanò per occuparsi delle incombenze burocratiche.

Portarono Annabelle in una camera, dove misero una brandina per Caroline, che uscì in corridoio a telefonare a Charlie. I signori Hill erano andati via. Stava albeggiando, il cielo era striato di rosa e arancione. Charlie rispose subito, con voce assonnata.

«Hai un nipotino: quattro chili e trecentocinquanta grammi» lo informò.

«Come sta Annabelle?»

«È stata molto coraggiosa. Io non avrò mai dei figli.»

Il gemello rise. «I genitori adottivi sono lì?»

«Ha deciso di tenerlo.»

Charlie restò un attimo in silenzio. «Sono felice» disse poi. «È la cosa giusta. Ce la faremo.»

«Anche lei ce la farà: stanotte è diventata adulta.»

«Verrò a trovarla più tardi. Verremo tutti» disse Charlie.

«È distrutta, non potrete rimanere a lungo.»

«D'accordo. Ora dormi un po'.»

Quando Caroline tornò in camera, Annabelle era profondamente addormentata, mentre il bambino era nella nursery. Si sdraiò sulla brandina con un cuscino e una coperta e si addormentò subito. Il dottor Kelly andò a controllarle, poi uscì chiudendo silenziosamente la porta dietro di sé.

* * *

Quando Caroline si svegliò e si voltò a guardarla, Annabelle era già sveglia. Sorrideva, sembrava stanca ma felice.

«Come ti senti?» le chiese Caroline.

«Come una mamma. È stupendo. Mi dispiace per i signori Hill.»

«Adotteranno un altro bambino. Tu devi avere il tuo.»

Annabelle annuì. «Grazie per essere qui. Lo chiamerò Preston, come papà. Ne sarebbe contento.»

Poco dopo un'ostetrica portò il bimbo e le fece vedere come allattarlo, mentre Caroline andò a casa per fare una doccia e cambiarsi.

Gli altri stavano facendo colazione e le chiesero come stessero Annabelle e il bambino. Lei non raccontò quanto fosse stata dura, diede soltanto le belle notizie: che il piccolo era sano, che Annabelle stava bene e che lo avrebbe chiamato come il loro padre.

Lyle aveva telefonato a Gloria per informarla e nel pomeriggio sarebbero andati tutti a trovare la neomamma.

«Però state poco, deve riposare» raccomandò loro Caroline.

Più tardi andarono tutti in ospedale con fiori e palloncini. Nella camera c'erano Lyle, Charlie, Benjie e Gloria con l'ormai inseparabile compagno. Giorgio aveva portato una coperta di cachemire azzurra di Hermès. Gloria era a mani vuote, con un'espressione di disapprovazione sul volto. Si avvicinò guardinga alla culla e fissò il bambino accigliata. Poi si chinò per guardarlo più da vicino, mentre gli altri chiacchieravano con la neomamma e le facevano le congratulazioni.

Caroline vide Gloria sfiorare con un dito il viso del piccolo e sorridergli; quindi si alzò, continuando a sorridere.

«Assomiglia a papà» dichiarò convinta, anche se a Caroline non sembrava. «Credo che abbia sorriso. È bello grosso.»

Annabelle aveva fatto un miracolo. Chiese a Gloria se voleva prenderlo in braccio; lei fece cenno di sì e si sedette, mentre Caroline le mise il bimbo tra le braccia. Benjie lo osservava affascinato. Giorgio scattò delle foto a Gloria e le disse che era bellissima. Per la prima volta Caroline riuscì a immaginare la sorella maggiore con un figlio. Il piccolo Preston aveva fatto una magia. Benjie disse di avere un regalo per lui, che gli avrebbe dato quando fosse andato a casa.

Poco dopo si congedarono, contenti e commossi; Caroline si fermò un po' di più per aiutare la sorella, poi tornò a casa anche lei a riposare.

Annabelle era euforica per aver messo al mondo suo figlio e sul suo viso non c'era segno della sofferenza che aveva patito la notte precedente. Gloria mostrava a tutti le foto che le aveva fatto il compagno mentre teneva in braccio il nipotino. Malgrado le difficili circostanze della sua nascita, il piccolo Preston era stato accolto con grande entusiasmo.

* * *

L'indomani, Charlie e Caroline andarono a prendere Annabelle e il bambino. Avevano dovuto comprare in fretta e furia tutto ciò che serviva, dato che non era previsto che rimanesse con loro. Occorrevano un lettino, vestitini, pannolini e un seggiolino per la macchina. Gloria acquistò il passeggino più bello che trovò e disse che lo avrebbe portato a passeggio nel parco durante i fine settimana. Mentre un'infermiera faceva vedere ad Annabelle come cambiarlo e vestirlo, Caroline aspettò con Charlie in corridoio. Poi lui andò a prendere la macchina e arrivò Ted Kelly per firmare le dimissioni.

«Spero che adesso si riposi un po'» disse a Caroline. «Per mesi è stata eccezionale con Annabelle: di questi tempi è raro vedere un supporto simile.»

La ammirava molto e aveva atteso il momento adatto per dirglielo.

«Le sorelle maggiori servono a questo» replicò lei con un sorriso.

«Ho aspettato mesi per chiederle una cosa. Non mi sembrava appropriato finché il bambino non fosse nato.»

Caroline lo ascoltava senza immaginare cosa volesse domandarle.

«Le andrebbe di cenare insieme?»

«Davvero?» fece lei, sbalordita.

«Sì, davvero» rise lui. «Lei è una persona straordinaria e mi piacerebbe conoscerla meglio.»

«Grazie, sì... Certamente.»

Era imbarazzata e lusingata allo stesso tempo. Ted le era piaciuto fin dal primo incontro, aveva un modo di fare accogliente, semplice e diretto ed era un uomo intelligente.

«Mi piacerebbe anche conoscere il resto della vostra famiglia. Dev'essere particolare.»

«Sì, è così» confermò lei, orgogliosa. «A volte sono bizzarri e un po' matti. Ma fantastici. La inviterò a cena a casa con tutti, una volta.»

«Allora le telefonerò: prima usciamo noi due da soli» concluse, sicuro di sé e contento.

Dopo andarono nella stanza di Annabelle. Lei era vestita e il bimbo dormiva, con addosso una tutina azzurra. Era un bambino bellissimo.

Ted Kelly le accompagnò giù dalle scale. Un'aiutoinfermiera spingeva la sedia a rotelle su cui sedeva Annabelle con il figlio in braccio, mentre Charlie le aspettava in macchina. L'aiutoinfermiera diede una mano a sistemare il neonato nel seggiolino e Caroline presentò il medico al gemello, che era occupato a capire come si allacciavano le bretelline di sicurezza. Annabelle si mise sul sedile posteriore accanto al figlio addormentato. Era completamente impreparata su ciò che la aspettava, doveva imparare tutto.

Caroline salì in auto e prima che partissero Ted le disse: «Ci vediamo presto». Lei lo salutò con la mano.

«Ci vediamo presto?» ripeté poi Charlie guardandola. «Cosa significa? Avrai un bambino?» le chiese, anche se immaginava cosa volesse dire dallo sguardo che avevano sia il medico sia la gemella.

«Mi ha invitata a cena» gli rispose lei con un sorriso.

«Oddio, che sfacciata: tua sorella ha appena partorito e tu ci provi con il dottore.»

Annabelle ridacchiava sul sedile posteriore. «Te l'avevo detto che gli piacevi» le ricordò.

«Già, forse è così. Anche lui mi piace. Ha aspettato che nascesse il bambino prima di chiedermi di uscire.»

«Mi pare giusto» approvò Charlie, che teneva molto alle buone maniere.

Quando arrivarono a casa, gli altri li stavano aspettando con dei palloncini azzurri e tutto il corredo che avevano comprato per il piccolo. C'era anche Brady; Devon e Tommy, impazienti di vedere il neonato, lo trovarono adorabile. Nel pomeriggio sarebbe passata Gloria portando il passeggino. Benjie gli regalò un coniglietto bianco che aveva preso al rifugio, un cucciolo di una razza nana.

«Mi prenderò io cura del coniglietto finché il bambino sarà cresciuto» spiegò Benjie.

Annabelle lo ringraziò e lo abbracciò, dicendogli che Preston lo avrebbe adorato.

Annabelle impiegò diverse ore per sistemarsi e organizzarsi. La sua stanza era piena di cose per il bambino e di scatole da regalo. Le serviva un nuovo cassettone. Non aveva ancora il latte, ma teneva comunque il figlio attaccato al seno e si stavano abituando l'uno all'altra. Di tanto in tanto Caroline si affacciava alla sua camera per vedere come stavano. Annabelle sembrava stanca e un po' frastornata ma felice.

«La tua famiglia è fantastica» disse Brady a Charlie. «Qualunque cosa accada, siete lì gli uni per gli altri, affrontate le difficoltà e le risolvete alla grande.»

«Non sempre, però ci proviamo» replicò Charlie sorridendo.

«Dev'essere un sogno avere una famiglia così.»

«Sì, è bello» confermò lui.

Nel pomeriggio passò anche Daphne per vedere Lyle e i suoi figli, oltre che il neonato. Come ormai faceva spesso, si fermò per cena. Ai bambini piaceva perché era gentile con loro e insieme si divertivano, aveva sempre delle belle idee. In settembre il divorzio di Lyle sarebbe diventato effettivo e gli accordi economici erano quasi definitivi. Amanda aveva preteso il massimo e lui se n'era fatto una ragione. Non avrebbe avuto parte dell'eredità, ma una fetta consistente di tutto il resto. Inoltre, quando aveva saputo di Daphne, aveva tentato di mettere i bambini contro di lei, ma fino a quel momento non ci era riuscita. Era occupata con il suo nuovo compagno, quello con l'aereo privato, e stava per vendere l'appartamento per prenderne uno più bello. La cosa più positiva di tutte era che a Tommy e Devon piaceva abitare nella casa dei nonni con il papà.

Quella sera Annabelle portò il bambino a cena in una culla di vimini, che posò su una sedia accanto alla propria in modo da tenerlo d'occhio. Quando doveva cambiarlo, Devon le passava i pannolini: era come vestire un bambolotto. Gloria, che era lì con Giorgio, osservava il neonato affascinata. Nessuno avrebbe immaginato che in precedenza era stata tanto contrariata dal suo arrivo. Annabelle però l'aveva perdonata. Il piccolo aveva portato con sé perdono e amore, oltre che speranza per il futuro. Annabelle aveva scritto una lettera ai signori Hill per scusarsi e si augurava che trovassero presto un altro bambino da adottare.

La cena fu caotica come sempre, forse anche un po' più del solito. Caroline si domandò come si sarebbe trovato Ted Kelly in mezzo a quella confusione. Giorgio, Daphne e Brady ormai si erano abituati alla famiglia e con la loro presenza l'avevano piacevolmente arricchita. Quando erano tutti insieme, i Whittier erano travolgenti, generosi e brillanti, e ora il piccolo Preston era uno di loro. L'ultimo membro della famiglia si era rivelato un dono e una benedizione.

Annabelle si illuminava ogni volta che lo guardava. Era passata dalla fanciullezza all'età adulta in una sola notte. Ormai era una madre e avrebbe seguito l'esempio della propria. L'eredità di Connie sarebbe durata per sempre nei loro ricordi e nei loro cuori.

Sedici

Ted Kelly aspettò due settimane prima di telefonare a Caroline, per darle il tempo di sistemarsi dopo l'arrivo del bambino, in modo che si sentisse libera di uscire con lui. La chiamò sul numero che gli aveva dato come persona di riferimento per Annabelle. Aveva anche il numero dell'ufficio, ma non voleva disturbarla al lavoro. La invitò a cena per il venerdì sera, dato che lui era reperibile nel fine settimana e preferiva evitare di dover interrompere la cena.

Lei accettò con piacere. Aiutava Annabelle, che se la stava cavando sorprendentemente bene, e fino a quel momento le cose con il bambino procedevano senza difficoltà. Era ancora stanca, ma durante la visita postpartum Ted le aveva detto che era normale. Era giovane, perciò si sarebbe ripresa in fretta; inoltre, in casa c'erano tante persone a darle supporto. Frieda teneva il bambino quando lei voleva uscire, tra una poppata e l'altra. Allattare era un impegno a tempo pieno e il piccolo Preston aveva molto appetito. Per Annabelle era tutto nuovo, dato che non aveva seguito nessun corso prenatale. Aveva intenzione di tornare a lavorare con Caroline e Charlie alla fine di agosto, prima della settimana della moda, prevista in settembre. Per allora, sarebbe venuta una nipote di Frieda a dare una mano. Caroline aveva organizzato tutto.

Quando Ted venne a prenderla per andare a cena, in casa c'era più caos del solito. L'indomani Tommy sarebbe partito per il campeggio e l'ingresso era ingombro dei suoi borsoni da viaggio. Devon, con ancora indosso i pantaloncini rosa che aveva al campo estivo, inseguiva strillando Duke, che le aveva preso una Barbie, come gli piaceva fare. Non le rovinava, si limitava a portarle nella sua cuccia, dove la bambina andava a riprendersele.

Rose sarebbe arrivata a momenti per cenare con Benjie, che la stava aspettando sulla porta vestito di tutto punto. Dopo mangiato avrebbero guardato un film. Daphne, seduta sul pavimento accanto ai bagagli di Tommy, stava cucendo sull'ultima borsa la targhetta con il suo nome. Amanda era già partita per l'Europa, dove avrebbe trascorso un mese, lasciando a Lyle l'incombenza dei preparativi per il campeggio. Stava comprando un appartamento sfacciatamente costoso a Tribeca, in un palazzo con palestra, piscina e portiere. Tommy e Devon dissero che era bello, però che preferivano stare a casa del papà e che il fidanzato della mamma a loro non piaceva. Riferirono che era presuntuoso e che con loro non parlava mai.

Charlie e Brady stavano cucinando per tutti, prima di partire per gli Hamptons – dove Brady aveva una casa in multiproprietà – quella sera stessa sul tardi. Giorgio stava preparando la pasta alla carbonara e mostrava loro come cuocerla al dente, mentre Gloria teneva in braccio Preston, addormentato, intanto che Annabelle faceva la doccia. Tra una poppata e l'altra, non aveva avuto neanche il tempo di togliersi il pigiama.

Caroline stava scendendo le scale con addosso un abito estivo in piqué bianco, sandali dorati e grandi orecchini a cerchio, quando il campanello suonò. Benjie era il più vicino alla porta perciò aprì e fu sorpreso di vedere una persona che non conosceva. Ted scorse il caos all'interno, sorrise e gli porse la mano.

«Ciao, io sono Ted. Sono qui per Caroline» gli disse in tono educato.

Gli tornarono in mente i tempi del college, quando andava a prendere le ragazze al loro dormitorio.

«Io sono Benjie. Pensavo che fosse Rose. Sua mamma la sta portando qui. È la mia ragazza.»

Ted lo seguì dentro e vide Lyle e Daphne seduti per terra in mezzo alle borse, mentre Duke sfrecciava davanti a loro con la Barbie rubata in bocca.

«È il mio cane» gli spiegò Benjie. «Si chiama Duke, è un alano. Ha perso un orecchio in un combattimento. L'ho adottato. Ho anche un altro cane che si chiama Dottie.»

In quel momento Ted vide Caroline e le sorrise. Lei lo presentò a Lyle e Daphne, che si scusarono per il disordine. Lyle si alzò e gli strinse la mano, mentre Daphne non lo fece perché era impegnata a cucire. Gloria, con il bambino in braccio, lo salutò con la mano.

«Andiamocene da qui» gli disse Caroline sorridendo «prima che qualcuno ci chieda di fare da babysitter o di dar da mangiare ai cani.»

Poi il campanello suonò di nuovo: era Rose, con un vestito di cotone rosa che le stava molto bene.

Benjie la baciò e, pieno di orgoglio, la presentò a Ted. «Lei è Rose, la mia ragazza. Ci siamo conosciuti in palestra» spiegò.

Ted sembrò divertito da quella confusione e per niente infastidito. Nel frattempo arrivò Annabelle, bellissima con i jeans attillati e una camicia bianca da uomo. Due settimane dopo il parto era già magra come prima della gravidanza.

«Salve, dottor Kelly. È venuto per cena?» gli chiese, contenta di vederlo.

Sospingendolo verso la porta, Caroline disse: «No, andiamo a mangiare fuori. Stiamo cercando di fuggire da qui».

«Se volete restare siete i benvenuti» intervenne Gloria, mentre riconsegnava Preston alla mamma. «Il mio compagno sta preparando la carbonara. È italiano ed è uno chef bravissimo. A proposito, io sono Gloria, la sorella maggiore di Caroline» si presentò, stringendogli la mano.

Erano quasi arrivati alla porta quando Benjie e Rose andarono in cucina seguiti dai cani, mentre Lyle passava a Daphne una pila di asciugamani ai quali si era accorto che mancavano ancora le etichette.

Caroline e Ted uscirono in fretta e lei chiuse la porta dietro di sé. «Corri, prima che escano e ci acciuffino» scherzò scendendo i gradini d'ingresso, poi lui fermò un taxi. Aveva prenotato nel suo ristorantino francese preferito, vicino a casa sua, nei pressi dell'ospedale. «Mi spiace, è sempre così caotico... Con tutto quello che succede non è possibile apparire chic e sofisticati. La mia famiglia è pazzerella, però ci vogliamo bene.»

«Mi sembrano tutti bravi e simpatici» replicò lui dopo aver dato l'indirizzo al tassista.

Lei annuì, poi lo guardò con aria seria.

«Grazie per essere stato gentile con Benjie. È entusiasta di Rose, che è la sua prima ragazza, e dei suoi cani. Duke è piuttosto esuberante, ma almeno non ti ha buttato a terra.»

«Ho una sorella come Rose e Benjie» disse lui con semplicità. «Abita con nostra mamma a San Francisco, fa una vita tranquilla. Credo che Benjie si diverta molto più di lei. Per loro è difficile trovare degli amici e avere una vita sociale. Tuo fratello sembra ben integrato; è fortunato ad avere conosciuto Rose. Lei ti piace?»

«Sì, molto, è una ragazza dolce e i suoi genitori sono simpatici. Vanno tenuti d'occhio. Sono come bambini, poi di colpo diventano adulti e possono mettersi in situazioni complicate da gestire» gli disse con discrezione. «Si sono conosciuti da poco.»

«Quanti anni ha Benjie?»

«Presto ne compirà ventinove. Mia madre era bravissima con lui; la sua perdita ha comportato un grosso cambiamento per Benjie. Io faccio quello che posso, ma è difficilissimo sostituirla.»

«Mi pare che tu te la stia cavando bene. Mia sorella Francine ha trentacinque anni e lavora in un negozio di souvenir: le piace, però fa una vita piuttosto solitaria.»

«Benjie lavora in un rifugio per animali, ecco perché abbiamo Duke e Dottie. È bravissimo, sarebbe stato un ottimo veterinario.»

Caroline apprezzava il fatto che Ted non fosse rimasto turbato o sorpreso da Benjie, che a volte era troppo diretto e parlava senza filtri. Quel comportamento gli era familiare, lo aveva riconosciuto immediatamente e aveva capito che Benjie era felice e conduceva una vita soddisfacente. Avrebbe desiderato poter fare di più per sua sorella, però viveva lontano e la vedeva poche volte all'anno. Spesso si sentiva in colpa per il fatto di abitare a New York; d'altra parte, gli piaceva la città e quando lo studio medico gli aveva proposto di assumerlo aveva accettato subito.

«Sei di San Francisco?» gli domandò Caroline durante il tragitto verso il ristorante.

«Sì. Ho fatto la specializzazione in Medicina all'Università di New York e sono rimasto qui. Questa città offre talmente tanto che San Francisco al confronto è piccola e noiosa. Sei fortunata ad avere qui la tua famiglia.»

«A volte» ribatté lei, e risero entrambi. «Da anni non abitavamo tutti insieme, ma sta funzionando meglio di quanto mi aspettassi. Charlie, il mio gemello, si è trasferito a casa dei miei per stare con Benjie. Poi sono venuta io per tenere d'occhio Annabelle. Lyle si è separato dalla moglie e per il momento abita lì con i suoi figli, quando sono con lui. Insomma, c'è un po' di caos però è piacevole.»

«Non ero sicuro che Daphne fosse sua moglie. Sembra una persona gradevole.»

«È un'assistente sociale venuta per indagare su di noi dopo che la sua ex moglie ha fatto una segnalazione sostenendo che viviamo come zingari. Voleva creargli problemi. Daphne rappresenta un grande miglioramento per lui. Probabilmente in autunno Lyle prenderà un appartamento per conto suo. E noi non possiamo tenere la casa per sempre» gli spiegò con un sospiro. «Per adesso funziona, ma alla fine ciascuno di noi tornerà ad avere un posto per sé.»

«Mi pare che funzioni benissimo. Annabelle è fortunata ad avere tutti voi che la aiutate.»

«Noi vorremmo che riprendesse gli studi, ma dubito che lo farà.»

Arrivarono al ristorante, che era piccolo e incantevole, gestito da una giovane coppia francese. I piatti erano deliziosi e autentici, l'ambiente tranquillo si prestava a fare conversazione: Ted aveva scelto bene.

Quando si furono accomodati al tavolo, le chiese come si fosse avvicinata al settore della moda.

«È sempre stato il sogno mio e di Charlie» gli rispose Caroline. «A lui interessa il lato finanziario. Abbiamo appena accolto un socio, di Milano. La sua famiglia possiede la migliore fabbrica di tessuti italiana. Per la nostra attività farà una grossa differenza, adesso possiamo davvero aumentare il giro di affari.»

«E cosa fai per divertirti?»

«Lavoro» rispose lei ridendo. «Non faccio altro, è la mia passione. Poi mi prendo cura della famiglia, specialmente negli ultimi sei mesi; prima ci pensavano i miei genitori, specialmente mia madre. Annabelle e Benjie hanno ancora bisogno di aiuto e a Lyle serve una mano con i figli, da quando si è separato.»

«Anch'io lavoro molto» ammise Ted. «La medicina è la mia passione; è elettrizzante quando nasce un bambino, c'è sempre una storia dietro, qualcosa di speciale per ciascuna mamma e per ciascun neonato. Non ci si annoia mai, è stimolante e impegnativo. Sono contento che Annabelle lo abbia tenuto.»

«Anche noi. Nostra sorella Gloria era molto contrariata per la gravidanza indesiderata, mentre ora si è innamorata del piccolo e si comporta come se fosse stata una sua idea: è buffo. Io non ho mai desiderato un figlio, amo troppo la mia professione e sarebbe di intralcio. Probabilmente non sarei una brava madre, sarei sempre al lavoro...»

«Sei già una madre straordinaria, per come ti ho vista con tua sorella. Ed è molto più difficile fare da madre a una persona adulta, soprattutto nelle circostanze in cui vi siete trovate.»

«Ho cercato di fare quello che pensavo avrebbe fatto nostra madre, sebbene neanch'io fossi contenta della situazione di Annabelle.»

«Incontro tante donne come te, concentrate sulla carriera, che non credono di desiderare un figlio, ma quando arriva se ne innamorano. C'è una sorta di magia nella maternità e nei bambini.»

Era evidente quanto Ted amasse il proprio lavoro, lo rendeva felice e di conseguenza era bello stare in sua compagnia.

«Ti credo sulla parola» replicò Caroline. «Non sono ancora pronta per quel tipo di magia nella mia vita.»

Ted rise, poi la guardò con espressione seria. «E cosa ne pensi della magia delle relazioni? Per quelle hai tempo?» indagò, consapevole che lei aveva una vita molto piena e tante responsabilità.

«Non lo so» gli rispose dopo un momento di riflessione. «Non ci ho mai provato davvero e non ho avuto nessuna storia lunga. È difficile, quando si è completamente dediti alla carriera. Ogni volta che frequentavo una persona, qualcuno si arrabbiava con me perché non c'ero o per quello che non potevo fare. Per me il lavoro ha la priorità e non mi piace deludere le persone né essere rimproverata; non voglio essere una pessima compagna.»

«Lo terrò presente. Niente rimproveri quando devi lavorare.»

Caroline sorrise. «Il nostro settore è folle: scadenze, nuove collezioni, crisi quotidiane per difetti di produzione, tessuti smarriti o recensioni negative. Due volte all'anno, poi, diventa ancora più folle per la settimana della moda, che in realtà dovrebbe chiamarsi il mese della moda, perché occorrono settimane per preparare la sfilata e subito dopo ci sono le vendite. Io comincio ad abbozzare la collezione successiva il giorno dopo lo show.»

Lo stava avvertendo: se Ted intendeva frequentarla, doveva sapere cosa lo aspettava.

«È un settore pazzo però lo adoro» proseguì, con gli occhi che brillavano di entusiasmo, cosa che lui notò.

«A volte mi capita di far nascere tre bambini in una notte, anche quattro, o di non tornare a casa per due giorni di seguito. Il nostro studio medico ha molto personale, perciò le cose funzionano bene, però succedono anche imprevisti e in certi casi si mette male: questo è il lato oscuro della mia professione. Il più delle volte è un lieto evento quando si sente il primo vagito; in altri casi è una tragedia, e allora non me ne vado finché si è risolta.» Anche lui la stava avvertendo. «Per me è così tutto l'anno, non ci sono stagioni, anche se certi periodi sono più intensi di altri. La fine di settembre è sempre un caos, complici le feste di fine anno, quando la gente beve un po' troppo e si dà alla pazza gioia, così mi ritrovo con un'ondata di nuove pazienti a gennaio. Se fai i calcoli a ritroso è facile capire come le vacanze di Natale e Pasqua facciano bene alla nostra attività... nove mesi dopo» concluse, facendola ridere.

«Non ci avevo mai pensato. D'ora in poi farò attenzione durante le vacanze.»

Quando giunse il momento di uscire dal ristorante avevano parlato di moltissime cose.

«Mi piace il modo in cui ti vesti» le disse Ted incamminandosi nella serata tiepida. «Sei sempre chic.»

«Grazie. Dovresti vedermi quando preparo una sfilata: sembro un'indemoniata. A volte lavoriamo ventiquattr'ore di fila. Un po' come te, ma per una causa meno nobile. Sono stata felice che tu non te ne sia andato mentre Annabelle era in travaglio. Si sentono molte esperienze diverse riguardo al parto, alcune per niente positive. Non tutti i medici si preoccupano tanto quanto te.»

«Ci tengo alle mie pazienti, per me non è soltanto un lavoro» le spiegò Ted, contento che avessero in comune la passione per la propria professione. «Allora, lo rifaremo?» le chiese mentre passeggiavano lentamente.

«Mi piacerebbe» rispose piano Caroline.

«Anche a me» sorrise lui.

Proseguirono finché raggiunsero casa di lei, a circa un chilometro e mezzo dal ristorante. Caroline non lo invitò a entrare: erano le undici e di solito a quell'ora in casa c'era calma, ma poteva anche non essere così, e le piaceva la sensazione di tranquillità con cui si stava concludendo la serata. Ted era ancora più gradevole di quanto si fosse aspettata e avevano molti interessi in comune, come i viaggi, il teatro, la lettura, l'arte, sebbene avessero poco tempo da dedicarvi. A lui piaceva andare in barca e amava l'oceano, come lei. Da ragazzo aveva preso lezioni di vela nello Stato di Washington, mentre Caroline era andata al mare tutte le estati con i fratelli e i genitori. Il padre era stato un ottimo velista, mentre la madre restava a riva perché soffriva il mal di mare. Una volta ogni tanto si avventurava con loro, ma stava malissimo per l'intera durata della gita, così giurava che non lo avrebbe fatto più, e tutti la prendevano in giro per quella sua debolezza.

A Caroline e ai fratelli piaceva ancora andare in barca a vela. Ted ne aveva una piccola con cui usciva nella baia di San Francisco quando frequentava il college, e le raccontò che là faceva sempre freddissimo.

«Ho passato una serata stupenda» le disse sulla soglia di casa. Poteva facilmente immaginare le scene all'interno: erano come una serie televisiva, con cinque o sei episodi che si svolgevano contemporaneamente.

«Anch'io» replicò lei con trasporto, mentre tirava fuori le chiavi.

«Ti telefono la prossima settimana. Durante il weekend ho un paio di turni lunghi, ma sarò libero domenica sera.»

«Potresti venire a cena qui. Di solito la domenica sera cuciniamo tutti insieme per chiunque ci sia.»

«Mi piace l'idea.»

Ted si rendeva conto, forse più di lei, che quella famiglia amorevole e numerosa probabilmente era il motore che le dava la forza di dedicarsi anima e corpo alla sua professione, nonché il motivo per cui non sentiva la mancanza di una relazione affettiva: la sua vita era già piena di persone che le volevano bene. Di conseguenza, Caroline aveva tanto amore da dare.

«Ti chiamerò» le ripeté.

Non provò a baciarla, per non rischiare di rovinare la serata o di spaventarla. In fondo, aveva atteso cinque mesi per chiederle di uscire, perciò non c'era fretta.

Il lunedì, quando si incontrarono in ufficio, Charlie le chiese della cena con Ted. Dopo che erano rientrati dagli Hamptons, lui aveva trascorso la domenica notte da Brady e Caroline stava cercando di abituarsi al fatto di vederlo di meno. Desiderava che fosse felice; Brady era un bravo ragazzo e stavano bene insieme, ma Charlie inevitabilmente aveva meno tempo per la gemella, che fino ad allora aveva viziato dedicandole la sua completa attenzione.

«Allora, com'è andata la vostra cena?» le domandò.

«Ted è davvero gentile.»

«In che senso? Nel senso che non vedi l'ora di uscire di nuovo con lui o nel senso che sarete amici e lo rivedrai il prossimo anno?»

«Direi più la prima opzione. Anche lui è impegnato, nessuno dei due ha molto tempo per uscire» gli spiegò.

«Stupidaggini. Anche Brady e io siamo impegnati. Se vuoi, il tempo lo trovi.»

«In effetti, Ted ha detto qualcosa del genere...»

«Quanti anni ha?»

«Trentanove.»

«Ha molti anni di intenso lavoro davanti a sé, come te. Credo che verso i quaranta le persone si sveglino e si accorgano di non avere una vita personale, perciò decidano di rimediare. Come è successo a Gloria con Giorgio. A proposito: due dei suoi fratelli verranno la prossima settimana e vogliono incontrarci. Dovremmo portarli a cena.» Caroline annuì. «Credo anche che verranno a vedere la sfilata di settembre. Per loro siamo diventati un grande affare.»

«Loro sono un grande affare per noi» disse Caroline con gratitudine.

«In agosto trascorrerò due settimane negli Hamptons con Brady, ma posso tornare tutte le volte che vuoi» la informò, dopo che avevano scartato l'ipotesi delle vacanze in Turchia o in Grecia.

«Prima della terza settimana di agosto non ci sarà da impazzire per la sfilata: le cose sono ben organizzate, inoltre probabilmente d'ora in poi riceveremo in tempo i tessuti dall'Italia...»

«Ci ho pensato anch'io. Gloria passerà quasi tutto il mese di agosto in Sardegna con Giorgio, poi sulla via del ritorno si fermerà qualche giorno a Milano.»

In pochi mesi la vita della sorella maggiore era cambiata completamente, rifletté Caroline. A volte succedeva: una persona nuova, un nuovo lavoro, una nuova città e all'improvviso i sogni si realizzavano. Da donna in carriera dura, rigida e critica di un tempo, Gloria era diventata una persona più affettuosa e profondamente innamorata del compagno. I gemelli erano felici di quella trasformazione, avvenuta grazie a Giorgio. Caroline adorava anche vedere

Lyle che si divertiva insieme a Daphne. Lei era semplice e gentile con lui, al contrario di Amanda, che lo aveva reso infelice per anni.

Dopo la partenza di Tommy per il campeggio, in casa ci fu decisamente più calma. Devon andava al capo estivo sei giorni su sette e le piaceva molto. Annabelle ormai se la cavava bene nella gestione del figlio, e spesso Gloria andava ad aiutarla. Rose era in viaggio con i genitori in Wyoming, perciò Benjie si annoiava, anche se si telefonavano varie volte al giorno.

Brady e Charlie invitarono Caroline negli Hamptons per il fine settimana. Lei accettò e si divertì molto: giocarono a tennis, nuotarono e fecero surf. Brady presentò il compagno ai propri amici, ampliando la rispettiva cerchia di conoscenze e arricchendo la vita l'uno dell'altro. Per Caroline era evidente che il gemello fosse innamorato di Brady che, come lui, era una persona di sani princìpi e con dei solidi valori.

La domenica sera, Ted venne a cena per il suo secondo appuntamento con Caroline e se la cavò bene tra il fuoco di fila di domande, le tante persone, la deliziosa pasta al pesto preparata da Giorgio e i cani di Benjie; poi si ritrovò a tenere in braccio il figlio di Annabelle, mentre lei e Caroline portavano in tavola il cibo che avevano cucinato gli uomini. Dopo mangiato, Lyle disse a Caroline che se la cena in famiglia era un esame, Ted lo aveva superato a pieni voti. Era simpatico con tutti, gentile con Benjie e un buon conversatore; dopo cena Lyle accese il loro vecchio jukebox e si misero tutti a ballare.

Ted non aveva mai tolto gli occhi di dosso a Caroline, era chiaro che fosse pazzo di lei. Lyle notò con soddisfazione che i compagni si erano inseriti bene: la famiglia li aveva accolti e grazie al loro fascino e alle loro capacità si erano guadagnati il proprio posto tra gli altri. Si sentivano liberi di raccontare di sé e della loro vita: Ted chiacchierò a lungo con Lyle, mentre Giorgio riferì aneddoti stravaganti riguardo i Silvestri, preparò una pastasciutta squisita, inoltre spiegò diverse cose sull'industria della moda che Ted trovò interessanti. Capì che quello era un settore serio e il suo rispetto per Caroline, oltre all'ammirazione per il suo talento, crebbero ulteriormente. Giorgio disse che lei era un genio, come il suo gemello. Annabelle dichiarò che era felice di lavorare per loro, benché non lo avesse mai immaginato, perciò non vedeva l'ora di ricominciare, di lì a un mese. A quel punto avrebbe smesso di allattare; sei settimane dedicate esclusivamente alla maternità erano sufficienti. All'inizio aveva pensato di stare a casa con il figlio per un anno, però aveva cambiato idea. Alla sua età aveva bisogno di qualcosa di più nella vita, sebbene amasse il bambino più di quanto si fosse mai aspettata. Tutto ciò che lo riguardava era una sorpresa per lei.

Ted avrebbe avuto una settimana di ferie e sarebbe andato a San Francisco a trovare la madre e la sorella. Nel frattempo, la sua relazione con Caroline era diventata più profonda. Cenavano insieme due volte alla settimana e quando la riaccompagnava si baciavano sulla soglia. Dopo il rientro da San Francisco, le propose di trascorrere un weekend insieme; aveva prenotato in una pensioncina che conosceva su una spiaggia bellissima e poco affollata di Long Island, e noleggiato una piccola barca a vela. Aveva organizzato tutto con cura, come per una specie di luna di miele. Caroline sapeva soltanto che doveva presentarsi con il bagaglio e il costume da bagno, il resto era una sorpresa. Non era abituata ad avere qualcuno che si prendesse cura di lei; in genere era lei a occuparsi degli altri, sia a casa sia in ufficio.

Il venerdì sera, appena arrivarono nella loro stanza con vista sull'oceano, fecero l'amore, poi si gustarono una deliziosa cena a base di aragosta. Caroline non avrebbe potuto aspettarsi nulla di meglio. L'indomani si sdraiarono sulla spiaggia, poi uscirono con la barca a vela e, dopo aver gettato l'àncora, presero il sole nudi. A fine giornata rientrarono e fecero l'amore di nuovo, senza mai saziarsi l'uno dell'altra.

«Se avessi immaginato che sarebbe stato così, ti avrei chiesto di uscire la prima volta che ho posato gli occhi su di te. Avrei desiderato farlo» le confidò Ted mentre, stesi a letto, si baciavano.

Lei gli si premette contro. Caroline aveva un fisico bellissimo, che lui adorava guardare.

Fare l'amore aveva modificato le cose tra loro, si sentivano più affiatati e a proprio agio, condividevano i segreti di quando erano ragazzi e le ansie riguardo il futuro. Quando rientrarono in città avevano la sensazione di essere un tutt'uno e di colpo Caroline comprese quello che Charlie provava per Brady. Non toglieva nulla a ciò che loro condividevano in quanto gemelli, anzi aggiungeva qualcosa, una dimensione interamente nuova, che ora lei condivideva con Ted. Quel fine settimana trascorso insieme li aveva legati e aveva arricchito ciascuno dei due.

La domenica sera, Ted si fermò a dormire a casa di lei; il mattino seguente, mentre beveva il caffè in cucina, provò un lieve disagio quando Lyle e Devon entrarono per colazione. Devon chiacchierò con Ted mentre il papà le preparava i pancake e Caroline gli faceva delle uova. Arrivarono anche Annabelle con il bimbo e Benjie, seguito dai cani, così Caroline preparò le uova anche per il fratello minore; Lyle passò il giornale a Ted. Era un po' come stare in un albergo o in un collegio, ma Ted si abituò subito e scoprì che gli piaceva.

«Mi dispiace di essermi intromesso nella vostra colazione» gli disse Lyle sedendosi accanto a lui, mentre Devon chiacchierava con lo zio Benjie.

«In realtà è divertente» replicò Ted sorridendogli.

Trovava che aggiungesse una dose di realtà alla loro storia d'amore appena sbocciata.

«Crescere qui è stato fantastico per noi. Nostra madre rendeva avventuroso ogni giorno. A volte chi viene da fuori fa fatica a capirlo, per esempio la mia ex moglie lo detestava, diceva che era come arruolarsi in Marina. In effetti un po' è così.»

«Mio padre è morto quando avevo sedici anni» gli disse Ted. «Sono cresciuto solo con mia mamma e mia sorella, che è come Benjie. A casa nostra c'era sempre silenzio e solitudine. Mia madre non si è mai completamente ripresa dalla scomparsa di mio padre, e mia sorella non è estroversa come Benjie. Qui si fa il pieno di vita, di persone e di esperienze. C'è sempre qualcuno con cui parlare o incontrarsi, inoltre fate sentire benvenuto chi viene da fuori, come dici tu.»

«Questo perché sei un bravo ragazzo, ci piaci e sei gentile con mia sorella. Se tu fossi stato un bastardo saremmo stati cattivi con te» scherzò Lyle.

Lui rise poi si sporse a baciare Caroline davanti a tutti.

Ted e la compagna uscirono di casa insieme. Lui scese i gradini dell'ingresso dietro di lei poi, appena raggiunsero la strada, la fermò e la prese tra le braccia. «Nel caso in cui mi dimentichi di dirtelo, Caroline Whittier, io ti amo.» Non glielo aveva ancora detto. «E amo anche la tua famiglia.»

«Ti amo anch'io» gli disse lei, emozionata. «Vorrei che tu avessi conosciuto mamma e papà.»

«L'ho fatto» replicò lui, tenendola stretta. «Li ho conosciuti attraverso tutti voi. E ora, fila a lavorare. Ti chiamo più tardi: ci vediamo stasera?»

Lei fece cenno di sì e lo salutò con la mano mentre salivano ciascuno su un taxi per andare a svolgere il lavoro che amavano. Stare insieme dava un nuovo significato alla loro vita; ed era soltanto l'inizio.

«Hai passato un bel weekend?» le chiese Charlie quando la gemella arrivò in ufficio.

«Fantastico» rispose lei, senza riuscire a smettere di sorridere.

Subito dopo si misero a lavorare insieme, con la passione di sempre.

Diciassette

ANNABELLE tornò in ufficio l'ultima settimana di agosto, piena di energia ed entusiasmo. La settimana della moda sarebbe iniziata il giorno dopo il Labor Day e Caroline aveva una miriade di cose da affidarle. I tessuti erano arrivati puntuali grazie a Giorgio, che in quel periodo era ancora con Gloria in Sardegna, dove aveva uno yacht che teneva a Porto Cervo. Caroline aveva parlato diverse volte con la sorella maggiore, che le aveva confidato che le sembrava di essere in paradiso. Sarebbero tornati a New York subito prima del weekend del Labor Day. Durante l'estate la loro storia era pienamente sbocciata.

Annabelle era felice di essere tornata al lavoro e di rientrare a casa da suo figlio la sera. Il bimbo dormiva in camera con lei, che gli dava l'ultimo biberon della giornata. Quando non c'era, si occupavano di lui Frieda e sua nipote.

Appena era rientrata, Caroline le aveva offerto un posto fisso come assistente personale.

La sorella la guardò con rammarico e le disse: «Mi

piacerebbe tanto, ma non posso rimanere, in gennaio riprendo gli studi. Se mi volete lavorerò fino ad allora, ma dopo Natale frequenterò l'ultimo semestre. In giugno, però, dopo la laurea, mi piacerebbe tantissimo tornare qui, se per voi va bene».

Caroline era contenta che avesse preso quella decisione: era la cosa migliore per il suo bene e dopo la laurea l'avrebbe riaccolta volentieri.

Annabelle le sorrise. «Per ora sono tutta tua, poi starò via soltanto cinque mesi.»

«Allora mettiti al lavoro!» la esortò Caroline e lei non se lo fece ripetere due volte.

Ted ebbe modo di rendersi conto da vicino di come fosse la vita di Caroline mentre preparava la sfilata per la settimana della moda. Lavorava sempre fino alle due di notte, talvolta anche più tardi, e al mattino era di nuovo in ufficio alle sette, se non prima. Ritoccava i disegni fino all'ultimo momento utile, controllava i campioni, selezionava di persona le modelle. Charlie aveva trovato la location, il producer e il designer per la scenografia. Il loro ufficio stampa era oberato di lavoro.

«Accidenti, è molto peggio che fare il ginecologo!» aveva scherzato Ted durante una delle rare serate trascorse insieme.

Caroline era stata con lui per tre ore, poi era andata via di nuovo. Lui le aveva scritto un messaggio quando aveva avuto un momento libero e lei gli aveva risposto dopo ore. Desiderava che fosse la sfilata più spettacolare di sempre, perché Giorgio fosse felice di essere entrato in affari con loro. Stavano incrementando la produzione e dopo lo show speravano di ricevere ordinazioni ingenti; la partecipazione di Silvestri nell'azienda aumentava ulteriormente la loro credibilità, proprio ciò che Charlie e Caroline stavano aspettando e per cui avevano lavorato per undici anni.

Voleva che la sfilata fosse perfetta.

La sera precedente non andò proprio a dormire. Rimase in piedi tutta la notte a controllare i campioni e a fare gli ultimi aggiustamenti agli abiti addosso alle modelle.

Verso le due ricevette un messaggio da Ted, che era in ospedale con una paziente in travaglio. Lo aveva invitato alla sfilata e lui non vedeva l'ora di andarci. Si sarebbe svolta in un enorme auditorium che era stato allestito con pareti di fiori. Uno dei migliori scenografi francesi era venuto apposta a New York.

Caroline aveva riservato per Ted un posto in prima fila, tra Lyle e Gloria. I suoi famigliari assistevano sempre alle sfilate, tranne Benjie, perché non gli interessavano e c'era troppa confusione per lui. Charlie si sarebbe mosso su più fronti, abile com'era a individuare potenziali problemi e risolverli sul nascere, inoltre avrebbe gestito i rapporti con la stampa di tutto il mondo, mentre Caroline sarebbe rimasta nel backstage a controllare ogni modella prima dell'ingresso in passerella. La tensione era alta mentre le esaminava minuziosamente. Poi, l'una dopo l'altra, le modelle avrebbero iniziato a sfilare indossando le sue splendide creazioni, completate da favolosi accessori che lei stessa aveva disegnato.

Mentre entrava, Ted aveva individuato Lyle nella folla e insieme avevano raggiunto i loro posti. Gloria arrivò trafelata all'ultimo momento, come al suo solito. C'erano anche i sei fratelli Silvestri seduti di fronte a loro; Giorgio le mandò un bacio. Gloria aveva al dito un anello con diamante che le aveva regalato quando erano passati da Milano. Non era un anello di fidanzamento, tuttavia una promessa per il loro futuro insieme, oltre che un gioiello di eccezionale bellezza. Non avevano ancora fatto progetti, ma le cose procedevano a ritmo spedito. Giorgio aveva deciso di acquistare un appartamento per loro due a New York, poiché intendeva trascorrere in città sei mesi all'anno.

Si spensero le luci e furono accesi i riflettori, si diffuse una musica martellante e sensuale mentre le modelle avanzavano con passo sicuro lungo la passerella; più di una volta il pubblico applaudì alla comparsa di un abito particolarmente spettacolare. Affascinato da ciò che Caroline aveva creato, Ted diede una lieve gomitata a Lyle, a sua volta impressionato dal talento della sorella, come sempre.

Alla fine, Caroline spuntò dal backstage con addosso jeans e maglietta, fece un rapido inchino e scomparve di nuovo dietro le quinte, poiché detestava stare sotto i riflettori.

Poco più tardi uscì per cercare Ted e lo baciò.

«È stato fantastico» le disse il compagno, pieno di orgoglio. «Sei davvero un genio!»

«Sono soltanto una gran lavoratrice.»

Doveva tornare in fretta nel backstage perché aveva promesso di rilasciare un'intervista al *New York Times*.

Ted lasciò l'auditorium con Lyle, mentre Gloria raggiunse Giorgio. Annabelle era dietro le quinte per aiutare Caroline.

I gemelli, che non si erano fermati un attimo per l'intera giornata, brindarono con dello champagne insieme ai Silvestri. Finalmente, alle sette di sera, Caroline prese un taxi per andare a casa e fece una doccia. Ted la raggiunse là, si affacciò alla sua camera e la trovò sdraiata sul letto a fissare il soffitto, pensando alle cose che avrebbe dovuto fare in maniera diversa. Nel complesso, però, era soddisfatta: era stata una sfilata memorabile.

Ted bussò per richiamare la sua attenzione ed entrò. Caroline gli sorrise e lui si stese accanto a lei.

«La sfilata è stata splendida» le sussurrò, abbracciandola.

«Mi auguro che le recensioni siano positive» disse lei.

Dalle indiscrezioni che Brady aveva dato a Charlie, lo sarebbero state.

«Non so come fai» le confessò Ted. «Notti in bianco, pazzia pura. Ne vale la pena?»

Aveva visto con i suoi occhi quanto fosse estenuante e il prezzo che la compagna aveva dovuto pagare nell'ultimo mese per portare a termine quel compito immane.

«Sì» rispose lei senza esitazione. «Amo il mio lavoro.»

«Allora ne vale la pena» concordò lui; la comprendeva, dato che si sentiva nello stesso modo riguardo alla propria professione. «Ti va di mangiare qualcosa?» le propose.

«No, grazie. Non riesco neanche a muovermi e domani devo andare in ufficio presto per incontrare i Silvestri prima che partano. Facciamo colazione con loro» gli spiegò. «Vuoi fermarti qui a dormire?» aggiunse.

«Mi piacerebbe, ma sono reperibile, è meglio che vada a casa mia» le disse, visto che abitava più vicino all'ospedale.

Rimasero sdraiati l'uno accanto all'altra per un po', finché Ted vide che le si chiudevano gli occhi.

Caroline aveva ragione, era un modo di vivere folle, però lo amava in tutto e per tutto.

Una settimana più tardi, in una tranquilla domenica mattina, la famiglia si riunì. Ancora non avevano risolto il dilemma della vendita della casa e Lyle voleva di nuovo sondare il terreno. Negli ultimi otto mesi c'erano stati cambiamenti significativi nella vita di ciascuno di loro, perciò intendeva sentire se i fratelli avevano maturato una decisione al riguardo.

«Gloria, che progetti avete tu e Giorgio?» chiese alla sorella maggiore.

Silvestri ormai era una presenza fissa nella sua vita e lei parlava spesso di Milano.

«Ancora niente di definitivo» gli rispose. «Giorgio vuole che io trascorra più tempo in Italia con lui. Ho intenzione di lasciare il lavoro alla fine dell'anno e di aiutarlo con i suoi investimenti là. Mi piacerebbe stare sei mesi qui e sei mesi in Italia con lui.»

«Vi sposerete?» le chiese Caroline.

Era felice per lei, dato che stava vivendo una vita molto migliore di quella che conduceva prima di incontrare Giorgio; ora le sembrava completamente appagata.

«Non abbiamo deciso. Staremo insieme, per il momento

è tutto quello che so; a lui piacerebbe avere un bambino, ma io non sono sicura.»

«E riguardo alla casa come la pensi, adesso?» indagò Lyle.

«Penso sempre che dovremmo venderla e investire il ricavato.»

Non aveva cambiato idea; per lei la casa dei genitori rappresentava il passato.

Poi Lyle espresse la propria opinione. «Io e i bambini adoriamo abitare qui, però credo che prima o poi dovrò prendere un appartamento. Non ho fretta, magari tra sei mesi o un anno, o anche prima, se troviamo un posto che ci piace. Daphne potrebbe venire a vivere con noi.»

Dopo parlò Charlie, in tono serio come sempre. «Brady e io vogliamo comprare un appartamento insieme quest'anno, quindi io mi trasferirò, però penso ancora che dovremmo tenere la casa per gli altri e per quello che rappresenta per tutti noi.»

«Io non voglio trasferirmi» dichiarò Annabelle. «Desidero che Preston cresca qui, come abbiamo fatto noi.»

«È piuttosto costoso» le fece notare Gloria. «Servono molti soldi per mantenere e gestire questa casa.»

«Io le sono legata» disse Annabelle con semplicità.

Poi fu il turno di Caroline. «Io voglio rimanere qui. Non so cosa farò in futuro, Ted e io stiamo insieme da poco. Credo anche che ci sia un vantaggio importante ad abitare insieme: ci aiutiamo e ci diamo forza a vicenda.»

Lyle annuì; come gli altri fratelli, concordava con le osservazioni di Caroline.

«Se Charlie compra un appartamento con Brady» aggiunse lei «venderemo il nostro a SoHo e io rimarrò qui.»

«Volevo sentire come la pensavate. Forse un giorno la venderemo, o dovremo farlo se diventerà troppo onerosa per noi. Ma per adesso mi pare che nessuno sia pronto ad andarsene, a eccezione di Charlie. Gli altri vogliono ancora stare qui, almeno per un po'.»

«Io voglio rimanere» disse a quel punto Benjie. «Rose e io siamo una coppia» dichiarò, serio. «Ci piace qui.» I fratelli sorrisero. «Caroline ha detto che se ci trasferiamo posso abitare con lei. E la mamma di Rose ha detto che posso stare da loro, perciò sono tranquillo. Se vendete la casa porterò con me Duke e Dottie.»

Non era più spaventato riguardo a ciò che gli sarebbe successo.

Ciascuno di loro aveva espresso la propria opinione e spiegato le proprie ragioni. A parte Gloria, nessun altro desiderava vendere.

Benjie tirò fuori dalla tasca una scatolina e mostrò ai fratelli l'anello che avrebbe regalato a Rose per il compleanno; era un cuoricino di zaffiri rosa.

«L'ho comprato con i soldi del mio stipendio: è il nostro anello di fidanzamento» li informò.

Di tanto in tanto i genitori di lei le permettevano di trascorrere la notte da Benjie, e Caroline immaginava che un domani Rose potesse vivere con loro, magari quando entrambi fossero stati un po' più grandi. Giorno per giorno, i fratelli seguivano da vicino la vita di Benjie.

«Per adesso pare che dovremmo tenere la casa» concluse Lyle. «Non siamo pronti a venderla. Ne riparleremo via via che le cose evolvono. Che ne dite?»

«Perfetto» risposero in coro gli altri.

Quella era ancora la loro casa e si auguravano che lo sarebbe rimasta a lungo. In seguito le cose potevano cambiare. Caroline e Ted avevano ipotizzato di vivere insieme prima o poi, ma era ancora presto e nel frattempo volevano godersi la loro storia. Con Brady, Charlie era andato più in fretta; il compagno ne sembrava contento e andava d'accordo con tutti.

«Grazie per aver condiviso le vostre opinioni» disse Lyle, poi tutti si alzarono.

Dopo Charlie, probabilmente sarebbe stato lui il successivo a trasferirsi, però con calma, visto che gli piaceva che i suoi figli abitassero lì con la famiglia.

Pranzarono tutti insieme, chiacchierarono, risero e si presero in giro a vicenda. Benjie mostrò l'anello per Rose a Ted, Daphne e Giorgio, che gli dissero che era stupendo.

«Le regalerò anche un cane, dato che ne vuole uno. Mi metterò in lista per le adozioni al rifugio.»

«Prima dovresti chiedere a sua mamma se è d'accordo» lo avvertì Caroline, e lui fece cenno di sì.

Per il momento la casa era al sicuro: tutti volevano ancora abitare lì insieme, ma Caroline si domandò se sarebbe stato così per sempre. Immaginava che un giorno avrebbe desiderato vivere con Ted in un appartamento tutto loro, magari anche sposarsi e avere dei figli. Ma per ora la sua casa era lì, con i fratelli, la sorella, i nipotini. Un luogo del cuore per tutti loro: l'eredità dei genitori che continuava a vivere.

Diciotto

I FRATELLI Whittier e i loro compagni festeggiarono insieme il Natale nella casa della loro infanzia, con tutte le antiche tradizioni. Gli uomini uscirono a comprare un abete, che poi le donne decorarono. La sera della Vigilia fecero una cena formale in sala da pranzo, in smoking e abito lungo, come avevano sempre fatto. I fratelli avevano mantenuto vivi tutti i ricordi, i dettagli e lo stile di vita che avevano condiviso con i genitori. Era il primo Natale senza di loro. Mancavano tre settimane al primo anniversario della morte di Connie e Preston e ancora sembrava incredibile che fossero scomparsi. Ciascuno di loro pianse per un particolare ricordo, o per il pudding di Natale flambé, che piaceva tanto alla loro mamma. Lyle affettò il tacchino nel modo in cui lo faceva il padre.

Tommy aveva appena compiuto undici anni e indossava una giacca, mentre Devon aveva un abitino da sera di velluto nero che le aveva comprato Caroline. Gloria aveva portato dall'Italia una tutina nera di velluto per il piccolo Preston. Adorava fare shopping a Roma e a Milano. Lei e Giorgio erano ufficialmente fidanzati; avevano in programma di sposarsi in estate e di trascorrere la luna di miele sullo yacht di lui a Venezia e nell'Adriatico.

Alcune settimane prima, Lyle aveva acquistato un appartamento, che era proprio come voleva lui e aveva spazio sufficiente per i bambini. Si sarebbe trasferito in marzo o in aprile, dopo alcuni lavori di ristrutturazione, e Daphne sarebbe andata a vivere con loro. Amanda si sarebbe sposata a Capodanno a Las Vegas con l'uomo che aveva l'aereo privato e si sarebbero stabiliti a Los Angeles. Lei e Lyle ne avevano parlato e avevano deciso che i figli sarebbero rimasti a New York con lui, proprio come desideravano sia loro sia Lyle. Ad Amanda bastava vederli un mese durante l'estate e a turni alterni per le vacanze scolastiche. Il suo nuovo marito era ricchissimo e Lyle era stato generoso con lei, perciò non le importò di rinunciare all'assegno di mantenimento dei figli.

Alla cena, Brady e Charlie, entusiasti del loro nuovo appartamento, erano elegantissimi. La loro relazione stava procedendo in maniera perfetta.

Entro tre settimane, Annabelle avrebbe ripreso le lezioni e dopo l'ultimo semestre sarebbe tornata a lavorare a tempo pieno alla CCW, per la sorella e il fratello.

Caroline e Ted stavano insieme da cinque mesi. Avevano parlato del futuro ma non erano ancora pronti a prendere decisioni in merito. Per il momento tutto andava così bene tra loro che non volevano rischiare di rovinare le cose. Ted passava più notti con lei che a casa propria e ormai si sentiva completamente a suo agio. Lui e Lyle erano diventati buoni amici, e insieme a Caroline gli piaceva trascorrere del tempo con Charlie e Brady. Sia Brady sia Ted avevano compreso cosa significasse essere innamorati di qualcuno che aveva un gemello: ci sarebbe sempre stata un'altra persona importantissima per loro, tuttavia nel loro cuore c'era abbastanza spazio per accogliere il compagno.

Quella sera anche Benjie era in smoking ed era bellissimo. Era maturato molto durante la sua relazione con Rose. Lei indossava un abito di velluto rosa che le aveva fatto Caroline e che le stava benissimo. Durante la cena, sulle sue gambe c'era un batuffolino bianco, una cucciolina di maltese che era stata abbandonata e portata al rifugio. Aveva tre mesi e Benjie gliel'aveva regalata per Natale; la ragazza l'aveva chiamata Neve, diminutivo di Biancaneve. Diceva a tutti che l'anello con il cuore di zaffiri rosa che le aveva regalato Benjie si intonava con il suo vestito.

Durante la serata i fratelli fecero un brindisi per i genitori. Caroline guardò Charlie con le lacrime agli occhi e lui capì perfettamente come si sentiva perché provava le stesse sensazioni. Poi lei alzò lo sguardo su Ted, che la strinse a sé. Per i Whittier quell'anno era stato al tempo stesso difficile e bello, pieno di cose positive e di persone nuove alla loro tavola. Annabelle aveva suo figlio ed era diventata adulta.

«Buon Natale a tutti!» esclamò Lyle.

Si scambiarono gli auguri, domandandosi cosa avrebbe riservato loro l'anno che stava per iniziare.

Anche se non l'avrebbero tenuta per sempre, la casa aveva avuto un ruolo importante nella loro storia e lo avrebbe mantenuto sempre, piena di ricordi dei genitori e di loro stessi, oltre che delle persone che erano entrate nella loro vita e dei loro figli.

Si abbracciarono l'un l'altro poi tornarono a sedersi. Duke, Dottie e Neve correvano per la sala da pranzo abbaiando, contagiati dall'allegria dei padroni. Tra le risate, iniziarono la cena della Vigilia, rispettando le antiche tradizioni e aggiungendone di nuove.

Erano tutti a casa per Natale. Preston e Connie sarebbero stati orgogliosi di loro.

I libri di Danielle Steel

Fine dell'estate
Palomino
Una perfetta sconosciuta
Stagione di passione
Una volta nella vita
Un amore così raro
Due mondi due amori
Incontri
La tenuta
Ritratto di famiglia
Svolte
Promessa d'amore
Menzogne
Ora e per sempre
L'anello
Giramondo
Amarsi
Amare ancora
Cose belle
Il cerchio della vita
Il caleidoscopio
Zoya
Star
Daddy - Babbo
Messaggio dal Vietnam
Batte il cuore
Nessun amore più grande
Gioielli
Le sorprese del destino
Scomparso
Il regalo
Scontro fatale
Cielo aperto
Fulmini
La promessa
Cinque giorni a Parigi
Brilla una stella
Perfidia
Silenzio e onore
Il ranch
Un dono speciale
Il fantasma
La lunga strada verso casa
Immagine allo specchio
Dolceamaro
*Forze irresistibili**
*Le nozze**
*La casa di Hope Street**
*Il viaggio**
*Granny Dan - La ballerina dello zar**
*Aquila solitaria**
Atto di fede
*Un uomo quasi perfetto**
*Il bacio**
*Il Cottage**
*Tramonto a Saint-Tropez**
Una preghiera esaudita
*Un angelo che torna**
*Appuntamento al buio**
*Un porto sicuro**
*La casa**

*Di questi libri è disponibile la versione ebook

*Il miracolo**
La stagione delle emozioni (Scomparso, Forze irresistibili, Il bacio)
*Sua Altezza Reale**
*Sorelle**
*Ricominciare**
*Una grazia infinita**
*Una volta ancora**
*Irresistibile**
*Gli inganni del cuore**
*Una donna libera**
*Le luci del Sud**
*Una ragazza grande**
*Happy birthday**
*44 Charles Street**
*Legami di famiglia**
*Una notte da ricordare**
*Hotel Vendôme**
*I peccati di una madre**
*Un giorno per volta**
*Al primo sguardo**
Piccola Minnie a Parigi
*Fino alla fine dei giorni**
*Tradita**
*Pegaso - Le ali del destino**
*Gioco di potere**
*Ogni istante di felicità**
*Una vita perfetta**
*L'appartamento**
*L'eredità segreta**
*L'amante**
*Doni preziosi**
*Una magia a Parigi**
*La duchessa**
*Il momento giusto**
*Come una favola**
*Oltre ogni ostacolo**
*Lo spettacolo**
*Sulle orme di un padre**
*A ogni svolta**
*La spia**
*Una notte silenziosa**
*Il gioco della vita**
*Tesori di papà**
*La principessa perduta**
*L'abito da sposa**
*Tutto ciò che brilla**
Vicini di casa
In cerca di Ashley
*Una fortuna inattesa**
*Un passato perfetto**
*La relazione**
*Nove vite**
*Vite complicate**
*Il maggiordomo**
*Le note più alte**
*La scommessa più bella**
*Non è mai troppo tardi**
*Beautiful**
*La famiglia Whittier**

Certificato PEFC
Questo prodotto è realizzato con materia prima da foreste gestite in maniera sostenibile e da fonti controllate
PEFC
PEFC/18-31-226
www.pefc.it

GRAFICA VENETA
GV CARBON NEUTRAL

Questo libro è fabbricato da Grafica Veneta S.p.A.
con un processo di stampa e rilegatura certificato 100% carbon neutral
in accordo con PAS 2060 BSI

Finito di stampare presso Grafica Veneta S.p.A.
Via Malcanton, 2 – Trebaseleghe (PD)
su carta HOLMEN
con fibra vergine proveniente da foreste sostenibili holmen.com/paper
Printed in Italy